**MARION DEMME-ZECH /
FRANK KRAJEWSKI**

Ahrtrüffel

SCHWARZES GOLD Das Trüffelimperium von Peter Siedenburg steckt in großen Schwierigkeiten. Mithilfe eines Wundermittels konnte Peter Siedenburg zwar die Trüffelproduktion stark beschleunigen, allerdings verloren die damit behandelten Pilze ihre Keimfähigkeit. Natürlich gewachsene Trüffel scheinen die einzige Rettung für das Unternehmen zu sein. Siedenburg hofft, sie auf einer ehemaligen Trüffelplantage zu finden. Dort stößt er auf die Leiche eines seit Jahren vermissten Mitarbeiters. Schnell ist klar, der Mann wurde ermordet. Um Schwierigkeiten mit der Polizei zu vermeiden, hält er den grausamen Fund geheim. Das erweist sich als fataler Fehler, denn durch einen anonymen Anruf gilt Siedenburg plötzlich als Hauptverdächtiger. Einzig die Journalistin Greta Schönherr kann ihm nun noch helfen, indem sie den wahren Mörder aufspürt. Mit gemischten Gefühlen stellt sich die ehrgeizige junge Frau dieser Aufgabe. Dabei begibt sie sich auf eine Reise in die Welt der Trüffel und in die Vergangenheit, was lange Verdrängtes ans Tageslicht fördert …

Marion Demme-Zech wurde im Saarland geboren. Dort lebt sie noch heute, mit Tochter und Mann direkt unterhalb einer Burg. Sie studierte Erziehungswissenschaft, Soziologie und ein bisschen Bauingenieurwesen. Anfänglich schrieb sie pädagogische Autorenbeiträge, in den letzten Jahren folgten Romane und eine Reihe von Kurzgeschichten in verschiedenen Anthologien.

© Claus Kuhlen

Frank Krajewski lebt in Remagen und ist geprüfter Pilzsachverständiger der Deutschen Gesellschaft für Mykologie. Er arbeitet als Pilzführer, Referent für pilzspezifische Vorträge in Deutschland, Frankreich, Ungarn und als Berater bei Pilzvergiftungen an Kliniken. Außerdem ist er ein gefragter Experte in diversen Fernseh- und Radiosendungen und hat an einem Trüffel-Kochbuch mitgearbeitet. Gemeinsam mit Marion Demme-Zech ist er in Anthologien mit finsteren Pilzgeschichten vertreten.

MARION DEMME-ZECH / FRANK KRAJEWSKI

Ahrtrüffel

KRIMINALROMAN

GMEINER

Immer informiert

Spannung pur – mit unserem Newsletter informieren wir Sie
regelmäßig über Wissenswertes aus unserer Bücherwelt.

Gefällt mir!

Facebook: @Gmeiner.Verlag
Instagram: @gmeinerverlag

Besuchen Sie uns im Internet:
www.gmeiner-verlag.de

© 2020 – Gmeiner-Verlag GmbH
Im Ehnried 5, 88605 Meßkirch
Telefon 0 75 75 / 20 95 - 0
info@gmeiner-verlag.de
Alle Rechte vorbehalten

Lektorat: Katja Ernst
Satz: Mirjam Hecht
Umschlaggestaltung: U.O.R.G. Lutz Eberle, Stuttgart
unter Verwendung eines Fotos von: © volff / stock.adobe.com
Druck: Zeitfracht Medien GmbH, Industriestraße 23,
70565 Stuttgart
Printed in Germany
ISBN 978-3-8392-2561-5

Privattruffière und Firmengelände
Siedenburg GmbH in Bad Bodendorf
16.11.2034, 9.14 Uhr

Tuber uncinatum – da war er. Er legte den Arm um ihn, wie ein alter Freund, den man lange nicht gesehen hatte. Um seine Anwesenheit zu bemerken, hätte es den Olfaktor, dessen Maske auf seinem Gesicht saß, gar nicht gebraucht. Nicht einmal die feuchte Luft der ersten Novembertage konnte das intensive Aroma zerstreuen. Der Mann mit den in die Jahre gekommenen schwarzen Wanderstiefeln und der dunklen Jacke war an diesem Tag ungewöhnlich früh zur Trüffelsuche aufgebrochen. Die Erwartung, nein vielmehr die Jagdlust, hatte ihn nicht schlafen lassen. Er war hungrig nach dem unverwechselbaren Geruch, der wie Nebel über dem verwitterten Laub der Haselbüsche hing. Der betörende Trüffelduft drängte, presste, scheuchte alles andere an den Rand des Denkens. Der Firmenchef hatte seinen Alltag verlassen und war in eine Welt eingetaucht, die einen archaischen Jagdtrieb in ihm weckte.

Es war außerordentlich still auf der Truffière. Der Wind hielt den Atem an, und nicht ein einziger Lufthauch störte die ungewöhnliche Ruhe, die sich über das Gelände gelegt hatte. Peter Siedenburg bemerkte diesen Umstand kaum. Während der Suche drang nichts an ihn heran. Er spürte weder das Alter noch die schmerzende Hüfte und vergaß selbst die vielen Probleme, die ihm seit Wochen im Nacken saßen. Er fühlte sich, als wäre er nach einer Ewigkeit endlich wieder zu Hause. Alles hatte hier begonnen, die Erinnerung drängte ihm die absonderlichsten Gedanken auf. Die Suche auf dem alten Gelände machte ihn auf seltsame Weise rührselig, fast melancholisch. Womöglich war es Zeit für ihn geworden, er war längst im Alter, um sich zur Ruhe zu setzen. Hatte er nicht langsam genug von all dem Ärger, den beständigen Scherereien in der Firma?

Finanziell bräuchte er sich genau genommen nicht zu sorgen, wenn er seine Situation völlig sachlich betrachtete. Bei dem, was er besaß, würde es für ein paar durchaus gesättigte Leben reichen. Obwohl er auf Anraten seiner Steuerberater Privat- und Firmenvermögen streng getrennt hatte, packte Peter dann und wann die Befürchtung, er könnte eines Tages trotzdem noch einmal, wie damals in seiner Kindheit, bitterarm sein.

Peter Siedenburg suchte den Boden ab. Zwei oder drei Haubenmeisen störten die Ruhe und zeterten über seinem Kopf in den unteren Zweigen von mehreren Eichenriesen. Nicht mit ihm, sondern wegen Eichelhähern und Elstern, die sich mit nicht weniger lautem Gekrächze bemerkbar machten.

Alles hatte sich verändert, sogar hier, ging es dem Firmenchef durch den Kopf. Noch vor wenigen Jahren wäre dieses Verhalten der Meisen undenkbar gewesen. Zu dieser Jahreszeit flogen sie normalerweise überlegenen Gefiederten aus dem Weg. Es hätte nichts zu verteidigen gegeben und nichts zu versorgen, doch jetzt war die letzte Brut vor drei Wochen geschlüpft – die vierte in nur einem Jahr. Nichts war mehr normal: Die

6

stetig hohen Temperaturen stellten das natürliche Verhalten in der Vogelwelt auf den Kopf. Sie bauten ihre erste Nestanlage bereits im Januar. Seit einigen Jahren gab es auch im Winter ausreichend Nahrung – ebenso wie genügend Fressfeinde.

Siedenburg schaltete den Olfaktor ab, entfernte die Maske von seiner Nase und ließ sie am Hals herabbaumeln. Dieses eigens entwickelte Messinstrument brauchte er nur selten. Trotzdem war er stolz auf seine Erfindung, die die Anwesenheit von Trüffel durch ein akustisches Signal anzeigte und – das war das Besondere an diesem Set-up – Trüffelduft sicher in die Nase leitete, ohne dass er den Rücken krumm machen musste. Mit scharfem Blick suchte er den beinah vegetationslosen Waldboden ab. Einige Insekten sprangen ihm ins Auge, die über einem Laubhügel schwirrten.

»Chapeau! Da kannst du auch nicht mehr weit sein, mein Freund«, murmelte Siedenburg und ließ den Rucksack auf den Waldboden sinken.

Er war seinem Ziel nah. Die vor ihm aufsteigenden rotäugigen kleinen Monster waren solide Marker für Trüffel. Fliegende Trüffelhunde sozusagen. Sein Puls hämmerte.

So schnell es mit seinen verschlissenen Hüften ging, kniete er sich hin und verscheuchte die Biester mit den Händen. Luft wirbelte auf, und den flüchtenden Insekten folgte ein aus dem Laub aufsteigender Geruch nach dem, was Siedenburgs Sinne am meisten erregte. Es war wie ein Rausch, jedes Mal von Neuem. Sein fortgeschrittenes Alter änderte nichts daran. Er schob Laub und Lößerde beiseite. Die Handgriffe waren routiniert, bald schon ertasteten die Fingerkuppen die typisch raue

Oberfläche eines Trüffels. Der Fruchtkörper verströmte ein Aroma, das direkt in Siedenburgs Hirn zog und nicht den kleinsten Zweifel zuließ: ein enorm großer Tuber uncinatum, definitiv – gemeinhin als Burgundertrüffel bekannt. Eine früher meist verachtete, jedoch besser duftende Variante des Tuber aestivums, dessen märchenhafter Aufstieg die Trüffelmärkte vor einigen Jahrzehnten durcheinandergewirbelt hatte. Das Trüffelfieber hielt seitdem an, und die Absatzchancen waren über die Jahre hinweg prächtig geblieben.

Siedenburgs Augen glänzten. Er hatte die ehemalige Truffière und das darum liegende weitläufige Waldgebiet trotz der ebenfalls auf dem Gelände befindlichen, stetig wachsenden Produktionshallen aus nostalgischen Gründen bewahrt. Auch dabei hatte er den richtigen Riecher bewiesen. Dieser Fund nun würde seiner Firma einen satten Gewinn einbringen. Der Trüffel schien stattlich zu sein. Aufgrund des ungewöhnlich großen Ausmaßes schätzte Siedenburg, die Sporenmenge der Knolle dürfte für gut 5.000 Infektionen ausreichen.

Ein Geschenk des Himmels, urteilte der Firmenchef erleichtert, denn damit könnten sie 5.000 Hasel- oder Eichensetzlinge mykorrhizieren. Was sich für einen Laien vielleicht kompliziert anhörte, war für Siedenburg zwar Alltag, aber trotzdem jeden Tag von Neuem eine Sensation. Es war ihm in den letzten Jahren gelungen, die für die Kultivierung von Trüffeln notwendige Symbiose zwischen Pilz und Wurzel gezielt voranzutreiben und zu steuern. Das war die Grundvoraussetzung dafür, dass man Trüffel gewinnbringend anbauen konnte. Zwar spielte immer noch der Zufall eine Rolle, aber mit den Jahren hatte der Firmenchef erkannt, was es alles brauchte, um das Feinwurzel-system eines Baums oder Strauchs in richtiger Weise mit den Trüffelsporen in Kontakt zu bringen und ein Wachstum der Pilze zu initiieren. Es war eine erstaun-liche Symbiose – ein Zusammenspiel zwischen Pilz und Pflanze, von dem beide profitierten: Die unge-wöhnliche Partnerschaft sorgte bei der Wirtspflanze für eine vergrößerte Wurzeloberfläche. Dadurch war sie weit besser mit Wasser und Nährstoffen versorgt. Aber auch der Pilz war bei dieser seltsamen Zweckge-meinschaft ein Gewinner. Über die Wurzelzellen nahm er Kohlenhydrate und insbesondere Glucose auf. Selbst konnte er dies nicht produzieren, da er nicht über das dafür notwendige Blattgrün verfügte. Eine harmoni-sche Beziehung also und nach Meinung von Sieden-burg glücklicher als die meisten Verbindungen, die es auf Menschenseite gab.

Mittlerweile war der Firmenchef im Bereich des Trüffelanbaus seinen Konkurrenten weit überlegen. Es gelang ihm, fast jede beliebige Baumart und Büsche zu mykorrhizieren. Die gezielte Besiedelung der Wirts-pflanzen mit den Symbiosepilzen war für ihn ein Kin-derspiel, solange seine Firma über die dafür notwendi-gen Sporen verfügte.

Die verdammten Sporen waren in dem ganzen Ablauf die einzige vertrackte Stelle, dachte Siedenburg, als er darauf wartete, dass sich auf der anderen Seite der Lei-tung jemand meldete. Gerade trat er über seinen Com-chip, der auf den ersten Blick wie eine schlichte Uhr anmutete, sich aber auf den zweiten als technisches Wunderwerk offenbarte, mit seinem Abteilungsleiter aus dem Bereich Mykorrhizierung in Verbindung. »Sergej? Hallo. Ich bin fündig geworden. Wann könnt ihr vor Ort sein?«

»Halbe Stunde, Mister Siedenburg. Labor ich mach fertik mit Svetlana.«

»In Ordnung. Bis gleich.«

Man würde einen Trupp vorbeischicken, während Sergej gleichzeitig alle notwendigen Vorbereitungen im Labor einleitete. Siedenburg nickte, obwohl ihn niemand sehen konnte. Er wollte den Comchip stummschalten, da er einiges zu erledigen hatte, bis der Trupp eintraf, doch Sergej meldete sich erneut: »Jeannette sagen grade mir: Mister Siedenburg an Pressetermin erinnern. Bitte!«

Peter ächzte und deaktivierte den Comchip mit seinem Daumen. Das Display klappte um und schob sich automatisch zusammen. Nun war es nicht mehr viel größer als eines der früheren Zweieurostücke. Als gäbe es nichts Bedeutenderes auf der Welt als dieses Interview, dachte Siedenburg. Jeannette war seine Vertriebsleiterin. Tüchtig, ohne jede Frage, und stets um sein Image besorgt. Doch ihr fehlte jeglicher Weitblick. Im Moment rettete er die Firma und sicherte damit ihr und all den anderen Schmarotzern den Job.

»So, jetzt werden wir dich Schmuckstück mal ernten«, flüsterte Siedenburg, als er sich wieder seinem Fund zuwandte. Das fachgemäße Heraushebeln des Trüffels würde er übernehmen, nicht diese Pfuscher. So ein Fund musste mit äußerster Sorgfalt extrahiert werden, immer im Bestreben, den Trüffel nach Möglichkeit in einem Stück und unbeschadet zu bergen. Zu diesem Zweck nahm der Firmenchef die Fundstelle ein zweites Mal in Augenschein. Er fuhr mit den Fingern an den Konturen des Trüffels entlang. Er saß beharrlich fest im Boden. Nicht auszuschließen, dass die Baumwurzel, welche ihn versorgte, ihn fest in ihren Fängen hielt, sagte sich Siedenburg. Das würde die Angelegenheit weitaus komplizierter machen.

Der Firmenchef holte aus seiner Kühltasche ein Trüffelmesser, mit dem er in einem großzügigen Radius um den Trüffel in den Boden einstach. Er grub in aller Ruhe, fast zeremoniell. Vor ihm lag ein Schatz, ein Juwel aus der Welt der Trüffel. Der Fund war reines Gold wert und würde ihm ein paar Wochen Zeit verschaffen. Auch wenn das letztlich nur ein Aufschub und nicht die Lösung war, das wusste er.

Mit dem Messer schob Siedenburg die ausgestochene Erdmasse in die Höhe. Auf seinen Lippen lag ein Lächeln. Ein sonderbarer Moment, der Peter befremdete, denn es gab nur wenige Dinge, die ihn mit Freude erfüllten.

Die raue Kugel erhob sich majestätisch, steckte aber immer noch fest. Es knirschte, als der Firmenchef einen Klumpen lehmiger Erde aus der Vertiefung hob und zur Seite schob. Ein bizarres Geräusch. Erst als er sich wieder zur Grabstelle hinwendete, registrierte er *sie*. Siedenburg sprang auf. Sein Mund stand offen, die Augen traten aus ihren Höhlen. Das Messer rutschte ihm aus der Hand und versenkte sich in den Boden. Da war nicht einfach nur ein Trüffel. Peter Siedenburg hielt seine Hände weit von sich gestreckt, so weit wie er nur konnte, als habe er sie gerade in Blut gebadet.

Dies kam der Wahrheit sehr nah, obwohl nüchtern betrachtet hier schon lange kein Blut mehr fließen durfte. Siedenburg wollte es, doch er konnte sich nicht von dem grauenerregenden Fund abwenden. So etwas hatte er nie zuvor gesehen: Der Trüffel, den er angehoben hatte, wurde von fünf Fingern einer skelettierten Hand gehalten. Ein gelblich-weißes Geflecht umgab die Knochen. Siedenburg starrte den Trüffel an, der zwischen Daumen und Zeigefinger festsaß, und bemerkte einen Ring, der am Ringfinger steckte. Was den Firmenchef von allem am meisten verstörte, war der Umstand, dass er von der ersten Sekunde an wusste, zu wem diese Hand gehörte. Er hatte den goldenen Ring und die darauf abgebildeten Symbole sofort erkannt.

Siedenburg stolperte fluchtartig rückwärts und strauchelte. Er stürzte und wurde von einem der Bäume abgebremst. Den Kopf gesenkt, darauf konzentriert ruhig zu atmen, verharrte er dort. Alles um ihn herum drehte sich. Die Gedanken an die damaligen, für Jahre verdrängten Ereignisse, waren mit einem Schlag wieder präsent. Jetzt, da sich die Realität ihm in so brutaler Weise aufdrängte, gab es keinen Zweifel: Der Hochstapler war damals nicht einfach untergetaucht, wie Peter inständig gehofft hatte. Irgendwas, oder genauer gesagt irgendwer, hatte dafür gesorgt, dass er für immer und ewig verschwunden blieb.

Wenn er ehrlich zu sich selbst war, hatte er das bereits befürchtet. Ja! Und exakt deswegen hatte er alle Erinnerungen an jene Tage in die entlegenste Schublade seines Gedächtnisses gesteckt und nie mehr hervorgeholt. Im Vergessen und Verdrängen war Siedenburg ein Ass – doch jetzt, bei diesem Anblick, war das Ausblenden der Tatsachen ein Ding der Unmöglichkeit. Alles war wieder da, als wäre es gestern gewesen. Peter Siedenburg zwang sich zur Ruhe. Es gab keinen Grund, in Panik zu geraten, redete er sich ein, denn er war kein Gefühlsmensch. Er war ein rationaler Denker. Gefühlsduselei war ihm immer schon zuwider gewesen, seine Nüchternheit würde auch diesmal seine Rettung sein.

Als sich Siedenburg allmählich einigermaßen unter Kontrolle hatte, überlegte er, wie er weiter vorgehen sollte. Er durfte aus dem ersten Entsetzen heraus nichts Unüberlegtes machen, denn eins war klar: Niemandem wäre in irgendeiner Weise geholfen, wenn er jetzt die Polizei riefe. Tot ist tot. Daran ließe sich nichts ändern. Und eine Leiche in seinem Wald wäre bei der gegenwärtigen äußerst vertrackten Lage nicht gerade ideal. Dilettantische Schnüffler, die seine Firma auf den Kopf stellten, wären so ziemlich das Letzte, was er derzeit brauchte. Deshalb würde Peter Siedenburg alles daran setzen, diese lange zurückliegenden Ereignisse in Vergessenheit zu belassen.

Er bewegte sich zögernd auf die Fundstelle zu, den Kopf abgewandt. Im nahen Umfeld der Hand angekommen, ging er in die Knie und beugte sich vor. Er hielt die Luft an, während er mit spitzen Fingern nach dem Myzel fasste. Die Knochen wollte er unter keinen Umständen berühren.

Die Skeletthand jedoch war nicht bereit, ihren Schatz ohne Gegenwehr freizugeben. Eisern hielt sie den Trüffel mit ihrer fleischlosen Faust umschlossen. Siedenburg zog entschlossener. Zu entschlossen vielleicht, denn es knirschte abscheulich und Siedenburg trat erneut den Rückzug an. Ein abgetrenntes Fingerglied, das sich gelöst hatte, sprang ihm hinterher. Von kopflosem Schrecken erfasst, fiel Siedenburg abermals nach hinten auf den Boden. Er kroch mit weit aufgerissenen Augen rückwärts und entdeckte dabei die Speiche des Unterarms, die wie ein Fahnenmast aus der Erde ragte. Ringsum auf dem Waldboden lagen die Glieder der Hand, wie ein vernachlässigtes Puzzle.

»Verdammt«, raunte Siedenburg, da vernahm er einen zarten Laut, ein leises Rascheln, das sich auf ihn zubewegte. Er schaute sich misstrauisch um. Die Atmosphäre war gespenstisch, selbst für einen nüchternen Menschen wie ihn. Das Geräusch stammte von dem Trüffel, der, aus seiner Gefangenschaft erlöst, zielsicher auf den Firmenchef zukullerte, als wüsste er genau, wo er hingehörte.

Siedenburg überlegte nicht lange, sondern griff zu. Er sagte sich, dass er nun habe, was er wolle, stand schwerfällig auf und verstaute den Trüffel in seiner Kühltasche. Sein Wunsch war es, diese leidige Episode möglichst schnell zu vergessen, und der Rest der Welt sollte von all dem überhaupt erst gar nichts erfahren. Dafür würde er sorgen. Also scharrte er Laub, Erde, Äste, Steine – alles, was er greifen konnte – zusammen und überdeckte damit den Fundort, bis die Stelle wieder vollkommen gewöhnlich aussah und nichts mehr an den grausigen Fund erinnerte.

Danach sank er am Fuße einer der alten Eichen nieder. Er entfernte die Olfaktormaske vom Hals und legte die Hände vor sein Gesicht. Es würde dauern, bis die anderen vor Ort eintrafen, und so lange musste er die Nerven bewahren.

Was für ein Wahnsinn, dachte er, als er sich allmählich fasste. Als hätte er nicht genug Ärger am Hals, musste ihm auch das noch passieren. Er war wie vom Unglück verfolgt. Warum, um alles in der Welt, hatte er auf diesem weitläufigen Gebiet nur auf dieses verfluchte Skelett treffen müssen. Das war sein Wald! Sein Revier. Einzig an diesem Platz fand er Ruhe und Abstand; all das, was er im Moment sehnlichst vermisste.

Mein Gott, wie lange war ich schon nicht mehr hier, fragte sich Greta, als sie ziellos durch die Stadt spazierte. Sinzig, das Tor zur Eifel, hatte sich seit ihrem letzten Besuch in Kindheitstagen in eine Metropole verwandelt. In den Schulferien hatte sie die gemütliche Kleinstadt oft mit ihren Großeltern besucht. Stets nach dem gleichen Schema: Zuerst zog es sie zum Schloss, im Anschluss daran schlenderten sie durch die Gassen, suchten sich einen Gasthof, und am Nachmittag fuhren sie zum nahe-liegenden Bad Bodendorf. Für Greta stets der Höhe-punkt des Tages. Während andere Kinder sich in Spaßbä-dern amüsierten oder wieder andere sich in Freizeitparks die Seele aus dem Leib schrien, hatten sie und ihre Groß-eltern mit viel Begeisterung jedes Museum besichtigt, das sich in anfahrbarer Entfernung befand. Die Leiden-schaft für alles Technische teilte Greta mit ihrem Groß-vater, und so stand damals auch das Technikmuseum in Bad Bodendorf mit der alten Kohlensäuregas-Ver-flüssigungsanlage, die Greta bereits als Kind fasziniert hatte, auf ihrem Ausflugsprogramm. Wären ihre Eltern in jenen Tagen ein wenig hellhöriger gewesen, so hät-ten sie den späteren Berufswunsch ihrer Tochter mög-licherweise erahnt und ihnen wäre eine von zahlreichen Enttäuschungen über ihren Nachwuchs erspart geblie-ben, sagte sich Greta bitter, während sie das alte Sinziger

Schloss betrachtete. Früher war es an diesem Ort idyllisch und still gewesen, doch jetzt versammelten sich auf dem Schlossvorplatz zahllose Pilztouristen, die im Stundentakt zu Stadtführungen aufbrachen. Im Slalom lief sie um die Scharen der Wartenden herum, immerzu versucht, keines der vielen Standschilder, die Seminare, Ausstellungen und historische Führungen zum Thema Trüffel anpriesen, zu rammen. Dass an einem normalen Wochentag ein derartiger Ansturm herrschen könnte, damit hatte sie nicht gerechnet.

Greta brauchte keine Führung. Auch wenn sich vieles verändert hatte, konnte sie sich noch grob in der Stadt orientieren. Sie streifte durch die Schlossstraße hinauf in Richtung Kirchplatz, wo für heute ein Trüffelmarkt angekündigt war. Es war ernüchternd. In der Tat gab es nicht mehr viel, was noch an ihre Kindheitsbesuche erinnerte. Kein Wunder, denn Sinzig war durch den unvorhersehbar schnellen Aufstieg der Siedenburg GmbH in Bad Bodendorf zu einem Zentrum der Trüffelproduktion geworden, und das hatte der Stadt – zumindest wirtschaftlich – einen sagenhaften Aufschwung beschert. Die Einwohnerzahl hatte sich im letzten Jahrzehnt mehr als verdoppelt. Die Zahl der Trüffeltouristen, so fühlte es sich in jedem Fall für Greta an, musste sich hingegen verzehnfacht haben.

Städtereisen im eigenen Land oder gar in den Süden verlegten die Urlauber heutzutage bevorzugt auf den Herbst oder das Frühjahr. Seitdem man in den vergangenen Jahren aus Sicherheitsgründen viele der beliebten Inseln und Halligen in der Nordsee hatte räumen müssen, bevor sie beinahe spurlos verschwunden waren, zog es die Menschen in den für gewöhnlich unerträglich heißen Sommern meist noch weiter in den Norden. Schweden, Norwegen, Island – in diesen Ländern herrschte von Ende April bis September Hochkonjunktur. Statt eines überhitzten Sommerurlaubs gönnte man sich heute, wenn man es sich irgendwie leisten konnte, eine erfrischende Pause. Und so herrschte hier in Sinzig, obwohl es mitten im November war, Hochsaison. Zumal dieser Monat die beste Zeit für Pilze und Trüffel war.

Greta erinnerte sich lebhaft an die Zeit, in der der Trüffelboom ins Rollen gekommen war. Sie war damals von der Grundschule zum Gymnasium gewechselt. Rund 20 Jahre dürfte es her sein. Bis zu diesem Zeitpunkt hatten einige Naive gehofft, dass der Klimawandel lediglich ein Schreckgespenst sei, welches sich im günstigsten Fall in naher Zukunft als wissenschaftlicher Irrtum erweisen sollte. Es gab sogar Politiker, die trotz aller Warnungen behauptet hatten, ungewöhnlich kalte Winter würden die Theorie der globalen Erwärmung widerlegen.

Unbegreiflich, wie blauäugig man in jenen Tagen gewesen war, überlegte Greta. Die Erinnerung weckte in ihr ein Gefühl des Unbehagens, denn auch wenn man mittlerweile in allen denkbaren Bereichen Maßnahmen zur Senkung des CO_2-Ausstoßes eingeleitet hatte, war die Phase des Umbruchs längst nicht vorbei. Keine Ahnung, wohin das alles führen sollte. Heute sind wir schlauer, entschuldigten viele Politiker und andere Verantwortliche die Versäumnisse der Vergangenheit, aber hatte man nicht damals auch schon gewusst, dass es längst Zeit zum Umdenken war?

Es hatte zahlreiche Vorboten gegeben, die ankündigten, was unwiderruflich kommen sollte. Ungeachtet dessen hatten zahlreiche Länder versucht, die Sache auszusitzen, oder hatten darauf gewartet, dass irgendein anderer endlich etwas unternahm. Ein gewaltiger Fehler, wie sich später herausstellte, denn so trat die Klimaverlagerung weitaus schneller ein als erwartet, und die bald nicht mehr zu ignorierende, radikale Umwälzung der Vegetationsbedingungen machten selbst dem einfältigsten Menschen klar, dass hier eine ungeheuerliche Sache vor sich ging. Die Welt, wie man sie kannte, wandelte sich – in unglaublicher Geschwindigkeit. Es hatte sich angefühlt wie eine Revolution – nur diesmal ohne menschliche Beteiligung. Die Natur hatte sich zur Wehr gesetzt, und an ein Aufhalten der verheerenden Entwicklungen war zu jenem Zeitpunkt der Geschichte nicht mehr zu denken. Man hatte den möglichen Wendepunkt längst überschritten.

Auf die Weise erfuhren auch die klassischen Trüffelregionen in Italien und Frankreich einen tiefgreifenden Wandel. Der Mangel an Wasser ließ viele Arten aus ihren ursprünglichen Wuchsgebieten verschwinden. Man versuchte alles, um die Entwicklung aufzuhalten. Mit Bewässerungsprogrammen, die Unsummen verschlangen, kämpfte man darum, der Trockenheit der Böden entgegenzuwirken. Doch alle Bemühungen blieben wirkungslos, der Weggang der Trüffel war unwiderruflich. Innerhalb weniger Jahre warfen die Truffières keinen Gewinn mehr ab. Es gab gewalttätige Proteste der Trüffelbauern und anderer Erwerbslandwirte in Italien, Frankreich über den Balkan hinweg bis in den fernsten Osten. Niemand der Protestierenden wusste dabei, wogegen oder wofür sie auf die Straße gingen. Sie waren außer sich vor Wut, und irgendjemand musste schließlich an der Misere schuld sein.

Die traditionellen Trüffelgebiete verloren kontinuier-
lich an Bedeutung, gleichzeitig verfestigte sich ein medi-
terranes Klimaprofil in Deutschland. Während die süd-
lichen Trüffelgebiete mit ihrem Misserfolg rangen und
nach wirtschaftlichen Alternativen suchten, erlebte Sinzig einen Aufschwung, mit dem niemand gerechnet hätte.
Die unversehens hohen Gewinn erzielende Truffière im
Ahrgebiet, die man zu Beginn eher als Freizeitbeschäf-
tigung einiger Pilzfreaks belächelt hatte, lag mit einem
Schlag ganz weit vorn. Sinzig war quasi über Nacht die
Trüffelhauptstadt Deutschlands geworden.

Überall wimmelte es seitdem von Feriengästen, und
die Bewohner der Stadt hatten sich geschäftstüchtig auf
diesen Andrang eingestellt. Ein Souvenirladen schloss
sich an den nächsten, ungeachtet der Tatsache, dass sich
das Angebot, wie so oft, kaum unterschied. Jeder wollte
sein Stück von der Torte. Selbst die Siedenburg GmbH,
die fraglos zu den größten Gewinnern dieses Wandels
zählte, mischte im Stadtgeschehen mit. Ihre kugelrun-
den Trüffelbuden schossen innerhalb kürzester Zeit wie
Pilze aus dem Boden und versprachen Gourmet- und
Schnellgenuss. Was für eine wahnwitzige Mischung,
dachte Greta, als sie an einer der Buden vorbeispazierte
und die Schlange vor dem Tresen ausmachte.

Da das Klima, sogar jetzt mitten im November, auffallend mild war, saßen draußen auf den Mauern und den
Stühlen noch viele Gäste und kosteten verschiedenste
Trüffelkreationen. Trüffellasagne, Trüffelbrot, Suppe mit
Trüffelsahne, in der Auslage des Trüffelspezialitätenge-
schäfts bot man Süßwaren mit Trüffelaroma an. Anscheinend verwendete man Trüffel mittlerweile für beinah
alles oder besser gesagt in allem. Durch das vermehrte

Angebot war das schwarze Gold im Grunde für jedermann erschwinglich geworden. Trotzdem hatte es sich auf seltsame Weise seine Exklusivität bewahrt und repräsentierte einen Lebensstil, mit dem viele sympathisierten.

Greta rümpfte die Nase. Ihr war all dies zuwider. Auf sämtliches Repräsentative verzichtete sie liebend gerne. Hätte sie jemand nach ihrer Meinung gefragt, so hätte sie ihm gesagt, dass die Stadt durch die vielen Veränderungen ihre Ursprünglichkeit verloren habe. Das alles hier erinnerte Greta an ihre Eltern, die bewusst ein solch »gehobenes« Leben pflegten – und dies war womöglich einer der Hauptgründe, warum sie Trüffel in keiner Weise etwas abgewinnen konnte.

Aber egal, sagte sich die junge Journalistin, die so oder so nicht aus kulinarischem Interesse in diese Region gereist war. Auf sie wartete ein Auftrag, und der würde, wenn man dem, was man über Peter Siedenburg hörte, glauben wollte, kein leichter sein. Gegen elf hatte sie einen Termin auf seinem Anwesen in Remagen. Die Journalistin musste sich eingestehen, dass sie nervös war. Nicht zuletzt, weil sie noch viel zu viel Zeit bis zu dem Treffen hatte. Um sich auf andere Gedanken zu bringen, beschloss Greta, rein aus Gründen der Recherche, es mit einer der Trüffelbuden zu versuchen.

Siedenburgs Vertriebsleiterin, die mit ihr den Pressetermin vereinbart hatte, schien tüchtig zu sein, ging es Greta durch den Kopf, als sie näher an den Trüffel-Imbiss, oder wie immer man das nennen wollte, herantrat. Sie hatte im Rahmen ihrer Vorarbeiten zum Interview erfahren, dass es ihre Ansprechpartnerin gewesen war, die dem Trüffelimperialisten geraten hatte, jeder der Buden einen eigenen Namen und ein angesagtes Retrodesign zu verpassen. Das Konzept ging auf. Nahezu alle Stühle waren belegt, und Greta suchte nach einem freien Platz.

Just in diesem Moment wurde ein Tisch mit zwei Stühlen am Rand des Imbisses mit dem Namen »Zur schwarzen Knolle« frei. Greta eilte los, bevor ihr ein anderer zuvorkommen konnte, und setzte sich. In der Annahme, dass es doch auch mit Sicherheit etwas Trüffelfreies geben müsste, griff sie nach der Karte und machte bald ein langes Gesicht. Ein einziges Trüffeldrama, so weit das Auge reichte. Es war eine Weile vergangen, bis die Bedienung an ihrem Tisch eintraf.

»Schönen guten Morgen, hat etwas gedauert. Aber jetzt bin ich für Sie da. Was darf es sein?« Eine behaglich dunkle Stimme unterbrach Greta, die damit begonnen hatte, noch einmal die Vorbereitungen zu ihrem Interview durchzugehen. Sie schaute auf und straffte in der gleichen Sekunde die Schultern. Warum musste ihr das gerade hier und heute passieren, fragte sie sich, während der Trüffelkellner sie unbefangen anlächelte. Ausgerechnet heute! Prompt versank Greta nochmals hinter der Karte. »Einen Kakao, bitte.« Die Journalistin hielt ihre Augen starr auf die Getränkeauswahl gerichtet.

»Mit Trüffelaroma?«

Mein Gott, diese Frage hatte sie befürchtet. Die junge Frau schüttelte den Kopf. »Nein! Danke. Einen ganz normalen Kakao, bitte.«

Greta merkte, dass ihre Hände unangenehm feucht waren. Sie schwitzte. Aber das war kein Wunder, denn sie kannte den Trüffelkellner. Es war Sean. Der Sean, der stets ein wenig unausgeschlafen wirkte und zwei Semester nach ihr mit dem Technikjournalistikstudium in Bonn begonnen hatte. Der Sean, der enttäuschender Weise nie Notiz von ihr genommen hatte. Vermutlich studierte er immer noch und verdiente sich hier etwas dazu. Früher hatte ihn Greta ab und zu in der Mensa gesehen oder ihm in der Bibliothek zugenickt, wo er allerdings eher selten anzutreffen war. Heute war das erste Mal, dass er mit ihr sprach.

»Sehr gerne. Kommt sofort«, entgegnete der junge Mann, wählte auf dem zu einem Tablett ausgeklappten Business-Comchip die einzelnen Waren aus und schob sie in den Bestellkorb.

»11«, vermeldete das Gerät.

»Ihr Kakao wird leider erst in elf Minuten fertig sein«, informierte der Kellner Greta. »Wie gesagt: Heute ist viel los. Ich komme dann gleich wieder zu Ihnen.«

Greta nickte und Sean ging an den nächsten Tisch.

Als er im Trüffelhaus verschwand, schob Greta die Karte zurück in den pilzförmigen Ständer. Sie presste ihre Lippen aufeinander. Sean noch einmal zu begegnen, das hatte sie wirklich nicht erwartet. In letzter Zeit dachte sie nur selten an ihn. Das Ganze war eine belanglose Schwärmerei auf der Uni gewesen, ein hoffnungsloses Unterfangen, ein Irrsinn vielleicht sogar, denn Sean hatte offenkundig niemals Kenntnis von ihr genommen, während sie in jener Zeit manchmal Tage und Nächte damit zugebracht hatte, an ihn zu denken.

Greta fühlte sich unbehaglich. Ihre Wangen glühten. Zögerlich nahm sie den Schal von ihrem Hals, schaute sich unschlüssig um und kontrollierte zum wiederholten Male die Vollständigkeit ihrer Unterlagen. Sie überlegte kurz, dann hielt sie den Comchip vor den Abrechnungsmonitor und überwies die ausstehende Summe plus großzügiges Trinkgeld. Greta konnte nicht länger auf ihren Kakao warten. Die Reihe über Peter Siedenburg war ihr erster großer Auftrag, und sie wollte auf keinen Fall zu spät eintreffen, redete sich die Journalistin ein, auch wenn sie wusste, dass dies nicht der wahre Grund für ihre plötzliche Eile war.

Privatanwesen »Zur Waldburg« der Familie
Siedenburg in Remagen
16.11.2034, 10.31 Uhr

Greta kam aus dem Staunen nicht mehr heraus, als der Wagen durch das sich langsam öffnende, imposante schmiedeeiserne Tor fuhr und über die alleeähnliche Zufahrt auf die Gebäudetrakte, die noch in der Ferne lagen, zusteuerte. Ihr Interviewpartner sollte, wenn man ihren Quellen glauben durfte, auffallend sparsam sein und trotz seines enormen Erfolges ein bescheidenes Leben führen. Den Eindruck von Askese machte das abgeschiedene Anwesen allerdings nicht im Entferntesten. Laut Gretas Recherche hatte Siedenburg das alte Hotel »Zur Waldburg« auf dem Victoriaberg oberhalb von Remagen kurz nach der Firmengründung erworben. Zuvor hatte das Hotel rund 50 Jahre leer gestanden und war gegen Ende nicht mehr als eine Ruine gewesen. Aufgrund des desolaten Zustands war es »ein Schnäppchen« gewesen, das sich Siedenburg von seinen ersten geschäftlichen Erfolgen geleistet hatte. Angeblich hatte er in jenen Tagen selbst Hand angelegt und über Monate in einem alten Caravan gelebt, da das Gebäude anfänglich unbewohnbar gewesen war. Später hatte er nach und nach die einzelnen, fertiggestellten Trakte bezogen. In den Unterlagen hatte Greta nur wenige Informationen gefunden, wie es ab dieser Zeit weitergegangen war. Sie hoffte, dass sich diese Lücke mit dem heutigen Tage schließen ließ. Die Journalistin jedenfalls hatte eine Vielzahl von Fragen an den Gründer der Siedenburg GmbH, und ihr Plan war es, möglichst viel bisher Verborgenes aus dem Firmenchef herauszukitzeln.

Wenn man sich umsah, sprach vieles dafür, dass der gesamte Landsitz in den letzten Jahren eine aufwendige Renovierung erfahren hatte, kam Greta beim Anblick der Grünanlage und des nun langsam auf sie zukommenden Anwesens in den Sinn. Es handelte sich um eine imposante, wenn auch nicht unbedingt hübsche, Ansammlung an Extravagantem. Nach allem, was die Journalistin über Siedenburg gelesen hatte, würde Greta fast vermuten, dass dies nicht dessen Geschmack entsprach. Vielleicht war hier eine Frau mit im Spiel gewesen, folgerte Greta, und der Gedanke an eine geheime Ehefrau gefiel ihr. Gerade fuhr der Wagen an Zitronenbäumen und meterhohen Palmen vorbei, die sich offensichtlich äußerst heimisch fühlten und inzwischen aufgrund der milden Winter in der Eifel keine Seltenheit mehr waren. Auf dem gepflegten englischen Rasen, den vermutlich bis auf den Gärtner zum Wässern niemand betreten durfte, standen weiße Statuen neben antik anmutenden Säulen, Löwen und Vasen mit Goldelementen – viel zahlreicher, als der gute Geschmack vertragen konnte. Greta sah ihre Vermutung bestätigt: Sie würde wetten, dass es eine Frau in Siedenburgs Leben gab, die dessen Erspartes großzügig gegen Luxusgegenstände eintauschte.

Die Tatsache, dass über Siedenburgs Privatleben nur wenig bekannt war, war für ihre Recherche von Nachteil, für die geplante Reportage allerdings könnte es ein Glücksfall sein – falls es ihr gelang, Neues zu erfahren. Über die Gründe konnte man nur spekulieren, was das

Ganze für Außenstehende erwartungsgemäß umso spannender machte. Sie müsste ihr Interview in jedem Fall klug anstellen.

In einem älteren Zeitungsausschnitt einer Klatschzeitschrift hatte Greta unter der Rubrik »Schlagzeilen« einen kurzen Bericht mit dem Titel »Der reichste Junggeselle um Sinzig sagt endlich ›Ja‹« gefunden.

Aufgrund der fragwürdigen Quelle und fehlender Bilder, die dies belegen könnten, war sich Greta nicht sicher, ob die Meldung nicht einfach nur eine von vielen niemals bestätigten Informationen aus der Gerüchteküche war.

»Ankunft in zwei Minuten«, kündigte die Stimme aus dem Eifel-Null-Energie-Express gleichgültig an.

Greta fragte sich, ob die Sprachausgabe männlich oder weiblich sein sollte, da erspähte sie bereits die Villa, die mit ihren vielen Säulen, Balustraden und Simsen denselben Stil pflegte wie das gesamte Außengelände. Sie machte sich zum Aussteigen bereit und warf einen letzten Blick in ihre Dokumentenmappe. Alles war parat. Drei Wochen Vorbereitung und nun endlich die Chance allen vor Augen zu führen, dass sie Anspruchsvolles schreiben konnte – wenn man sie nur ließ. Dorf- und Tratschgeschichten oder Reportagen über die Trüffelkönigin hätten damit vielleicht ein Ende. Die Reihe über Siedenburg war eine erste ernstzunehmende Gelegenheit zu demonstrieren, was sie als Journalistin leisten konnte und wollte.

Als das Elektrotaxi die Ankunft am eingegebenen Zielort ankündigte und zum Einparken ansetzte, tauchten plötzlich zwei ausgewachsene Dobermänner auf und sprangen laut bellend an dem Wagen hoch. Die auf und ab hüpfenden Hunde verlangten der Parkautomatik einiges ab. Eine echte Belastungsprobe für das System. Immer wieder stockte das Taxi und beschwerte sich mit lautem Piepen. Es dauerte, bis das gebeutelte Gefährt stand und der automatische Türkontrolleur orange leuchtete. Jetzt wäre eigentlich der Zeitpunkt, an dem Greta mithilfe des Comchips die Rechnung begleichen sollte. Doch das würde sie sich vorerst verkneifen, entschied sie, denn sobald die Bezahlung erfolgt wäre, würde die Kontrolle auf Grün springen und die Tür sich automatisch öffnen. Sie schaute Hilfe suchend nach draußen. Jetzt dort raus zu gehen, ohne dass jemand die Hunde unter Kontrolle hatte, wäre mehr als verwegen.

Früher hatte es einmal Fahrer gegeben, die einem Fahrgast in einem solchen Fall hilfreich zur Seite gestanden hätten. Heute saß man einsam und verlassen in diesen Kisten und musste sich selbst behelfen. Die Fenster des Taxis beschlugen bereits, da es im Stand automatisch auf den stromsparenden Stand-by-Modus umschaltete. Greta wischte die Scheiben frei und suchte mit den Augen das Gelände um das Haus ab. Irgendwer musste das Gebell der beiden Riesen doch bemerken.

Sie aktivierte ihren Comchip. Eine Möglichkeit wäre es, die Vertriebsleiterin zu kontaktieren. Vielleicht konnte sie jemanden schicken, der ihr half. Doch bevor Greta den Namen in der Liste ihrer Kontakte aufrufen konnte, vernahm sie einen scharfen Pfiff. Die beiden Hunde ließen augenblicklich vom Auto ab.

»Marty, Henry. Hierher! Sofort.«

Die Stimme klang weiblich und unnachgiebig. Greta suchte eine Lücke in den erneut beschlagenen Scheiben und schaute nach draußen. Eine Frau mit nachtschwarzen Locken stand in einem goldenen Morgenmantel auf der an das Haupthaus angrenzenden Terrasse und empfing die beiden Ausreißer, die mit großen Sätzen durch die offene Verandatür ins Hausinnere stürmten.

Greta ließ die Scheibe herab und wollte sich bedanken. Doch sie kam nicht zu Wort.

»Die zwei sind handzahm«, rief ihr die Dame im gleichen scharfen Ton zu, mit dem sie die Hunde zuvor zurückgepfiffen hatte. Anschließend griff sie sich ein Glas von der Steinbrüstung und verschwand im Haus.

Greta blieb keine Gelegenheit, sich vorzustellen oder um etwas zu erwidern. Was für ein abenteuerlicher Empfang, dachte sie und bezahlte nun endlich mit dem Comchip am Scanner der Taxitür die Rechnung. Sie hätte zu gerne gewusst, ob dies eben Siedenburgs Gattin war.

Die Journalistin stieg aus und musterte für einen kurzen Moment das riesige Anwesen. Es war ausgefallen und die Lage war überwältigend. Beneidenswert, urteilte sie und aktivierte die Zeitanzeige ihres Comchips.

»Die aktuelle Uhrzeit ist: 10 Uhr und 39 Minuten«, verriet ihr eine weibliche Roboterstimme.

»Schöner Mist.« Greta ärgerte sich in diesem Moment über sich selbst. Wie fast immer war sie überpünktlich. Das war jetzt nicht zu ändern, und draußen wollte sie wegen der beiden Riesen lieber nicht bleiben. Also schritt sie die lange Treppe hinauf zur Pforte. Der Eingang zum Haupthaus erweckte wie bereits alles andere den Eindruck, dass es das Hauptziel der Bewohner sein dürfte, ihren Wohlstand mehr als deutlich zur Schau zu stellen. Es gab von allem zu viel. Zu viel Gold, zu viele Balustraden, Erker und Balkone. Über dem Zwiebeldach wehte die Flagge der Siedenburg GmbH.

Greta betätigte den Türklopfer, einen goldüberzogenen Löwenkopf. Diese vollständige Abwesenheit einer einheitlichen Linie oder jeglicher Ästhetik könnte man fast als eigenen Stil betrachten, befand Greta mit einem Grinsen. Greta war gespannt, welche geschmacklichen Entgleisungen sie im Inneren erwarten würden.

»Guten Morgen.« Eine attraktive Frau mit weißer Schürze und streng nach hinten gesteckten dunklen Haaren öffnete die Tür. Sie war ihrer äußeren Erscheinung nach Südländerin und geschätzte Ende 40. Ihre Stimme erinnerte an die Taxiansage – sie war höflich, aber ihr fehlte jegliches Interesse an ihrem Gegenüber.

»Guten Morgen, ich habe einen Termin bei Herrn Siedenburg«, erklärte Greta sich.

»Frau Schönherr?«

»Richtig, Greta Schönherr. Ich bin ein wenig zu …«

»Kommen Sie bitte herein«, kürzte die Haushälterin die Formalitäten ab und trat zurück, um Greta den Weg ins Hausinnere freizugeben. »Herr Siedenburg wird sich wegen eines dringlichen Termins einige Minuten verspäten.«

»Das ist kein Problem. Ich warte gerne.« Greta folgte der Frau durch den prunkvoll dekorierten Flur in das Empfangszimmer. Als sie dort eintraf, war sie erstaunt. Hier, in diesem Teil des Hauses, sah es angenehm uneingerichtet aus. Nur das Nötigste stand bereit. Zwei Ohrensessel, ein schlichter Beistelltisch aus Holz und ein Regal, in dem Broschüren der Siedenburg GmbH und Pilzratgeber auslagen. An den Wänden hingen diverse Detailaufnahmen von Trüffelfunden.

Eine Trüffelnachbildung in Sterlingsilber in einer Ecke des Zimmers durchbrach den puristischen Stil und zog Gretas Blick an. Der Pilz war gut und gerne 30 Zentimeter hoch und thronte auf einem Marmorpodest. Was für ein Monster, befand Greta und neigte ihren Kopf in Richtung Statue, um die Gravur am Fuße des Pilzes aus der Nähe zu betrachten.

»Ein Unikat ... und ein Geschenk von Frau Siedenburg«, erklärte die Haushälterin, und über ihr Gesicht flog der Hauch eines Lächelns. Offenbar konnte sie Gretas Gedanken lesen. Die Journalistin sah auf und lächelte ebenfalls. Wunderbar, dachte sie. Ihre erste Frage war damit beantwortet: Es gab eine Frau Siedenburg.

Privatanwesen »Zur Waldburg« der Familie Siedenburg in Remagen 16.11.2034, 12.08 Uhr

Die junge Journalistin hörte einen Wagen vorfahren. Anderthalb Stunden wartete sie nun schon im Empfangszimmer. Manche der Broschüren der Siedenburg GmbH hatte sie zwischenzeitlich das zweite Mal zur Hand genommen. Eine Tasse Trüffeltee und eine Schale mit Pilzkonfekt standen neben ihr auf dem kleinen Beistelltisch. Die Haushälterin hatte dies Greta als große Delikatesse angepriesen. Grundsätzlich widerstrebte es der jungen Frau, Trüffel in Teeform zu sich zu nehmen. Trotzdem probierte sie aus Gründen der Höflichkeit, und mittlerweile hatte sie die Hälfte des Tees getrunken. Wenn sie ehrlich war, schmeckte er gar nicht so übel wie erwartet. Bei den Pralinen allerdings kniff sie. Zwei davon ließ sie eingewickelt in einem Papiertaschentuch in ihrer Aktentasche verschwinden. So sah es aus, als hätte sie von allem gekostet, denn sicher wäre es günstig, sich im Haus eines Trüffelimperialisten nichts von seiner Trüffelapathie anmerken zu lassen, befand Greta. Sie wollte es sich nicht gleich zu Beginn mit ihrem Interviewpartner verscherzen.

Eine Tür schlug zu, und die junge Frau vernahm Schritte aus Richtung der Einfahrt. Sie stand auf und schob behutsam die Gardine zur Seite. Auf dem Vorplatz war keine Menschenseele auszumachen. Also lehnte sie sich zur Seite, um die Treppe zum Haus einsehen zu können. Falls Herr Siedenburg eingetroffen war, könnte sie vielleicht einen ersten Blick auf ihn werfen.

»Sind Sie etwa die Reporterin?« Eine raue Bassstimme ließ Greta aufschrecken. Sie drehte sich peinlich berührt um. Peter Siedenburg stand direkt hinter ihr im Türrahmen und streifte seine von Schlamm überzogene Jacke ab. »Tut mir leid, heute lief alles nicht ganz planmäßig«, erklärte der Firmenchef in einem Tonfall, der Greta daran zweifeln ließ, dass er diese Tatsache in irgendeiner Weise bedauerte. Mit Schwung warf er die Jacke über einen freien Ohrensessel.

Greta erwiderte nichts. Sie versuchte noch, ihre Fassung wiederzufinden, als Siedenburg ihr mit der Hand andeutete mitzukommen. Er ging voraus in sein nebenan liegendes Büro. Greta folgte ihm. Der weitgehend getrocknete Matsch an Hose und Gummistiefeln bröckelte beharrlich auf den Fußboden. Der Mann vor ihr wirkte wie ein Gärtner oder Bauarbeiter, nicht wie der Inhaber eines Trüffelimperiums. Siedenburg selbst schien sein Aufzug nicht zu stören. Ohne große Höflichkeiten ließ er sich in den ledernen Schreibtischstuhl fallen.

»Nehmen Sie Platz!« Es klang wie ein Befehl. Siedenburg verwies Greta auf einen der beiden freien Stühle vor seinem Schreibtisch. »Mir wäre es recht, wir legen gleich los. Wir sind spät dran«, forderte er Greta auf, die sich setzte und sogleich ihre Mappe aus der Tasche zog. Sie schob ihren Comchip vom Armgelenk. Sofort schnappte das Armband ein und der Comchip, der zuvor wie eine Uhr wirkte, hatte sich zu einem Würfel umgeformt. Um den Protokollmodus zu aktivieren, klappte Greta an dessen Seite einen winzigen Haken heraus, den sie an ihrem Kragen befestigte.

»Bereit zur Aufnahme«, vermeldete der Comchip.

Während Greta Fragebogen und Stift vor sich legte, streifte Siedenburg seine Gummistiefel von den Füßen. Es rieselte und knirschte. Steinchen und Schlammbrocken verteilten sich auf dem hellen Teppich im Büro. Greta, die ihre Hosen für gewöhnlich vor dem Tragen aufbügelte, fiel es schwer, ihre Aufmerksamkeit auf etwas anderes zu lenken.

»Geht's dann mal los?«, polterte der Firmenchef in ihre Gedanken hinein. »Für eine von der Zeitung sind Sie ausgesprochen zugeknöpft.«

Greta sah über diese Bemerkung hinweg und konzentrierte sich auf ihre Fragen. »Herr Siedenburg, zunächst einmal vielen Dank für die Einladung …«

»Stopp! Das lahme Vorspiel können Sie uns beiden ersparen. Streichen Sie einfach das Blabla und fangen Sie direkt mit den Fragen an.« Peter Siedenburg sagte dies derart brüsk, dass Greta zusammenzuckte. So einen Ton war sie nicht gewöhnt. Dem Firmenchef war es gelungen, die junge Journalistin binnen Sekunden aus dem Konzept zu bringen.

»Also gut. Wie Sie möchten. Gerne … kürzen wir das ab. Ähm, nun …« Greta suchte in ihren Unterlagen nach einer Frage, die Siedenburgs Wohlwollen finden könnte. Ihre Nerven waren bereits ziemlich angespannt. »Herr Siedenburg, Sie sind einer der erfolgreichsten Trüffelproduzenten in Europa, wenn nicht sogar weltweit …«

»Mein Gott. Kapieren Sie es immer noch nicht!«, unterbrach sie Siedenburg ein weiteres Mal und rieb sich mit der schlammverschmierten Hand über die

Stirn. »Streichen Sie die Beweihräucherung. Ich hoffe, dann bleibt überhaupt noch irgendetwas Sinnvolles auf Ihrem Blatt übrig.« Der Satz brachte ihn kurzfristig zum Lächeln. Dann fror sein Gesichtsausdruck sofort wieder ein.

Greta war den Tränen nah und wünschte sich, sie hätte den Auftrag nie angenommen. Aber sie riss sich zusammen. Jetzt war sie hier, und sie würde sich keinesfalls die Blöße geben, einen Rückzieher zu machen. Mit fester Stimme stellte sie ihre erste Frage: »Wie ist es Ihnen gelungen, diese verschlafene Region in nur zwei Jahrzehnten so tiefgreifend umzukrempeln?« Greta schaute Siedenburg mit großen Augen an. Das war konkret. Oder etwa nicht?

Ihr Gegenüber nickte gnädig und setzte zu einer Antwort an. »Nun …«

Diesmal wurde der Firmenchef unterbrochen. Sein Comchip piepste.

»Ein Anruf. Einen Moment!« Svetlana? Er hob die Hand, um eine kurze Unterbrechung anzuzeigen, und drückte auf Annahme. Danach drehte er sich mit dem Stuhl zur Seite. Greta wartete geduldig, das Interview fortsetzen zu können.

Doch dazu sollte es vorerst nicht kommen.

Greta hörte, dass eine Frau am anderen Ende der Leitung war. Sonst leider nichts. An Siedenburgs Gesichtsfarbe jedoch, die innerhalb weniger Sekunden ins Rote wechselte, erkannte sie deutlich, dass etwas nicht stimmte.

»Was? Die Polizei?«

Greta richtete sich in ihrem Stuhl auf. Was auch immer die Anruferin sagte, es hatte Zündstoff. Siedenburg war außer sich. Er schlug mit der flachen Hand auf den

Schreibtisch. Die Journalistin fuhr erschrocken zurück und presste ihren Rücken in die Lehne.

»Was wollen die Kerle? Haben Sie die Papiere überprüft?« Der Unternehmensleiter hörte einen Moment lang zu und tobte schließlich weiter: »Durchsuchungsbeschluss hin oder her. Halten Sie sie auf! Ohne mich hat niemand etwas auf meinem Grund zu suchen. Hören Sie mir genau zu: Sie sagen denen, ich bin gleich da. Vorher passiert gar nichts, sonst können die Typen was erleben.« Eilig zog sich Siedenburg seine Stiefel an. »Ich muss los!«, informierte er Greta knapp.

Das war alles.

»Diese Anfänger.« Peter hastete aus dem Zimmer, während Greta perplex sitzen blieb, den Comchip weiterhin auf Aufnahme geschaltet. Sie starrte dem Firmenchef hinterher.

Greta war, nach allem, was sie über Siedenburg gelesen hatte, auf vieles vorbereitet gewesen. Trotzdem. Sie musste sich eingestehen: In diesem Fall zeigte sich die Realität noch als weitaus unerfreulicher als ihre Fantasie.

Trüffel-Museum »Zum Alten Vieux Sinzig«
in Sinzig
17.11.2034, 10.11 Uhr

Siedenburgs Vertriebsleiterin Jeannette von Kloppen-
burg hatte Greta am Morgen zu einem zweiten Gespräch
in das ehemalige Restaurant Vieux Sinzig geladen und
sich für den Zwischenfall am gestrigen Tag wiederholt
entschuldigt. »Ein dummes Missverständnis diese ganze
Polizeiaktion«, hatte sie bei der Terminabsprache mehrmals bemerkt.

»Natürlich, ich habe nichts anderes vermutet«, hatte
die Journalistin die Sache ebenfalls heruntergespielt.
In Wirklichkeit jedoch hegte sie Zweifel daran. So wie
Siedenburg gestern auf das Wort »Durchsuchungsbeschluss« reagiert hatte, musste es Vorgänge in seiner
Firma geben, die er der Polizei keineswegs offenlegen
wollte. Was auch immer das war.

Greta Schönherr hatte gestern Nachmittag versucht,
mehr über den Vorfall zu erfahren. Sie hatte im Hotel
und in einem anliegenden Restaurant Erkundigungen
eingeholt. Leider ohne Erfolg. Niemand wusste über
den Besuch der Polizei Bescheid. Wenn sich beim gleich
stattfindenden Gesprächstermin eine Gelegenheit ergeben sollte, würde Greta Herrn Siedenburg auf dieses
Thema ansprechen. Es war nicht auszuschließen, dass
sich dahinter eine hochinteressante Geschichte verbarg. Allerdings wollte sie erst einmal abwarten, wie

das Gespräch verlief. Ein derartiges Zusammentreffen wie gestern hatte die Journalistin in ihrem Berufsleben selten erlebt. Normalerweise zeigten sich ihre Interviewpartner gesprächsbereit und höflich. Diese Eigenschaften konnte man dem Firmenchef nicht unbedingt zuschreiben, und dabei hatte sie noch nicht einmal allzu viele Fragen gestellt.

Greta seufzte bei dem Gedanken daran leise und betrat den nächsten Raum des Museums. Einen charmanten Eindruck hatte ihr Interviewpartner bei ihrem ersten Zusammentreffen nicht hinterlassen. Milde formuliert. Zutreffender wäre: Siedenburg war noch mehr Raubein, als sie ohnehin vermutet hatte.

Die junge Journalistin wartete nun seit einer halben Stunde im Vieux Sinzig, einem historischen Bauwerk, das Siedenburg vor einigen Jahren inklusive des Nachbarhauses erstanden hatte. Der Beraterstab des Firmeninhabers hatte die Eröffnung eines Trüffel-Museums für einen imagestärkenden und gleichzeitig steuermindernden Schachzug gehalten. Für gewöhnlich brauchte es lange, um Siedenburg von einer Investition zu überzeugen, beim Vieux jedoch war der Entschluss, das Gebäude zu erwerben, bemerkenswert schnell gefasst worden. Geld war in diesem Fall ausnahmsweise bei Siedenburg nicht der wichtigste Faktor gewesen, denn das alte Bauwerk hatte in der Vergangenheit des Firmenchefs etliche Male eine wichtige Rolle gespielt. Auch wenn es sich für einen Menschen wie Siedenburg ein wenig zu romantisch anhörte, war es doch so, dass innerhalb dieser Räume viele Erinnerungen steckten. Deshalb war der Firmenchef bereit gewesen, eine enorme Summe, die weit über dem Schätzwert des Hauses lag, zu investieren, um das Gebäude sein Eigen zu nennen. Siedenburg selbst war also überraschend schnell überzeugt gewesen, im Gegensatz zum langjährigen Besitzer des Vieux. Seiner Meinung nach gab es keinen vernünftigen Grund, das Restaurant zu veräußern. Er erfreute sich mit seinen 80 Jahren bester Gesundheit – warum also sollte er sich zur Ruhe setzen?

Über Monate bissen sich die firmeninternen Finanzexperten ihre Zähne an dem eigensinnigen Franzosen aus. Schließlich riss dem Chef der Geduldsfaden, und er übernahm die Verhandlungen selbst. Mit Erfolg. Siedenburg bot Jean-Marie Dumaine ein so reizvolles Sümmchen für das Anwesen und machte ihm die Sache derart schmackhaft, dass er das Angebot einfach nicht ausschlagen konnte.

»Mon dieu!«, soll der Franzose gesagt haben. »Isch werd nie wieder kochen und nür noch andrö für misch kochen lassön.« Mit diesem Vorsatz kehrte er in seine Heimat, die Normandie, zurück, während man vor Ort bereits den Umbau des Vieux zu einem Museum plante.

Jean-Marie Dumaine hatte bis zu diesem Zeitpunkt regelmäßig zum Jahresabschluss ein mehrgängiges exquisites Festessen für die Siedenburg GmbH organisiert. Mit dem Verkauf wurde dem ein Ende gesetzt, und da ein adäquater Ersatz nach Meinung Siedenburgs nicht in Sicht war, nutze er die Gunst der Stunde: Die geldverschlingende Abschlussveranstaltung wurde bis auf Weiteres vollständig gestrichen. Wer es wagte, das Thema wider besseres Wissen anzusprechen, bereute es.

Dies alles hatte Greta im Rahmen ihrer Recherche erfahren. Während sie darüber nachdachte, betrat sie den nächsten Raum. Der Aufbau des Museums begeisterte sie. Bei der Planung des Umbaus war man sich schnell darüber einig gewesen, dass man auf frühere, fast könnte man sagen altertümliche Darstellungsmethoden zurückgreifen wollte. Die Tatsache, dass sich die Museumslandschaft in den letzten Jahren durch die zunehmende Digitalisierung und den Fortschritt virtueller Museumsangebote stark verändert hatte, ließ man dabei außer Acht. Greta, die mit viel Entdeckerfreude durch die einzelnen Ausstellungsräume streifte, begrüßte diese Entscheidung. Die Atmosphäre des Museums versetzte den Besucher zurück in eine vergangene Epoche – in die Zeit des frühen 21. Jahrhunderts. In den verschiedenen Zimmern befanden sich alte Fotografien von den ersten Trüffelfunden in der Eifel, von den ersten Spatenstichen an der Truffière und all den Pionieren, die hierbei eine wesentliche Rolle gespielt hatten. Manche der Bilder waren sogar noch mit analoger Kameratechnik entstanden. Voll Erstaunen bemerkte Greta, dass man selbst dem vor vielen Jahren verstorbenen Trüffelhund Max einen eigenen Saal gewidmet hatte. Ohne Frage berechtigt, denn letztlich war es seine feine Nase gewesen, der man das Trüffelfieber um Sinzig verdankte.

In einem alten Zeitungsbericht von 2002, der hinter Glas an der Wand befestigt war, berichtete man in begeisterten Worten von Max: »Der Held mit Fellnase«, stand dort als Überschrift. Darunter: »Vorgestern, am 15. Oktober, entpuppte sich der Mischlingsrüde Max als begnadetste Trüffelsuchnase Deutschlands. In Bad Neuenahr am Pfaffenberg verhalf er seinem Herrchen Jean-Marie Dumaine zu seinem ersten großen Fund. Fast ein ganzes Kilo Burgundertrüffel. Eine Sensation, auch wenn die Fundstücke nicht verzehrt werden dürfen. Trüffel stehen in Deutschland unter Naturschutz, und die Entnahme stellt damit eine Ordnungswidrigkeit dar. Aber vielleicht wird sich dies nun mit dem aktuellen Sensationsfund ändern? ›In unseren Wäldern lauern unter der Erde weit mehr Trüffel als man gemeinhin annimmt‹, verkündete Max' Herrchen Jean-Marie Dumaine, der sein Glück kaum fassen kann.«

Die Ausstellungsräume und die Atmosphäre erinnerten Greta an die vielen Museen, die sie mit ihrem Großvater besucht hatte. Einzig die goldfarbenen Einfassungen der Bilder im Raum für Max störten das Gesamtbild. Skeptisch musterte die Journalistin eines der Fotos, das sich in einem pilzförmigen Rahmen mit üppigen Ornamenten befand. Greta kräuselte ihre schmalen Lippen bei dem kitschigen Anblick. Das Museum war dezent eingerichtet, die Einfassung der Hundefotografien wirkte deplatziert.

»Den Raum für den treuen Max hat meine Frau eingerichtet.« Siedenburg trat über die Schwelle. »Schönen guten Morgen, Frau Schönherr.«

Wie schon bei der ersten Begegnung mit Peter Siedenburg schreckte Greta zusammen. Nicht in erster Linie, weil der Firmenchef sich wieder vollkommen lautlos genähert hatte, sondern da sie mit seinem herzlichen Ton nicht gerechnet hatte. Das brachte sie von Neuem aus dem Konzept.

»Entschuldigen Sie bitte die Verspätung. Wenn Sie möchten, können wir gleich beginnen.« Seine wundersame Wandlung betraf sowohl die Umgangsformen als auch den optischen Eindruck. Siedenburg gab sich äußerst charmant. Er trug ein tadellos sitzendes Sakko und hatte offensichtlich eine Dusche genommen.

Greta war kurz sprachlos. Wieder dauert es einen Moment, bis sie antworten konnte. »Sehr gerne. Ich schalte nur kurz auf Aufnahme, wenn es Ihnen recht ist?«

»Freilich.«

Ihr Interviewpartner wanderte im Raum umher, während Greta ihren Comchip für das Interview modifizierte und am Kragen ihrer Bluse befestigte. Der Protokollierungsmodus war aktiv. »Herr Siedenburg, wir befinden uns im alten Vieux Sinzig, das mit Ihrer Unterstützung zu einem Museum umgebaut wurde. Sicher weckt dieser Ort viele Erinnerungen bei Ihnen. Könnte man vielleicht sogar sagen, dieses Gebäude ist die Geburtsstätte Ihres Trüffelimperiums?«

»Absolut, Frau Schönherr. Das trifft den Nagel auf den Kopf. In diesen Räumen, im Vieux Sinzig, fanden die ersten Treffen des Ahrtrüffel-Vereins statt. Das müsste …« Siedenburg schien nachzurechnen.

Greta kam ihm zuvor. »… fast 30 Jahre her sein. Anfang dieses Jahrhunderts, wenn ich mich richtig erinnere. War das damals wirklich der Anfang von allem?«

»Der Anfang von allem, genau! Das haben Sie treffend formuliert und gut recherchiert, Frau Schönherr.« Greta musterte verlegen den Terrazzoboden. »Vor gut 20 Jahren trafen wir uns mehrmals im Monat in diesen Sälen. Jean-Marie, der ehemalige Besitzer des Vieux, der das Restaurant führte, gehörte mit zum Verein.« Über Siedenburgs Gesicht huschte ein zufriedener Ausdruck bei der Erinnerung daran. »Damals hielt man uns für schräge Vögel mit einer noch schrägeren Idee. Eine Truffière in der Eifel – darüber konnten viele nur lachen. Und jetzt schauen Sie sich einmal in Sinzig um. Kaum zu fassen, was diese Idee aus der Stadt gemacht hat.«

Greta stimmte Siedenburg zu. Die Redseligkeit des Firmenchefs begeisterte sie. »Können Sie mir mehr aus dieser Zeit erzählen?«

»Aber sehr gerne.« Siedenburg lächelte Greta zu. »Das wohl Schwierigste zu Beginn war, die passende Ecke für den geplanten Trüffelhain zu finden«, erinnerte sich Peter Siedenburg.

»Wo und wie fanden Sie letztlich den geeigneten Ort für dieses ungewöhnliche Experiment?«

»In Bad Bodendorf. Exakt dort, wo meine Firma heute steht. Der ehemalige Weinberg mit Lößhängen bot die besten Bedingungen. Das war ein einmaliger Glücksfall für uns.«

»Und den kauften alle Mitglieder des Vereins gemeinsam?«

»Nein, wir pachteten ihn. 3.000 Quadratmeter. Es war nicht einfach, das Geld zusammenzubekommen. Doch wir schafften es irgendwie, und dann legten wir los. Ohne Sinn und Verstand, wenn ich das aus heutiger Sicht so sagen darf.« Die Erinnerung an diese Zeit ließ Siedenburg mit einem Mal weit jünger wirken, bemerkte Greta, die ihr Glück kaum fassen konnte. Der Firmenchef war in bester Plauderlaune und erzählte wohlgestimmt weiter. »Wir alle hatten keinen blassen Schimmer vom Trüffelgeschäft. Durch die Bank weg wusste niemand, wie es gelingen könnte, die Trüffel genau dort anzusiedeln, wo wir sie haben wollten. Vielleicht könnte man sagen: Wir arbeiteten im Dunkeln. Im Nebulösen. Aber egal, diese Ahnungslosigkeit machten wir mit viel Eifer und Enthusiasmus wett.«

Der letzte Satz brachte Greta zum Lachen. Siedenburg ebenfalls. Im Anschluss an die Museumsbesichtigung lud er sie zu einem Mittagessen in die um einen exklusiven

Gastraum erweiterte Originalküche des Vieux Sinzig ein. Der zuständige Architekt hatte Mauern abtragen lassen, um einen freien Blick auf die Arbeit der kulinarischen Virtuosen zu gewähren. Hier, wo man für gewöhnlich ein halbes Jahr im Voraus reservieren musste, genoss der Firmenchef als großer Stifter verständlicherweise Sonderrechte. Man führte sie zum besten Tisch des Hauses, von dem aus man auch den alten Kräutergarten einsehen konnte. Bis auf wenige Exemplare, die sehr hitzeempfindlich waren, war es den Museumsgärtnern gelungen, die Wildkräutersammlung Dumaines zu erhalten.

»Darf ich bitte bestellen?«, fragte Siedenburg, als beide saßen.

»Gerne. Vielen Dank«, erwiderte Greta höflich. Was blieb ihr auch anderes übrig.

Permanent war er auf der Suche nach neuen Gaumenerlebnissen, berichtete er Greta, insbesondere seitdem er sich das guten Gewissens leisten konnte. Wenn Trüffel auf der Zutatenliste standen, widerstand er keiner Versuchung. Ausgefallene und – wenn es sich nicht vermeiden ließ – auch teure Arrangements, die Siedenburg in neue kulinarische Welten entführten, waren seine Leidenschaft. Genau genommen seine einzige.

Hierfür bot die Museumsküche im Vieux Sinzig die allerbeste Grundlage. Der Küchenbesuch selbst war schon ein Event. In den letzten Jahren setzte man verstärkt auf Erlebnisgastronomie. Nicht nur das Essen, sondern das ganze Setting sollte ein Abenteuer sein. Die Regeln waren simpel: Je verrückter man den Vorgang der Essenszubereitung gestaltete, desto beliebter waren die Angebote und umso eher waren die Gäste bereit, einen hohen Preis zu bezahlen. Wer diesen Trend nicht mitmachte, konnte in der Gastronomie nicht mehr bestehen, und so wurde auch das Museumsrestaurant dem Wunsch nach Sensation und Einmaligkeit gerecht.

Greta beobachtete mit Erstaunen den Jungkoch – den Commis de Cuisine, wie ihr Siedenburg erklärte –, der an einer kleinen Drehbank mit einem Edelstahlbohrer dicke, ungeschälte Karotten aushöhlte. Er arbeitete mit enormer Präzision. Fast wie ein geübter Schreiner, sogar eine Feile nahm er zur Hand. Die fertigen Exemplare reichte er an den Legumier weiter. Mit einer Garniertülle füllte dieser den Hohlraum mit einer raffinierten Creme aus Trüffel und Herbsttrompeten. Das Ensemble wurde nur leicht erwärmt, um den ursprünglichen, flüchtig erdartigen Geschmack zu bewahren. Dazu reichte man ihnen einen beliebten, entalkoholisierten Wein aus dem Jahr 2021. Es war der erste Versuch gewesen, Sinziger Trüffelwein herzustellen.

»Ein Jahrhundertsommer war es damals«, berichtete Peter. »Der Wein ist uns schon im ersten Anlauf gelungen.

Greta stimmte ihrem Gegenüber zu. Sie erinnerte sich an diesen Sommer, obwohl der Ausdruck »Jahrhundertsommer« zugegebenermaßen in jenen Tagen auffallend häufig gefallen war.

Während des außerordentlichen Menüs gab sich der Firmenchef weiterhin redefreudig. Um genau zu sein, führte er das Gespräch und Greta wurde zunehmend stiller. Jeder Versuch, eine Frage an ihr Gegenüber zu richten, wurde unterbrochen, und da die Journalistin nicht unhöflich sein wollte, fütterte Siedenburg die junge Frau an diesem Morgen vorwiegend mit allgemeinen Informationen.

*

Peter Siedenburg wusste genau, was er der grauen Maus von Pressefrau erzählen würde und was nicht. Ab und an streute er bewusst eine amüsante Episode ein, die jedoch völlig ohne Bedeutung und unverfänglich war, um davon abzulenken, dass er ihr nur Altbekanntes erzählte. Die wirklich interessanten Fakten wie den Umstand, dass er sich dem Problem der Trüffelkultivierung seit jener Zeit damals hier im Vieux Sinzig eher entfernt als angenähert hatte, sparte er aus. Ebenso wie alle anderen kritischen Punkte und die vielen Rückschläge, die er in den letzten Jahren erlebt hatte. Siedenburg lenkte die Unterhaltung souverän nach seinen Wünschen und hatte die Pressefrau, wie die meisten Menschen in seiner Umgebung, gut im Griff.

Er mochte keine Gefühlsduseleien, doch kam er nicht umhin sich einzugestehen, dass ihn diese alten Gemäuer und die eigentümliche Atmosphäre in den Räumen anrührten. Dieser Ort weckte Erinnerungen an frühere Zeiten. An Zeiten, in denen das Trüffelgeschäft einfach erschien und die Begeisterung und der Tatendrang die großen Fragezeichen rund um die Trüffelkultivierung in den Hintergrund gerückt hatten.

Restaurant »Zum Alten Vieux Sinzig« in Sinzig
17.11.2005, 22.11 Uhr

»Einschtimmig angenommen«, verkündete Jean-Marie, der Vorsitzende des Ahrtrüffelvereins. »Isch geb ein Rundö aus.«

Die anderen Mitglieder trommelten mit ihren Fingern auf der langen Tafel begeistert Beifall. Zu beidem: der Zustimmung zum Pachtvertrag in Bad Bodendorf und zum Freigetränk. Allgemein liefen die Treffen des Ahrtrüffelvereins in der ersten Hälfte kulinarisch virtuos und gegen Ende des Abends auch schon mal »feuchtfröhlich« ab. Heute in besonderem Maße, denn die Pilzinteressierten feierten einen großen Erfolg.

Peter Siedenburg ging auf Jean-Marie zu und legte den Arm um ihn. Dann hob er sein Glas und prostete den Mitstreitern in bester Laune zu. »Auf eine gute Ernte.«

»… und Bergö von Trüffel«, fügte Jean-Marie an.

Er war erleichtert, das sah man seinen leuchtenden Augen an. Zu guter Letzt hatte der Verein nach monatelanger Suche ein passendes Grundstück für die geplante Truffière gefunden. Es lag im finanziell möglichen Rahmen und wies ideale Bedingungen auf. Zumindest nach dem, was derzeit über Trüffel bekannt war.

Das Großprojekt zu verwirklichen war nicht leicht gewesen. Die Finanzierung hatte etliche Fragen aufgeworfen. Doch der Plan, die Gesamtkosten durch Setzlinge, für die man Patenschaften anbot, möglichst niedrig zu halten, ging auf. Zunächst lief der Verkauf schleppend an, aber dann, schlagartig, gingen die Jungpflanzen weg wie warme Semmeln. Man zahlte bereitwillig die Jahresgebühr für den persönlichen Patenbaum, wurde informiert, wenn die ersten Trüffel am eigenen Trüffelbaum aufgefunden wurden, und hatte somit das Gefühl, Teilhaber einer Trüffelplantage zu sein. Dieses Konzept ging auf. Selbst aus Ländern wie Finnland oder Norwegen erhielten sie Anfragen. Jeder wollte sein Stück der Truffière. Viele orderten zudem infizierte Setzlinge für ihre eigene, kleine Truffière. Sie bedienten all diese Anfragen gerne, denn Geld konnten sie zur Zeit der Firmengründung gut gebrauchen.

Ihr Glück war es, dass zu dieser Zeit das Thema Trüffel in Deutschland einen enormen Aufschwung erfuhr. Trüffelfans deutschlandweit und sogar rund um die Welt vernetzten sich über das Internet.

Hinzu kam ein weiterer Glücksfall, der dem Verein auch in der Fachwelt zu internationalem Ansehen verhelfen sollte. Siedenburg, der immer schon ein gutes Gespür für gewinnbringende Verbindungen hatte, gelang es, über ein Internetportal Kontakt zu Kirsten Rabermann, einer ehemaligen Klassenkameradin aus der Gymnasialzeit, herzustellen. Sie arbeitete seit einiger Zeit bei einem genetischen Institut, das war Peter eher zufällig zu Ohren gekommen. Aber beruhten nicht die meisten Erfolge zum Großteil auf Zufall? Jedenfalls versorgte Kirsten den Verein seither mit hochaufgelösten Sporenaufnahmen, die aufgrund ihrer hohen Präzision und Qualität weltweit einmalig waren. Mit den genetischen Analysen der verschiedenen Trüffelarten wurde die Trüffelforschung auf ein höheres Level befördert, und das war für Siedenburg von zweifachem Vorteil. Zum einen erhielt er immer die aktuellsten Informationen und zum anderen gaben sich von dieser Zeit an in Sinzig international renommierte Pilzforscher die Klinke in die Hand.

Siedenburg, der wusste wie man günstige Verbindungen am Leben erhielt, belieferte Kirsten im Gegenzug mit verschiedensten Trüffelfunden, die sie für ihre Aufnahmen und eine Studie zu deutschen Trüffelvorkommen nutzte. So ging keiner leer aus.

Alle warteten auf die erste Ernte, die die Experten für das achte oder neunte Jahr prognostizierten. Für die Trüffelkultivierung brauchte es eindeutig Geduld. Nach sieben Jahren fand man einen ersten Trüffel auf der Truffière, ein winziges für den Verzehr nicht wirklich brauchbares Exemplar. Jean-Marie – ein eifriger Kerl, aber nach Auffassung Siedenburgs eine viel zu ehrliche Haut – fiel es schwer, diese geringe Menge als entscheidenden Fortschritt in der Trüffelkultivierung zu verkaufen. Unbestreitbar war dieser Fund ein Grund zur Freude, denn es war die erste Ernte auf einer deutschen Trüffelplantage überhaupt – aber es war keine echte Riesensensation. Nach Meinung Jean-Maries sollten sie, bevor sie eine allzu große Sache daraus machten, die Ernte der kommenden Jahre abwarten.

Peter jedoch, der ebenfalls im Vorstand des Vereins tätig war, war ein anderes Kaliber. »Aus der richtigen Perspektive kann man alles als Riesenerfolg verkaufen«, behauptete er. »Jetzt oder nie!«, war sein Motto.

»Mon dieu«, sagte der Franzose.

Ihm war nicht wohl bei der Sache, doch was blieb ihm übrig: Er überließ Siedenburg das Feld, der den Fund als Sensation anpries. Kurze Zeit später folgte ein großes mediales Echo. Peters Strategie ging auf. Das Thema zog durch diverse Zeitungsartikel und Fernsehauftritte weitere Pilzinteressierte an. Die Anzahl der Mitglieder des Trüffelvereins verzehnfachte sich innerhalb weniger Monate, und die Anfragen nach Trüffelsetzlingen für heimische Truffières wuchs. Ebenso wie die Arbeit. Die Pioniere der ersten Stunde hatten mit einem solchen Interesse niemals gerechnet. Sie betrieben den Verein hobbymäßig und aus purem Forschungsinteresse – nie hatten sie finanzielle Gewinnabsichten damit verfolgt. Nun aber stand ihnen in der Vereinskasse weit mehr Geld zur Verfügung, als sie eigentlich brauchten, dahingegen wuchs die Zeit, die sie in Vereinsarbeit investieren mussten, ins Unermessliche. Wer sollte all die Anfragen nach Setzlingen für eigene Plantagen bedienen? Das war für die Mitglieder, die dies in ihrer Freizeit erledigten, unmöglich zu bewältigen.

Der Einzige, dem diese Entwicklung gefiel, schien Siedenburg zu sein.

»Das, genau das, ist jetzt unsere Zeit«, predigte er bei einer Vereinssitzung, in der sie das weitere Vorgehen klären wollten.

»Vielleicht sollten wir die Mitgliederzahl begrenzen«, schlug einer der Vorsitzenden vor. »So viel Resonanz ist natürlich gut, aber das können wir als Verein nicht mehr leisten.«

Viele der Anwesenden stimmten dem mit einem Kopfnicken zu.

»Das wäre doch Wahnsinn. Gerade jetzt«, entgegnete Siedenburg damals erbost. Er hatte andere Pläne und schon Erstes in die Wege geleitet. »An Geld fehlt es uns nicht. Ich würde vorschlagen: Wir nehmen uns einen Profi dazu.«

Man schaute skeptisch in die Runde, doch Peter wusste immer schon zu überzeugen. Mit einem fertig ausgearbeiteten Konzept gewann er den Vorstand für seine Idee. Ein Finanzexperte, der Sohn eines Vorstandsmitgliedes, der gerade sein BWL-Studium abgeschlossen hatte, würde die geschäftlichen Aufgaben übernehmen. Man könne zudem Hilfskräfte zur Pflege der Truffière einstellen. Diese könnten auch die Impfung neuer Setzlinge übernehmen. All das hörte sich vernünftig und durchdacht an, man vertraute Peter.

Dass sich der junge BWLer, den Siedenburg als Crack anpries, auf lange Sicht als ein ahnungsloser Hochstapler mit Hang zum Größenwahn erwies, spielte Siedenburg, was seine spätere Firmengründung betreffen sollte, in die Hände. Für den Verein allerdings traten mit der Entscheidung weniger gute Zeiten an.

Die Fragen um den Anbau der Trüffel gerieten in den kommenden Jahren zunehmend in den Hintergrund, denn der neu eingestellte Finanzexperte dachte groß. »Man muss eine solche Sache richtig aufziehen«, sagte er bei der nachfolgenden Sitzung und teilte den Mitgliedern mit, dass das jährlich stattfindende Trüffel-Symposium, das normalerweise in einer vereinseigenen Immobilie stattfand, ab jetzt in ein Kongresscenter verlegt würde. Berühmte, hochbezahlte Autoren und Gastprofessoren aus aller Welt seien geladen, es würde eine fulminante Veranstaltung werden, weshalb auch eine Buchung mit Trüffel-Menü knappe 1.000 Euro koste.

»Exklusivität zieht die richtigen Leute an, und exakt da wollen wir hin«, erklärte er weiter. Die Anwesenden stöhnten auf und beschwerten sich lautstark. »Das sei absoluter Wahnsinn, fern von jeder Realität und würde nie funktionieren«, war die allgemeine Meinung im Vorstand, doch sie irrten sich. Die freien Plätze waren tatsächlich innerhalb weniger Tage ausgebucht, und sie hätten eigentlich hochzufrieden sein können. Erstaunlicherweise aber war der finanzielle Gewinn des Vereins bei diesem Event und all den nachfolgenden eher bescheiden. Zu hohe Nebenkosten, Miete, Personal und Steuern und insbesondere die Tatsache, dass der junge Profi weit mehr an seiner Außendarstellung interessiert war als an wirtschaftlichen Gesichtspunkten und vernünftigen Kalkulationen, dürften wahrscheinlich der Grund für den finanziellen Niedergang des Vereins gewesen sein.

Dies war der Zeitpunkt, an dem Siedenburg die Gunst der Stunde erkannte. Mit dem Verein war für ihn zukünftig kein Geschäft mehr zu machen. Der Schuldenberg war enorm angewachsen, obwohl die Nachfrage nach infizierten Jungpflanzen weiterhin groß war. Der Vorstand entschied sich, die Truffière zu verkaufen, um das Schlimmste zu verhindern. Das war Peters Chance. Er war sich sicher, hier war Geld zu machen. Mit der richtigen Strategie könnte er die steigende Kauflust an Trüffelsetzlingen in seinem Sinne bedienen und die Mykorrhizierung von Pflanzen professionell und gezielt betreiben. Es war einen Versuch wert, auch wenn sich zu jener Zeit bereits andeutete, dass der Mangel an geeignetem Impfmaterial Probleme bereiten könnte. Siedenburg war sich sicher, auch dieses Thema würde er über kurz oder lang in den Griff bekommen.

Sein erster Schritt auf dem Weg zur Firmengründung war es, möglichst preiswert weiteres Gelände zu erwerben. Statt zu pachten, kaufte Siedenburg. Die überwucherten Hänge rund um die Truffière in Bad Bodendorf waren für einen kleinen Preis zu haben, und sie lagen günstig. Also schlug er zu. Das nötige Kapital hatte er sich jahrelang mit einer bunten Mischung aus finanziellen Tricksereien in puncto Honorare, Fahrtkosten und durch heimliche Trüffelverkäufe angespart. Jetzt würde es seinen Zweck erfüllen. Mit dem was übrig blieb, erwarb er Trüffel. So viele, wie zu bekommen waren. Die Siedenburg GmbH war gegründet. Damit kam bald auch J. C. Korb ins Spiel – und das machte die Sache deutlich schwieriger.

Greta wartete in der Schwarzen Knolle auf den Kellner. Trotz Klimawandel war heute ein unterkühlter Novembertag. Die junge Frau saß am Fenster und schaute auf die vielen Pfützen, die der Regen mit Nachschub versorgte. Ungeachtet des grauen Wetters war Greta in Hochstimmung. Und das, obwohl gestern erst einmal so ziemlich alles schiefgelaufen war. Es war ihre Schuld, hatte Greta sich später gesagt, als sie nach dem Interview im Hotel angekommen war. Es musste an ihrer dilettantischen Fragetechnik liegen. Wie konnte man nur derart talentfrei sein, wenn das Gegenüber solche Redseligkeit bewies?

Und das hatte Siedenburg. Der Trüffelimperialist hatte sich am vorigen Tag von seiner besten Seite gezeigt, doch wusste Greta diesen Umstand nicht für sich zu nutzen. Als die Journalistin von dem Restaurantbesuch zurückgekehrt war, hörte sie sich die fast vier Stunden langen Aufzeichnungen im Schnelldurchlauf an und stellte fest, dass sie wenig Neues erfahren hatte. Ein schöner Mist. Ihre anfängliche Hochstimmung verwandelte sich innerhalb kürzester Zeit in tiefe Melancholie. Puhlmann, der Chefredakteur ihrer Zeitung, würde aus der Haut fahren. Oder ihr gleich kündigen. Nicht einmal Trüffelköniginnen würde man ihr noch anvertrauen.

Vielleicht lag es an dem Essen. Denn das Menü war für Greta ein einziger Spießrutenlauf gewesen. Sie zweifelte mittlerweile an ihrer Taktik, Siedenburg zu verheimlichen, dass sie keine Trüffel mochte. Wäre sie von Beginn an ehrlich gewesen, so hätte sie keine fünf Gänge über sich ergehen lassen müssen, wovon kein einziger trüffelfrei gewesen war. Obendrein gab es noch Trüffelwein, den Siedenburg in den höchsten Tönen lobte. Sündhaft teuer, mit einem furchtbaren Aroma, das den Eindruck erweckte, man hätte muffige Erde im Mund. Greta konnte es jetzt noch in Gedanken schmecken.

Die größte Dummheit hatte sie beim Abschied vor dem Vieux Sinzig begangen. Denn es gelang ihr wieder einmal nicht, sich zurückzuhalten. Statt sich am neuen, überraschend guten Verhältnis zum Firmenchef und der sehr freundlichen Einladung zum Essen zu erfreuen, verpatzte Greta innerhalb weniger Sekunden alles. Warum konnte sie nicht einfach den Mund halten? Weshalb musste sie unbedingt Siedenburg auf die Polizeiaktion ansprechen, ganz ohne große Umschweife?

Was darauf folgte, war ein Kahlschlag. Peter Siedenburgs Ton änderte sich binnen Sekunden. Es war, als stände urplötzlich ein anderer Mensch vor ihr. »Hat man Sie nicht informiert, dass das alles ein Missverständnis war? Was an dieser Aussage haben Sie nicht verstanden?« Nach allerlei Gezeter wimmelte er Greta so schnell und unfreundlich wie am Tag zuvor ab.

Eine ziemliche Pleite also, die auch ihr Gutes hatte. Letzten Endes war sie dafür verantwortlich, dass Greta auf eine neue Taktik setzte und am späten Nachmittag ein zweites Mal loszog, um sich, aus purer Verzweiflung, weitere Informationen zu Siedenburgs Person zu verschaffen. Greta hatte keine Wahl, ihr blieb nur eine Woche für diese Reihe, und sie konnte es sich nicht erlauben, mit leeren Händen nach Bonn zurückzukehren.

Bei der Tour durch Sinzig stellte Greta fest, dass die meisten Leute gerne über andere berichteten. Oder wie manche sagen würden: tratschten. Es lag auch im Bereich des Möglichen, dass dies eine besondere Eigenart der Rheinländer ist. Das konnte Greta nicht sicher beurteilen. Woran auch immer es lag, egal wen die Journalistin zu Siedenburg befragte, die Menschen waren redselig. Sie musste lediglich den Namen »Peter Siedenburg« in den Mund nehmen, schon plapperten sie los. Nach all dem, was sie aus den Gesprächen erfahren hatte, war der Firmenchef kein Sympathieträger. Wohlwollend ausgedrückt. Man könnte sagen, Siedenburg wurde als kauziger, sturer Eigenbrötler und Emporkömmling betrachtet, dem man aufgrund seiner kalten, ja fast schon frostigen Art seinen geschäftlichen Erfolg nicht gönnte.

Manche kannten ihn noch von früher, sogar einen alten Schulfreund hatte sie in einem Café ausfindig gemacht. »Früher war der Peter eigentlich ein feiner Kerl«, berichtete der Herr namens Huschens Frank Greta.

»Wissen Sie was über seine Eltern? Sein Vater soll früh gestorben sein. Liege ich da richtig?«

»Ja, der Peter, der hatte von früher Kindheit an nur seine Mutter. Die Siedenburgs hatten kein Geld, und als der Vater starb, war da dauerhaft leere Kasse. Peter war gerade mal drei oder vielleicht vier, als der Vater ums Leben kam. Und noch dazu war er nicht das einzige Kind. Seine Mutter musste die vier Geschwister allein durchbringen. Für einen Hungerlohn mühte sie sich in einer

Lederfabrik ab. Schleppte die schweren Häute, und die Chemikalien dort waren auch nicht ohne, das weiß man heute. Nur damals hat das kaum jemanden interessiert.«

Huschens Frank machte eine betrübte Miene. Die junge Frau senkte wissend den Kopf. Ja, auch sie hatte von den Spätfolgen gelesen.

»Wie gesagt, die Brigitte war fleißig, gar keine Frage«, fuhr der alte Schulfreund Siedenburgs fort, während er ausgiebig in seinem Kaffee rührte. »So schaffte sie es, die Kinder irgendwie großzuziehen. Das Geld war natürlich immer knapp. Deshalb hat Peter ständig versucht, sich was dazu zu verdienen. Ideen, wie man zu Geld kommen könnte, die hatte er immer schon.«

Beim Gedanken daran musste der Mann lachen. Greta überlegte, welche Geschäftsmodelle man möglicherweise als Schüler betreiben könnte. Doch ihr fiel nicht viel ein. Zeitungen austragen vielleicht, aber das passte nicht zu Siedenburg. Frank Huschen sprach weiter: »Und ehrgeizig war er. Zu guter Letzt hat er es schließlich auch geschafft. Der Peter hatte Glück, die Brigitte allerdings weniger. Kaum war sie im Rentenalter, ist sie gestorben. Krebs, ganz schnell. Wie das so ist.« Huschens Frank zog seine Schultern hoch. »Hatte mein Vater auch, den elenden Krebs. Heute ist das Gott sei Dank Geschichte, aber vor ein paar Jahren noch war es eine schlimme Sache. Jedenfalls gab es nach dem Tod der Mutter eine Menge Scherereien.« Er stockte und verzog vielsagend das Gesicht. »Stellen Sie sich das mal vor – dabei war doch kaum etwas zu holen bei der armen Frau.«

Greta nickte nur.

»Ist auch nicht meine Sache, egal, was die Leute heute vom Peter sagen, früher war er ein guter Kumpel und noch dazu ein lustiger Kerl. Der hatte es eben nicht leicht. Keiner sucht sich sein Leben aus.«

»Sehen Sie Herrn Siedenburg heute manchmal noch?«

Herr Huschen überlegte kurz. »Sehen vielleicht schon, aber er tut, als ob er uns alle miteinander nicht mehr kennt. Jetzt, wo er reich ist, interessieren ihn seine alten Freunde nicht mehr. Schade! Aber et is, wie et is: Geld verändert die Menschen. Meist wird's damit nicht unbedingt besser.«

Nachdem Greta einem Friseursalon, zwei Bäckereien, einer Boutique sowie besagtem Café in Sinzig einen Besuch abgestattet hatte, war sie besser über Siedenburg informiert als vermutlich er selbst. Nach den zwei wenig ergebnisreichen Gesprächsterminen war dies ein Lichtblick. Auch wenn der Journalistin bei diesen Gesprächen viel Widersprüchliches berichtet wurde, hatte sie doch einiges Neues über den Privatmann Siedenburg erfahren.

Beschwingt durch den Erfolg hatte Greta am heutigen Morgen ein brandneues Kleid aus der Boutique angezogen, und die für die eher zurückhaltende Journalistin sehr gewagte Kurzhaarfrisur saß trotz Dauerregen mithilfe der hochpreisigen Produkte, die sie erworben hatte, um das Vertrauen der Friseurin zu gewinnen. Greta ging es fabelhaft.

So gut, dass sie den Entschluss gefasst hatte, dem Schnellimbiss »Zur schwarzen Knolle« einen weiteren Besuch abzustatten. Hier arbeitete immerhin ein ehemaliger Studienkollege, sagte sie sich. Auch wenn Sean möglicherweise das Studium noch nicht abgeschlossen hatte, hatte er bestimmt trotzdem ein Gespür für spannende, brisante Themen. Vielleicht wusste er ein paar interessante Details über Siedenburg zu berichten. Deshalb saß sie nun an ihrem Tisch am Fenster und sah Richtung Tresen, hinter dem gerade Sean auftauchte. Greta spürte, wie sich ihr Selbstbewusstsein auf und davon machte. Am liebsten hätte sie sich wie gestern einfach aus dem Staub gemacht. Aber das war keine Option – zum Kneifen war es zu spät. Sean kam geradewegs auf sie zu.

»Guten Morgen«, sagte er wieder in bester Laune und zog den Comchip aus einer der hinteren Hosentaschen seiner verschlissenen Jeans. Er sah gut aus und hatte sich seit dem Studium kaum verändert, obwohl er nicht den Eindruck machte, als würde er viel Wert auf Äußerlichkeiten oder Mode legen. Greta musste schlucken, fand aber immerhin den Mut, den Gruß leise zu erwidern. »Guten Morgen.« Ihrer Stimme fehlte der Klang.

Sean taxierte das Gesicht der Journalistin und legte den Kopf schief. »Entschuldigen Sie bitte. Das hört sich jetzt sicher nach einer total blöden Anmache an, aber Sie kommen mir irgendwie bekannt vor.«

»Ach, echt?« Greta gab sich unwissend. Allerdings war sie im Flunkern lausig, das wusste sie. Sie fühlte, dass ihr die Hitze in den Kopf stieg. Angespannt zupfte sie an einer ihrer Haarsträhnen, die sich wie Draht anfühlte.

Sean ließ nicht locker. »Kann es vielleicht sein, dass wir uns mal an der Uni in Bonn gesehen haben? Das Seminar bei Herrn Wiessmann vor ein, zwei Jahren?«

Greta wartete einen kurzen Moment ab. So, als müsste sie kurz nachdenken. Erst dann antwortete sie: »Ja, stimmt! Jetzt, wo du es sagst. Medienrecht, schätze ich? Das ist ein Ding, was für ein Zufall!«

»Aber ich habe dich schon lange nicht mehr gesehen. Oder? Du bist bestimmt mittlerweile fertig?«

»Ja, genau.« Greta nickte. »Seit etwa anderthalb Jahren. Und was machst du hier? Hast du umgesattelt aufs Trüffelgeschäft?« Greta lachte über ihren kleinen Scherz und schaute verlegen auf ihre Hände.

»Ne. Bloß nicht! Das ist wirklich rein ein Studentenjob. Bald hab ich den Master in der Tasche, und danach kann ich wahrscheinlich nie wieder Trüffel sehen. Und erst recht nicht riechen.«

Mit seiner Aussage zu den Trüffeln punktete Sean bei Greta. Sie sah ihm verstohlen dabei zu, wie er sich mit der Hand durch seine dunklen Locken strich. Ein sinnloses Unterfangen, denn im Handumdrehen rutschen die Strähnen wieder zurück vor seine Augen. Greta schmunzelte. Diese locker-leichte Art von Sean, die im vollkommenen Kontrast zu ihrer eigenen stand, war vermutlich der Grund dafür, dass er sie auf eine seltsame Weise anzog.

»Bei mir ist das nur für den Übergang. Echt, der Job ist nicht gerade der Knaller. Mies bezahlt und so. Aber was machst du in Sinzig?«

»Ferien«, flunkerte Greta ein weiteres Mal. Es war ihr unangenehm, gäbe sie jedoch Details zu ihrem Auftrag preis, wäre Sean sicher nicht bereit, etwas über seinen Arbeitgeber zu berichten. Ihr musste es gelingen, das Gespräch in die richtige Richtung zu lenken. »Und den berühmten Siedenburg, hast du den schon mal kennengelernt?« Greta stellte diese Frage so beiläufig, wie es ihr nur möglich war.

»Ja. Mein Opa war früher in diesem Trüffelverein. Ahrtrüffel oder so ähnlich nannten die sich.« Er fuhr sich wieder durch den dichten Lockenkopf. »Erst waren sie alle dicke Kumpels. Na, und dann …«

»Was dann?« Greta musste sich Mühe geben, nicht zu stürmisch nachzuhaken.

»Weiß auch nicht so genau. Es gab irgendwelchen Ärger.« Sean rieb sich den Hinterkopf. »Keine Ahnung, was da genau vorgefallen ist. Damals war ich noch ein Kind. Es ist trotzdem komisch, dass der Verein aufgelöst wurde und Siedenburg hingegen den dicken Reibach auf der alten Truffière macht.«

Prima, dachte Greta. Das Gespräch lief in die richtige Richtung. Das war noch nicht alles, was Sean wusste, das spürte sie. Die Journalistin warf die Angel aus. »Ja, echt seltsam. Ich habe keinen blassen Schimmer, wie man mit Trüffel zu so viel Geld kommen kann. Vielleicht geht dort nicht alles mit rechten Dingen zu, dachte ich mir. Zumal mir irgendwer erzählt hat, die Polizei soll vor ein paar Tagen auf seinem Gelände gewesen sein.«

Sean bestätigte die Richtigkeit dieser Aussage. Davon hatte er auch etwas mitbekommen. »Ganz klar, der Siedenburg hat Dreck am Stecken und nicht zu wenig. Da kannst du jeden hier fragen. Ein Kumpel von mir arbeitet bei der Polizei. Und … du darfst das aber nicht weitererzählen. Versprochen?«, zierte Sean sich.

Greta konnte es nicht fassen. Sie war kurz davor mehr zu erfahren, und jetzt geriet ihr Gegenüber ins Stocken. Bloß nicht!

»Klar. Wem sollte ich das auch erzählen?«, hielt die junge Frau unschuldig dagegen und beugte sich nach vorn, um genau zu hören, was Sean zu berichten hatte.

Der junge Kellner schaute sich dezent um, bevor er sich zu Greta hinunterlehnte und leise sprach: »Es wurde eine skelettierte Leiche auf seinem Gelände gefunden.

Die ersten Untersuchungen haben ergeben, dass sie wohl seit mindestens zehn Jahren dort vergraben war.«

Gretas Augen weiteten sich. Das war unerwartet, aber genau die Art Nachricht, auf die sie gehofft hatte. Ein Schuss ins Schwarze. »Sag bloß, es war Mord?«

»Aber hundertpro«, erwiderte Sean bedeutungsvoll.

Privatanwesen »Zur Waldburg« der Familie Siedenburg in Remagen
18.11.2034, 10.58 Uhr

Diesmal lag Greta richtig in der Zeit. Genau betrachtet lag sie heute mit allem richtig. Nach der Flaute der ersten beiden Tage konnte es nun gar nicht besser für sie laufen. Das, was ihr Sean gerade verraten hatte, war unglaublich, und auf den heutigen Gesprächstermin war sie gespannt.

Als der Eifel-Null-Energie-Express tonlos in der Einfahrt abbremste, bemerkte Greta zwei Polizistinnen, die mit Siedenburg auf der langen Treppe diskutierten. Leider konnte Greta von dem Inhalt des Gesprächs nichts hören, der Elektroflitzer gab die Tür noch nicht frei. Sie hielt den Comchip vor das Lesegerät, aber der Scanner erfasste ihn nicht.

»Verdammt.« Greta drehte den Comchip in alle denkbaren Richtungen. »Nun mach schon!« Während sie sich abmühte, reckte sie immer wieder den Hals, um die drei durch das Fenster sehen zu können. Wenn sie schon nichts hörte, wollte sie wenigstens alles genau beobachten.

Um zu erkennen, dass Siedenburg außer sich war, brauchte es keinerlei Ton. Wild gestikulierte der Firmenchef. In seinen Augen blitzte es. Dabei wirbelte die Asche seiner Zigarette durch die Luft. Immer dann, wenn er nicht gerade einen tiefen Zug nahm. Die Beamtinnen setzten häufiger dazu an, etwas zu erwidern, kamen aber augenscheinlich nicht zu Wort.

Endlich gab das Taxi die Tür frei.

»Ich weiß nicht, was Sie von mir wollen. Ich habe Ihnen alles gesagt, und nun lassen Sie mich um Himmels willen in Ruhe.«

Eine der Polizistinnen wollte etwas entgegnen, doch der Firmenchef fuhr unbeirrt fort: »Sie haben wohl keine Ahnung, wie gut meine Verbindungen sind, ich werde …«

Den beiden Frauen schien das Auftreten Siedenburgs allmählich zu bunt werden. »Drohungen würde ich mir in Ihrer Situation sparen, wenn ich Ihnen einen guten Rat geben darf«, unterbrach eine von ihnen den Firmenchef noch verhältnismäßig freundlich, wenn man es mit seinem Tonfall verglich, und strich sich eine blonde Strähne aus dem Gesicht.

Die brünette Polizistin rückte ihre Brille zurecht und pflichtete ihr bei. »Herr Siedenburg, wir ermitteln lediglich – mehr nicht.« Ihre Stimme klang gepresst.

Siedenburg verzog das Gesicht. »Ermitteln nennen Sie das?«

»Genau, so nennen wir das.« Die Beamtin mit der Brille, die sich eben noch geduldig und um Verständnis bemüht gezeigt hatte, machte den Eindruck, allmählich auch die Nerven zu verlieren. »Aber langsam reicht es uns! Wir machen nur unsere Arbeit.«

»Aha!«, stellte ihr Gesprächspartner abschätzig fest und blies den Rauch der Zigarette aus seinen Lungen.

»Löschen Sie unverzüglich die Zigarette und händigen Sie uns den Tabak aus!«, zischte nun die blonde Polizistin. »Rauchen ist illegal. Schon seit Jahren – wir leben nicht mehr in der Steinzeit. Wie und wo haben Sie sich das Zeug überhaupt besorgt?«

Greta trat näher. Die beiden Polizistinnen redeten weiter auf den Firmenchef ein. Sie forderten ihn auf, sich kooperativ und vernünftig zu zeigen. Siedenburg ließ sie einfach stehen. Er drehte sich um und ging ins Haus. Die Pforte ließ er offen.

»Wir bleiben an der Sache dran!«, rief ihm die Blonde hinterher, die andere winkte ab. Sie drehten sich um und gingen in Richtung ihres in der Einfahrt geparkten Streifenwagens, dabei musterten sie Greta, die ihrerseits die Treppe hinaufstieg.

Die Journalistin war sich nicht sicher, ob Siedenburg sie in seiner Rage bemerkt hatte, und schaute deshalb vorsichtig zur Tür hinein, während sie zaghaft anklopfte. »Hallo. Entschuldigung, Herr Siedenburg?«

»Gottverdammt, die Tür ist offen. Sind Sie schwer von Begriff? Kommen Sie rein!«

Wenn Siedenburg Greta derart anfuhr, und es war schließlich nicht das erste Mal, fühlte sie sich wie ein Schulmädchen, das sich nicht traute, dem übermächtigen Lehrer Widerworte zu geben. Ihr frisch erworbenes Selbstbewusstsein floss dahin. Sie trat in den Eingangsbereich. Siedenburg stand im Flur und drehte sich eine neue Zigarette, die er mit einem Streichholz anzündete.

»Kommen Sie«, kommandierte er und ging voran in Richtung Büro.

Greta folgte ihm. Die unverschämte Art, wie der Firmenchef mit ihr sprach, trieb ihren Pulsschlag in die Höhe. Die Wechselhaftigkeit ihres Interviewpartners war für Greta ein Phänomen, das sie so noch nie bei einem Menschen erlebt hatte. Nie wusste sie im Voraus, in welcher Verfassung sie ihn antreffen würde. Damit war schwer umzugehen.

Eine tickende Zeitbombe, dachte die Journalistin weiter, während sie auf das Büro zugingen. Der Qualm, der von Siedenburg zu ihr herüberwehte, kratzte in ihrer Kehle. Ein unerträglicher Geruch, der Greta an ihren Großvater denken ließ. Ein durch und durch vernünftiger Mensch, einzig das Rauchen hatte er bis zu seinem letzten Tag nicht im Griff gehabt.

Siedenburg nahm erneut einen Zug und ignorierte die Asche, die zu Boden rieselte, als er durch den Türrahmen trat. »Also, bringen wir das sinnlose Gefasel hinter uns.«

Greta atmete tief durch und setzte sich. Gefasel! Offenkundig hatte Siedenburg ein sicheres Gespür für die wunden Punkte seiner Mitmenschen, und auch über den unverschämten Ton konnte man nur schwer hinwegsehen. Reiß dich am Riemen, forderte sie sich selbst in Gedanken auf. Was würde es ihr bringen, einen Streit vom Zaun zu brechen? Damit wäre alles, wofür sie seit Wochen arbeitete, mit einem Schlag zerstört.

Also nahm Greta, wie von ihr erwartete wurde, ihre Unterlagen hervor, und der Firmenchef drückte seinen Zigarettenstummel im prallvollen Aschenbecher aus. Gleich danach hielt er in seinen Schreibtischschubladen nach Nachschub Ausschau und steckte sich eine weitere Zigarette an. Den Rauch blies er mit voller Absicht, zumindest empfand es Greta so, in ihre Richtung.

»Geht's dann jetzt bald los? Und bitte heute nicht wieder so buchhalterisch. Das raubt mir den letzten Nerv.«

Greta richtete sich kerzengerade in ihrem Stuhl auf. Das Blut rauschte in ihren Ohren. Vielleicht brauchte es genau das, diese unverschämte Art Siedenburgs, um sie aus der Reserve zu locken. Während sie sich bei der Anfahrt noch die Frage gestellt hatte, wie und auf welche vorsichtige Weise sie den Firmenchef auf das Thema »Leichenfund« ansprechen sollte, brach es jetzt nur so aus ihr heraus: »Na gut, heute wird es kurzweiliger – für uns *beide*. Und ja, reden wir nicht lange um den heißen Brei herum. Ich habe nur eine einzige Frage an Sie: Vor drei Tagen wurde eine bis auf die Knochen verweste Leiche auf Ihrem Gelände gefunden. In welchem Verhältnis standen Sie zu dem oder der Toten?«

Es herrschte Stille. Viel zu lange für Gretas Geschmack. In diesen Sekunden, die der Journalistin wie eine Ewigkeit erschienen, hatten ihre Gedanken Zeit, auf Wanderschaft zu gehen. Wie so oft suchten sie sich dabei keine optimistische Richtung aus: Sie war sich sicher, mit dieser Frage ihrem Auftrag ein für alle Mal ein Ende gesetzt zu haben. Sie war zu weit gegangen. Es gab keine Story! Ihre Zukunft würde aus Trüffelköniginnen und Sommerfesten des Alpenbläservereins bestehen – allerdings nur, wenn es Puhlmann noch gut mir ihr meinte.

Sie umfasste die Aktentasche auf ihrem Schoß. Vermutlich würde Siedenburg sie gleich hochkant vor die Tür setzen, und darauf wollte sie vorbereitet sein. Doch nichts in der Art passierte. Greta saß wie versteinert auf ihrem Stuhl und verstand nicht, warum der erwartete Sturm nicht über sie hereinbrach.

»Ich bin kein Mörder, wenn Sie das wissen wollen.« Siedenburg sprach in einem ruhigen Tonfall. Er drehte sich mit seinem Bürostuhl ein Stück zur Seite und fixierte eines der Landschaftsbilder, die den Trüffelhain in den ersten Jahren zeigte.

Greta überlegte, ob sie es wagen sollte, eine weitere Frage zu stellen. Mit gedämpfter Stimme hakte sie nach: »Aber Sie wissen, um wessen Leiche es sich handelt?«

Siedenburg knetete seine Hände und drehte den goldenen Ring an seiner Hand. Er nickte, ohne Greta anzusehen. Wortlos stand er auf und machte sich auf dem Weg zu einem Schrank aus edlem Tropenholz, wie man ihn in heutigen Tagen kaum mehr fand. Als Siedenburg ihn öffnete, erkannte die Journalistin, dass sich in seinem Innern eine umfangreiche Sammlung an Spirituosen verbarg.

»Cognac?«

Greta schüttelte den Kopf. »Danke.«

»Wirklich nicht? Schade.«

Greta trank keinen Alkohol und hatte auch wenig Verständnis für diese beinah antiquierte Unart. In heutiger Zeit klärte man bereits in der Grundschule darüber auf, wie gefährlich und lebensbedrohlich der Genuss von Alkohol ist. Mit der neuen Regierung hatte sich vieles geändert. Es war nicht mehr angesagt, Hochprozentiges zu trinken. Durch extreme Besteuerung, Ausschankverbote und einer Begrenzung der Ausgabemengen war es in den letzten zehn Jahren gelungen, den Konsum alkoholischer Getränke radikal zu senken. Hochprozentiges gab es nur noch auf dem Schwarzmarkt. Offenbar war Siedenburg ein guter Kunde.

Er füllte das Glas zur Hälfte und nahm einen großen Schluck. Daraufhin setzte er sich wieder der Journalistin gegenüber und sah ihr unvermittelt in die Augen. »Nun gut, Frau Schönherr, ich verrate Ihnen alles, was ich über die Sache weiß. Zuerst einmal will ich aber klarstellen, dass ich rein gar nichts mit der Angelegenheit zu tun habe.« Siedenburg sprach weiter, und sein Blick wurde eindringlich. »Da gebe ich Ihnen mein Versprechen, und um Ihnen zu zeigen, dass ich ehrlich bin, werde ich Ihnen verraten, wer der Tote ist. Es ist Martin Baumann. Vor seinem Verschwinden hat er hier im Werk für uns als Vertriebsmitarbeiter gearbeitet. Ein fleißiger, eher stiller Typ. Jeannette hatte ihn damals eingestellt.«

Siedenburg machte eine Pause und setzte das Glas erneut an, bevor er fortfuhr: »Ich habe keine Ahnung, warum er sterben musste. Die Polizei behauptet, er wurde erschlagen.«

Greta notierte sich den Namen: Martin Baumann. Den Comchip hatte sie vergessen einzuschalten, und sie wollte keineswegs Siedenburgs unerwartete Offenheit stören. Als sie erwartungsvoll von ihrem Block aufschaute, fügte Siedenburg nüchtern hinzu: »Ich weiß auch, wer der Mörder war. Dieser Jemand will mich büßen lassen. Wie auch immer er das angestellt hat, mein Trüffelmesser wurde mir gestohlen, und die Polizei hat es in der Nähe der Leiche gefunden.«

Greta Schönherr aktivierte das Display ihres Comchips und seufzte. Wieder zu früh! Sie war mit Sean nach seiner Mittagsschicht in der Schwarzen Knolle in einem Eiscafé verabredet. Es war kein echtes Date. Sie hatte lediglich versprochen, mit ihm ein paar für ihn ungeklärte Punkte zu seinen Klausurvorbereitungen durchzusprechen – also alles völlig harmlos.

»Ich hatte eine kleine Pechsträhne während der beiden Klausuren«, hatte Sean ihr gestern erklärt. »Beim ersten Versuch in Medienrecht hatte ich das Lernpensum unterschätzt, und beim zweiten Mal hatte ich es zwar richtig eingeschätzt, aber du weißt ja, wie das so ist …« Sean lächelte sein Gegenüber entschuldigend an.

Eigentlich wusste Greta eher nicht, wie das so ist. Sie war kein einziges Mal unvorbereitet zu einer Klausur angetreten, diese Erfahrung konnte sie also nicht mit ihm teilen.

»Nun, beim zweiten Mal kam was dazwischen, und ich habe zu spät mit dem Lernen begonnen. Blöd gelaufen, könnte man sagen. Und jetzt, nun ja, jetzt habe ich nur noch eine letzte Chance, und es wird zugegeben ein wenig eng.« Der junge Student rieb sich über die Oberarme. Er wirkte dabei wie ein kleiner Junge.

»Ich schau mir das mal an. Kein Ding. Ich habe sowieso nichts Besonderes vor«, erwiderte Greta, ohne groß nachzudenken. »Vielleicht kann ich dir bei der einen oder anderen Frage helfen.«

»Die Klausur ist schon am Dienstag. Mir bleiben also nur noch drei Tage zum Lernen.«

»Dann sollten wir uns wohl beeilen«, erwiderte sie mit einem für sie ungewöhnlichen Augenzwinkern.

Sean wirkte erleichtert. »Mensch, das wäre genial. Aber mal ehrlich, ist das wirklich für dich okay? Du hast doch frei. Ich werde die Uni-Sachen nach dem Studium garantiert nie wieder freiwillig in die Hand nehmen«, hatte er noch nachgehakt.

Für Greta war das tatsächlich kein Problem. Lernen machte ihr Spaß. Damals hatte sie ein hervorragendes, tatsächlich sogar das beste Ergebnis in der Klausur zu Medienrecht. Das allerdings verkniff sie sich zu erzählen. Sean sollte sie nicht für eine Streberin ohne Privatleben halten, auch wenn das ziemlich genau der Wahrheit entsprach.

Gretas gute Laune, nach dem Vereinbaren dieser Verabredung, war kaum zu übersehen. Am schwersten war es für sie, diese Tatsache vor sich selbst zu verbergen. Denn tat sie das nicht, war die gute Laune sofort wieder dahin: Gemütsschwankungen, egal ob in negativer oder positiver Richtung, machten Greta Angst. Rational betrachtet, sagte sie sich, gab es überhaupt keinen Grund, sich Sorgen zu machen. Sean gehörte längst der Vergangenheit an, auch wenn sie mal für ihn geschwärmt hatte. Vor Ewigkeiten. Die ganze Anhimmelei lag schon gut zwei, drei Jahre hinter ihr. Hätte sie deswegen einen ehemaligen Kommilitonen vor den Kopf stoßen sollen, der ihre Hilfe benötigte? Außerdem würde sie auf diese Weise womöglich mehr über Siedenburg erfahren – das

Treffen war folglich nicht rein privater Natur. Es gab keinen Grund sich zu sorgen: Sie würde Sean wie versprochen ein wenig unter die Arme greifen, und in ein paar Tagen wäre sie wieder in Bonn. Dann hätten sie wahrscheinlich sowieso keinen Kontakt mehr. Warum also machte sie sich derart viele Gedanken?

Auch dem Umstand, dass Greta nach dem langen Gespräch mit Siedenburg gleich unter die Dusche gesprungen und danach viel zu aufgekratzt zum Arbeiten gewesen war, wollte sie ebenfalls keine Bedeutung beimessen. Ebenso wenig wie der Tatsache, dass sie kurzerhand der hochpreisigen Boutique in Sinzig einen zweiten Besuch abstattete. Entgegen aller Vernunft kaufte sie sich ein knielanges schwarzes Kleid, das ihr gestern bereits ins Auge gefallen war. Sie fühlte sich darin – kombiniert mit grauen Pumps mit leichtem Absatz und den frisch gestylten, drahtigen Haaren – wie eine Fremde. Immerhin, und das war wohl das Einzige, was sie in Bezug auf Sean korrekt einschätzte, gestand sich Greta ein, dass sich der Kurzaufenthalt hier in Sinzig deutlich anders entwickelte, als sie es geplant hatte.

Der Kellner brachte eine Glaskaraffe. »Infused Water mit Bio-Blaubeere und Rosmarin-Eiswürfeln. Das war doch für Sie?«

»Ja, danke schön«, erwiderte Greta.

Der Kellner stellte ein Glas und die Karaffe vor ihr ab. Damit unterbrach er für einen kurzen Moment ihre Grübeleien. Greta goss sich ein und schaute auf die gefrorenen Rosmarinnadeln, die sich in dem noch unruhigen Wasser im Glas vor ihr auf und ab bewegten. In Gedanken ging sie das Gespräch mit Siedenburg ein weiteres Mal durch. Sie war noch immer irritiert wegen seines

Verhaltens, obwohl ihr bewusst war, dass diese »neue Offenheit« des Firmenchefs keine noblen Gründe haben dürfte. Wie es aussah, stand er mit dem Rücken zur Wand, und in seiner Ausweglosigkeit wollte er Greta für seine Ziele nutzen.

Unleugbar hatte aber auch sie selbst großes Interesse daran, tiefer in die Sache einzusteigen. Also hatte sie sich auf dieses merkwürdige Spiel eingelassen. Sie würde ihm helfen, die Sache aufzuklären, soweit es ihr als Journalistin möglich war. Das hatte sie ihm zugesichert. Im Gegenzug bekäme sie die Exklusivrechte für die Story, ohne Einschränkungen.

»Einverstanden. Keine weiteren Reporter«, hatte Siedenburg versichert. »Sie dürfen über alles schreiben, was Sie erfahren haben oder noch erfahren werden. Allerdings erst, wenn die Ermittlungen der Polizei abgeschlossen sind.«

Das war der Pakt. Ab da wurde das alte Raubein deutlich redseliger, und Greta konnte endlich ihren Job machen: Sie stellte Fragen, und er lieferte ihr bereitwillig die äußerst interessanten Antworten. »Wer, denken Sie, hat der Polizei die Hinweise auf den Leichenfund zugespielt?«

»Das ist eine gute Frage. Keine Ahnung! Das wüsste ich selbst gerne. Ich jedenfalls habe mit der Leiche nichts zu tun. Sie lag lediglich über viele Jahre auf meinem alten Truffièregelände, aber das ist kein Verbrechen, sondern einfach Pech!« Siedenburg warf Greta einen eindringlichen Blick zu und fuhr dann fort: »Davon wusste ich nichts. Das versichere ich Ihnen, ich bin unschuldig.«

»Und wie ist das alles bekannt geworden?« Greta verstand die genauen Umstände noch nicht.

»Soweit ich weiß, erhielt die Polizei vor zwei Tagen einen Anruf. Anonym! Der Anrufer nannte den genauen Fundort der Leiche und beschuldigte mich. Ich sei der Mörder, behauptete diese Person. Innerhalb kürzester Zeit rückte die Polizei mit Durchsuchungsbeschluss und einer Hundestaffel auf meinem Werksgelände an. Dank der genauen Informationen wurden sie schnell fündig und fanden alles genau so vor, wie ihnen vom Anrufer berichtet worden war.«

»Also gehörte die Stimme einem Mann?«

»Weder noch. Es war eine Roboterstimme. Diese hat lediglich eine einprogrammierte Textnachricht vorgelesen. Es gäbe keine Möglichkeit, den Anruf zurückzuverfolgen, sagten mir die Polizistinnen.«

Greta nickte. Das war sicher korrekt. Namenlos zu bleiben war mit Einmalhandys, die man an jeder Elektroauflade- und Shoppingstation erwerben konnte, kein Problem mehr. Während die Akkus der Elektromobile an den Docking-Stationen aufgeladen wurden, konnte man den Einkauf erledigen und problemlos eines der Einmalhandys erwerben. Recht anonym sogar mit Selbstscannern anstelle von Kassenpersonal.

»Wie dem auch sei, man fand mein Messer genau dort, wo auch die Leiche vergraben war. Am Morgen war ich noch unterwegs und merkte, dass es weg war. Jemand muss es mir gestohlen haben. Möglicherweise der wahre Mörder. Tja, und da fand man es dann direkt neben Baumann. Ganz offensichtlich ein abgekartetes Spiel, das jedoch bei der Polizei Wirkung zeigt. Mehr Indizien, um zu wissen, dass ich in die Sache verwickelt bin und all die Jahre von der Leiche gewusst habe, brauchen sie nicht, behaupten die Einfaltspinsel. Sie sagen, jemand der unschuldig sei, verscharre wohl kaum eine Leiche. Was für eine unsinnige Argumentation! Selbst wenn ich dort gewesen wäre – was ich nicht war –, würde das nicht beweisen, dass ich der Mörder bin. Die Polizei sagt, der Tote lag schon seit vielen Jahren dort.«

Siedenburg lehnte sich zurück und verschränkte die Arme hinter dem Kopf.

»Wie es aussieht, ist die Sache für die Polizei sonnenklar. Das Einzige, was sie davon abhält. mich in Untersuchungshaft zu nehmen, ist die Bürokratie. Mein Glück ist, dass diese Mühlen extrem langsam mahlen und meine überbezahlte Anwaltskanzlei dafür sorgt, dass der ohnehin schon schwerfällige Prozess ordentlich in Verzug gerät. Wie lange das allerdings unter der derzeitigen Beweislast noch gelingen wird, ist ungewiss.« Siedenburg zuckte mit den Achseln. »Ehrlich, ich wusste von all dem nichts. Aber das scheint niemanden zu interessieren.«

»Wer könnte Ihnen in dieser Weise schaden wollen?«, hakte Greta nach.

»Wahrscheinlich ein gutes Dutzend Leute und vielleicht mehr«, gab der Firmenchef ungerührt zurück.

Greta hob ihre Augenbrauen erstaunt in die Höhe – sie selbst wüsste niemanden, den sie in solch einem Fall benennen könnte.

»Die meisten hätten dafür sicher nicht genug Mumm in den Knochen. Nur ein Einziger, ein alter Freund, dürfte wohl das Format haben, einen solchen Plan in die Tat umzusetzen. Wobei ›Freund‹ wohl in dem Fall zu viel gesagt ist.«

Greta schaute Siedenburg erwartungsvoll an. Er machte die Sache spannend.

»Ich schätze … Nein, ich bin mir sicher, diese Person ist Johannes-Claudius Korb.«

Gretas Gesicht zeigte in diesem Moment keinerlei Regung, innerlich rasten ihre Gedanken jedoch. Was wollte ihr Siedenburg da für eine Story auftischen? Sie war wie vor den Kopf geschlagen, fassungslos über so viel Dreistigkeit. Die Journalistin überlegte, ob sie gehen und einen Schlussstrich unter die Geschichte ziehen sollte, und ging auf Konfrontationskurs. »Ich habe keine Ahnung, für wie naiv Sie mich halten. Johannes-Claudius Korb ist tot! Wenn Sie mich für dumm verkaufen wollen, können wir die Angelegenheit gleich jetzt und hier abblasen!«

Wie sollte ein Toter ihm einen Mord anhängen? Ihr Gegenüber sollte bloß nicht denken, dass man ihr alles weismachen konnte, nur weil sie jung war. Sie hatte akribisch recherchiert und wusste: Siedenburgs ehemaliger Geschäftspartner Korb war vor mehr als zehn Jahren bei einem Autounfall in den Bergen gestorben. Mehrere Zeitungsberichte über dieses tragische Unglück hatte sie in den letzten Wochen studiert. Wie konnte er es wagen, ihr so einen Unsinn zu erzählen? Greta stand auf und begann, Stift und Block in ihre Aktentasche zu packen.

»Nun warten Sie doch bitte. Nur eine Sekunde. Ich weiß, das hört sich verrückt an. Aber ich verspreche Ihnen, wenn Sie alle Details kennen, werden Sie mich verstehen, Sie müssen Geduld mit mir haben«, versuchte Siedenburg zu beschwichtigen. Er zog einen Schlüssel aus seiner Hosentasche hervor und öffnete eine der Schubladen an seinem Schreibtisch. »Bitte. Sehen Sie sich das an.«

Der Firmenchef lehnte sich vor und reichte Greta ein zusammengefaltetes Blatt Papier. »Das habe ich gestern Mittag mit der Post erhalten. Abgeschickt in Sinzig.«

Greta griff nach dem Schreiben und ließ sich mit Widerwillen zurück auf den Stuhl sinken. Während sie das Blatt auffaltete und las, nahm sich Siedenburg eine Zigarette. Er ging zum Fenster, um es zu öffnen.

Auf dem Blatt stand nur ein einziger Satz in Groß-buchstaben:

DU VERRÄTER HAST ES VERDIENT WEGEN ALL DEM, WAS DU MIR WEG-GENOMMEN HAST.

Der Brief war allem Anschein nach mit einem der neuen Brief-Service-Automaten geschrieben. Die im Stil einer alten Schreibmaschine gestalteten Automaten waren Teil einer großangelegten Werbekampagne der Post, um das eingeschlafene Briefgeschäft wiederzubeleben. Nachdem viele Jahre über fast niemand mehr den Postweg für seine persönlichen Nachrichten gewählt hatte, wurde nun das analoge Schreiben wieder modern. Es galt als chic, Post-karten und Briefe an Freunde und Bekannte zu versen-den, auch wenn alle anderen Kanäle bei Weitem schneller und kostengünstiger waren. Die BSA-Automaten stan-den in den wenigen verbliebenen, nostalgischen Kauf-häusern, Bahnhöfen und Cafés. In der Regel besorgte man sich vorab an der Kasse einige alte Euro-Münzen, die über den Comchip verrechnet wurden. Diese warf man in einen der Münzschlitze, was für Kinder eine große Freude war, aber auch Erwachsene hatten Spaß an diesem altmodischen Erlebnis. Daraufhin verfasste man seine Zeilen und der Rest lief praktischerweise automatisch: Korrektur, Druck, sogar ins Kuvert verpackte das Gerät die Schreiben. Mit Drohnen wurde die Post schließlich mehrmals am Tag ausgeliefert.

»Sie haben doch gute Verbindungen. Können Sie nicht herausfinden, wer sich gestern Euromünzen für einen BSA-Automaten gekauft hat?«

»Der Absender hat nichts dem Zufall überlassen: Er hat mit einer Anonymous-Geschenkkarte am Wechsel-Automaten für die Euromünzen bezahlt!«, winkte Siedenburg ab. So dilettantisch würde Korb nicht vorgehen, dessen war sich Peter Siedenburg sicher.

»Haben Sie den Brief der Polizei gezeigt?«

»Nein.«

»Warum nicht?«

»Würden die mir in irgendeiner Weise glauben?«

Greta legte den Kopf schief – wahrscheinlich nicht, da hatte Siedenburg recht. Die Zahl der Polizeikräfte in Deutschland war in den letzten Jahren immer weiter reduziert worden. Kosteneinsparungen, obwohl die Kriminalitätsrate eindeutig stieg. Statt Fachkräfte auszubilden, lernte man für billiges Geld Hilfspolizisten in zwölfwöchigen Grundkursen an. Wie diese Hilfssheriffs, die nicht selten in früheren Zeiten, in denen Alkoholexzesse noch toleriert worden waren, als Türsteher in Bars gearbeitet hatten, einen solchen Fall lösen sollten, war ihr schleierhaft.

Wahrscheinlich würde man nach Schema F vorgehen und Siedenburg vor eines der neuen Schnellgerichte bringen, die der Annahme verpflichtet waren, dass man Urteile mit Computern und Statistiken gerechter fällen könnte als mit menschlichem Urteilsvermögen. Bei dem, was man ihm vorwarf, würde man ihn zweifellos zu einer nicht unerheblichen Freiheitsstrafe verurteilen. Gut sieben bis zehn Jahre, schätzte Greta, wenn man ihn nur wegen Verschleierung anklagte. Für Mord würde er den Rest seines Lebens hinter Gittern verbringen. Die Zeiten, in denen man, wie es damals geheißen hatte, zu »lasch« mit den Tätern umging, waren vorbei, seitdem man den Grundsatz der Unschuldsvermutung Ende der 20er-Jahre überarbeitet hatte. Heute musste bei besonders schwerwiegenden Straftaten nicht mehr die Strafverfolgungsbehörde die Schuld beweisen, sondern der Angeklagte seine Unschuld. Nun reichte bereits ein mit Indizien ausreichend begründeter Verdacht für eine Verurteilung.

Die junge Journalistin überlegte, was sie tun sollte. Grundsätzlich war das alles nicht ihr Problem, und bis vor Kurzem hatte Siedenburg sie noch mehr als schlecht behandelt. Er war ein selbstbezogener, klar kalkulierender Mensch, der, auch wenn er in diesem Falle unschuldig sein sollte, garantiert genügend andere Vergehen begangen hatte, bei denen er ungestraft davongekommen war. Bisher konnte Greta bei Siedenburg kaum menschliche Regungen ausmachen. Gleichwohl, irgendetwas sagte ihr, dass sie an der Sache dranbleiben sollte.

Die Geschichte mit dem verstorbenen Geschäftspartner, der wieder auftaucht, um Peter Siedenburg einen Mord anzuhängen, hielt Greta für ausgemachten Unsinn. Trotzdem spielte sie das Spiel mit. Siedenburg war endlich bereit, mehr über sein Leben preiszugeben. Diese Chance würde Greta sich gewiss nicht entgehen lassen. Außerdem hielt sie es tatsächlich nicht für ausgeschlossen, dass jemand anders als Korb dem

Firmenchef einen Mord anhängen wollte. Wie auch immer die Angelegenheit letztlich ausgehen sollte, sie hätte in jedem Fall ausreichend Informationen, die sich für alle denkbaren Schlagzeilen verwenden ließen. Endlich hatte sie die Story, auf die sie so lange Zeit gewartet hatte.

Greta nannte ihrem Gesprächspartner ihre Bedingungen für eine Zusammenarbeit: »In Ordnung, Herr Siedenburg. Ich bin nicht überzeugt, da will ich ehrlich sein. Trotzdem werde ich Ihnen helfen. Wenn wir gemeinsame Sache machen, dann nur, wenn zukünftig alles nach meinen Regeln läuft! Es gibt keine Lügen, keine Ausflüchte und keine Geheimnisse mehr. Sie sagen mir alles, was Sie wissen!« Greta klang sehr ernst und ihr Gegenüber verstand.

»Ich bin mit allem einverstanden«, stimmte Siedenburg zu. »Und ich bin Ihnen zu Dank verpflichtet!«

Bei diesen Worten sah er Greta, wie sie fand, fast demütig an. Ihm war offenbar alles recht, wenn die Sache nur möglichst schnell aus der Welt geschafft wäre. »Wir fangen damit an, dass Sie mir alles erzählen. Bis ins kleinste Detail! Von Anfang an. Sparen Sie nichts aus.«

Und Siedenburg hatte zu reden begonnen.

*

Sean trat durch die Tür des Eiscafés und entdeckte seine Verabredung sofort. »Hi, Greta. Entschuldige, das Abrechnen hat ein bisschen länger gedauert.«

Greta schien in Gedanken versunken gewesen zu sein und sah überrascht auf. »Oh! Hallo, Sean.«

Er stellte gerade zwei Tragetaschen mit Ordnern und

Büchern neben dem Tisch ab. »Medienrecht!«, verkündete er mit einem herausfordernden Grinsen auf seinen Lippen an. Die Masse an Stoff bereitete ihm ein schlechtes Gewissen, denn normalerweise nutzte er niemanden aus. Aber er stand mit dem Rücken zur Wand. Die Klausur war übermorgen und Greta seine letzte Rettung. Sie hatte bei ihrem Gespräch am Morgen einen wunden Punkt bei ihm getroffen: Zwölf Semester Journalistik-Studium waren nichts, worüber er gerne sprach. Zu Beginn hatte er das Studium zugegeben nicht so ernst genommen. Das war nicht zu leugnen, aber als Kellner wollte er trotzdem auf keinen Fall enden. Ein paar Scheine standen noch aus, und ein Ende der Studienzeit war absehbar. Damit wäre seine Zeit in der Schwarzen Knolle bald passé.

Greta hatte offensichtlich all das, woran es ihm mangelte. Der journalistische Ehrgeiz und noch dazu der Willen, sich durch eine Sache durchzubeißen. Das war ihm früher schon während ihrer gemeinsamen Seminare aufgefallen, auch wenn er eigentlich nichts für solche Überflieger wie sie übrig hatte.

Er beobachtete Greta, die ihren Kopf bereits in einen der Ordner gesteckt hatte und ganz versunken darin schien. Dabei stellte er sich die Frage, weshalb er sie nie auf andere Weise bemerkt hatte, denn in dem schwarzen Kleid machte sie eine gute Figur. Um ehrlich zu sein, sah sie großartig aus. »Du bist dir sicher, dass du mir helfen möchtest?«, fragte er nochmals.

»Ja klar, warum nicht?« Greta konzentrierte sich wieder auf die Unterlagen, und Sean seufzte leise.

Ihn trieb die Lernerei in den Wahnsinn. Er hasste es, stundenlang über Büchern und Skripten zu brüten, und konnte sich kaum vorstellen, warum sich das jemand freiwillig antat. Greta hingegen wirkte wie beschwingt.

»Wo sollen wir anfangen?«, fragte sie. »Verlagsrecht, Medienregulierung oder die Einschränkungen des allgemeinen Persönlichkeitsrechts von 2021?« Ihre Stimme klang beschwingt.

Sean fiel es schwer, sich bei dieser Bandbreite an »wunderbaren Möglichkeiten« zu entscheiden. »Da überlasse ich dir die Wahl«, sagte er nur.

Privatanwesen »Zur Waldburg« der Familie
Siedenburg in Remagen
19.11.2034, 15.36 Uhr

Diese Greta Schönherr ist gründlich, befand Siedenburg, während er Tabak auf ein Zigarettenpapier legte. Sie wollte alles bis ins kleinste Detail wissen und hakte beständig nach. Darüber hinaus war sie ein weit härterer Verhandlungspartner, als er erwartet hatte. Es hatte ihn einiges an Überzeugungskraft gekostet, aber letztlich hatte er sein Ziel erreicht: Sie würde für ihn den Spitzel spielen.

Heute bei ihrem Gesprächstermin war die graue Maus bis in den Nachmittag hinein geblieben. Den ganzen Morgen über waren sie seine Vergangenheit durchgegangen. Schulzeit, Studienzeit und die ersten Jahre der Firmengründung. Dieses leidige Wühlen in den Vorzeiten seines heutigen Seins machte Siedenburg grüblerisch und schwermütig. Gerne hätte er sich all das geschenkt, aber die junge Journalistin pochte darauf. Viele Geschehnisse der Gegenwart könne man nur unter Einbeziehung der Vergangenheit verstehen, betonte die Schönherr. Wieder und wieder durchleuchteten sie die Etappen seines Lebens und weckten dabei einige Erinnerungen, die Peter gern in den Tiefen seines Gedächtnisses belassen hätte.

Was die Journalistin gründlich nannte, schimpfte Peter pedantisch. Für ihn fühlte es sich an, als würden sie sich tageweise in seinem Leben vorarbeiten. Wenn er mit einem Kapitel abschließen wollte, hakte sie nach. Dabei nahm sie kein Blatt vor den Mund, und obendrein wusste die Schönherr Details seines Lebens, an die er sich selbst kaum noch – und manchmal sogar gar nicht mehr – erinnern konnte.

Der einzige Trost hinsichtlich all dieser verlorenen Zeit war die Anlieferung vom »Trüffodrohn«. Grundsätzlich empfand Peter Drohnenanlieferungen als lästig. Zumal die Flugobjekte in bedrohlich erscheinender Weise den Himmel bevölkerten und einen Heidenlärm verursachten. Den »Trüffodrohn« – eine Firma, die vor Kurzem von der Siedenburg GmbH geschluckt worden war – betrachtete er dabei als verzeihbare Ausnahme. Das Essen war per Comchip innerhalb von Sekunden bestellt und aufgrund der kurzen Lieferzeiten perfekt temperiert. Ihre Haushälterin Blanca nahm die Lieferung ihn Empfang, richtete das Essen auf Tellern an und brachte es in Siedenburgs Büro.

»Die Speisekarte ist klein, aber fein«, erklärte Peter, und Greta stimmte ihm zu, als sie von den gefüllten Trüffel-Ziegenkäseklößen in Eifler Tannenspitzencreme kostete.

Er kam aus dem Schwärmen gar nicht mehr heraus. »Die Creme ist vorzüglich. Exzellente Qualität! Oder finden Sie nicht? Haben Sie das Feigenconfit und den Schaum aus Vitelotte-Kartoffeln schon versucht?«

Auch das probierte Greta und nickte Siedenburg zu. Ärgerlicherweise konnte die arbeitswütige Journalistin selbst im Augenblick dieses Hochgenusses ihre Fragerei nicht unterlassen. Für echte Gaumenfreuden hatte die junge Frau offensichtlich keinen Sinn. Das erinnerte ihn an Korb, seinen ehemaligen Partner, dem ebenfalls der kulinarische Feinsinn fehlte – und das, obwohl er riesige Mengen Trüffel produzierte.

Statt sich dem Wohlbehagen beim Biss in die herb anmutende Trüffelfüllung gemischt mit der leichten Würze des Ziegenkäses hinzugeben, pickte die Journalistin am Mittag nur auf ihrem Teller herum und redete munter weiter. Es war erschreckend: Man traute es Greta Schönherr eigentlich nicht zu, doch sie war wie ein Pitbull. Hatte sie sich erst in ein Thema verbissen, ließ sie nicht mehr locker.

Normalerweise imponierte eine solche Hartnäckigkeit Siedenburg. Er selbst war, wenn es sich ums Geschäftliche handelte, nicht anders gestrickt. In diesem Fall jedoch, und höchstwahrscheinlich, weil die Fragen immer auf sein Privates abzielten, ging sie ihm auf die Nerven. Er verteilte den Tabak gleichmäßig auf dem Zigarettenpapier und rollte es zwischen Daumen und Zeigefingern. Nun gut, er sollte es positiv sehen: Die junge Dame war auf Zack. Das konnte für seine Zwecke nur gut sein. Aber auch er war nicht auf den Kopf gefallen. Die versprochene Ehrlichkeit ging einzig so weit, wie es ihm nützlich erschien. Er gab das an die Journalistin weiter, was für ihn unverfänglich und frei von Konsequenzen war. Alles Belastende behielt er für sich.

»Wieso denken Sie, der Brief sei von Korb? Was genau sollen Sie ihm weggenommen haben?«, fragte sie.

»Die Firma selbstverständlich«, entgegnete Peter schnell. »Ich habe nach seinem Verschwinden die Firma alleine weitergeführt. Sie bedeutete ihm alles.«

Siedenburg war erleichtert, dass Greta in dieser Angelegenheit nicht nachhakte, denn das war nur die halbe Wahrheit. Er wusste, warum Korb eine solch unglaubliche Wut auf ihn hatte. Obwohl das vollkommen wahnwitzig war, ging Peter durch den Kopf. Tatsächlich würde er, ohne groß nachzudenken, auf alles verzichten, was er ihm angeblich weggenommen hatte. Liebend gern sogar. Einen Container voll seiner besten Trüffel gäbe er ihm als Beigabe obendrauf. Aber so einfach war die Sache eben nicht.

Peter führte die gerollte Zigarette zu seinem Mund und leckte über den Klebestreifen des Papiers. Kritisch betrachtete er das Ergebnis und zupfte überstehenden Tabak aus den beiden Enden.

Diese unfreiwillige Reise in die Vergangenheit stimmte ihn sehr nachdenklich. War das Leben, abgesehen von seinem großen Erfolg, wirklich so verlaufen, wie er es sich gewünscht hatte? Zweifellos nicht. Er war kinderlos, was ihn erst mit zunehmendem Alter zu stören begonnen hatte. Mit seiner Frau sprach er kaum noch, außer sie stritten sich, und er hatte keinen einzigen Menschen, dem er vertraute. Peter Siedenburg zündete die Zigarette an und nahm einen tiefen Zug. Dabei war er früher einmal sehr beliebt gewesen – speziell bei den Frauen. Auch wenn sich diese Schönherr das heute vielleicht nicht mehr vorstellen konnte.

Korb, sein ehemaliger Firmenmitinhaber, gehörte zu jener Zeit irgendwie dazu. Er hatte ihn bis zu seinem Verschwinden fast sein ganzes Leben lang begleitet, wenngleich dies mit Sicherheit von Siedenburgs Seite aus nicht ganz freiwillig gewesen war. Im Gegenteil. Das Schicksal hatte sie immer wieder zusammengeführt, und stets hatten diese Zusammentreffen ihre Leben auf seltsame Weise in neue Bahnen gelenkt. Dieser Umstand bereitete dem Firmenchef im Moment die größten Sorgen:

Auch jetzt würde ein Wiedersehen sein Leben komplett auf den Kopf stellen. Er steuerte auf etwas Unbekanntes, vielleicht für ihn sogar äußerst Gefährliches zu, und an ein Ausweichen war leider nicht zu denken – zumindest wusste Siedenburg derzeit noch nicht, wo die Notbremse versteckt war.

»Wann und wo haben Sie Korb kennengelernt?«, fragte die Schönherr ihn daraufhin.

Peter Siedenburg musste nicht lange überlegen. Das war in der Obertertia in Bad Neuenahr gewesen. Korb und er waren in eine Klasse gegangen, und tatsächlich hatte sich bereits damals gezeigt, zu welch großen Dingen die beiden vereint fähig waren. Vermutlich hatten das die Lehrer in jenen Jahren anders gesehen. Das Gespann Siedenburg und Korb war sicher manch einem im Gedächtnis geblieben. Auf Siedenburgs Lippen zuckte es bei dem Gedanken daran. Zugegeben, er hatte die Schule nur mit einer großen Portion Wohlwollen abgeschlossen, war aber dafür einer der beliebtesten Draufgänger der Klasse gewesen. Johannes-Claudius Korb hingegen war als Streber und Außenseiter bekannt gewesen. J. C., hatten ihn alle genannt. Außer der Französischlehrer, der seinen Namen zum großen Vergnügen der Mitschüler immer passend zu seinem unterrichteten Fach ausgesprochen hatte: Jean-Claude Panier.

Nun ja, das machte die Sache nicht besser.

Gymnasium in Bad Neuenahr-Ahrweiler
18.06.1976, 8.36 Uhr

Peter verkniff sich ein siegreiches Lächeln, als er die Lateinarbeit als Zweiter direkt nach Johannes-Claudius auf das Lehrerpult legte. Ohne Umweg flanierte Peter in Richtung Toilette, J. C. folgte ihm wie ein Schatten. Genüsslich zündeten sich die Banknachbarn eine filterlose Zigarette an. Das Muttersöhnchen Korb hustete prompt los, und Peter klopfte ihm kumpelhaft auf die Schulter. Der Bursche war ein Langweiler, ohne jede Diskussion, doch er hatte auch seine guten Seiten – und die wusste Siedenburg mit großer Begeisterung zu nutzen.

»Mal sehen, was uns das heute eingebracht hat«, sagte Peter und blies den Rauch Richtung Decke. Die gesamte Toilette war vernebelt, denn die anderen Kabinen hatten sich in der gerade eingeläuteten Pause ebenfalls gefüllt. Peter schob sich die windschiefe Kippe in den Mundwinkel und nahm mit einem Augenzwinkern die Einnahmen aus seiner Hosentasche. Es lag auf der Hand: Der Einsatz hatte sich gelohnt.

Wenn Siedenburg ehrlich war, konnte er dem Oberstreber neben sich, ebenso wie die anderen in ihrer Klasse, nicht viel abgewinnen. Johannes-Claudius Korb hatte etwas Unangenehmes an sich, ohne Frage. Während jedoch alle anderen Jungs – und die Mädels erst recht – es ablehnten, neben Korb zu sitzen, war Peter schon seit vielen Jahren sein Banknachbar. Und heute zeigte sich dieser Umstand wieder als durchaus rentabel. Neben diesem Überflieger hatte man konstant gute Noten. Ideal für Siedenburg, der seine Zeit lieber mit Mädchen als mit dem Lateinbuch in der Hand verbrachte.

Die neuartige, grandiose Geschäftsidee, die beiden derzeit ungeheure Freude und finanzielle Unabhängigkeit bescherte, war auf der Toilette während einer Raucherpause entstanden.

»J. C., lass uns Karriere machen!« So in etwa waren Siedenburgs Worte gewesen, als er Korb vor ein paar Monaten seinen Plan vorgeschlagen hatte. Peter war sich sicher gewesen, aus der Angelegenheit ließe sich einiges herausholen, und in der Tat zeigten die zwei jungen Männer trotz aller Verschiedenheit deutliche Parallelen, was Geschäftssinn und Skrupellosigkeit anging.

Ihr System war originell, pfiffig organisiert und obendrein ein einträgliches Geschäft. Gottlob, denn Geld konnte Siedenburg immer gut gebrauchen. Korb hingegen war finanziell bestens versorgt. Trotzdem machte er mit, denn es gab etwas anderes, was ihn köderte. Der Bursche hätte alles dafür gegeben, dazuzugehören, was jeder mehr als deutlich sah und die Sache noch unangenehmer machte. Und Peter Siedenburg war für Korb eine Art Eintrittskarte, die ihm Zugang zur Mädchenwelt verschaffte, die dem pickeligen und unbeliebten J. C. bislang versperrt geblieben war.

Jeder von ihnen zog dementsprechend einen Gewinn aus ihrem Schummelsystem für Klassenarbeiten. Siedenburg organisierte und zog die Fäden, während Korb das Wissen beisteuerte. Ein gutes Geschäft und die Kunden waren über die Maßen zufrieden. Die Sache lief nun schon fast ein Vierteljahr und die zwei verloren keinen

Gedanken daran, dass es möglicherweise nicht auf ewig so bleiben würde. An diesem Tag im Sommer allerdings hatten sie es übertrieben. Die Lehrer hegten bereits einen Verdacht und wurden stetig misstrauischer.

Wie das alles genau abgelaufen war, erzählte Peter später ein Mitschüler, dessen Vater zur Lehrerschaft gehörte. An jenem Tag, während die beiden »Klassenhelden« selbstgefällig ihr Geld auf der Toilette zählten, lud der neue Direktor, wie sie später erfuhren, zu einer außerordentlichen Sitzung nach Schulschluss. Jeder der Lehrer legte seine Kopien der Noten aller Schüler dieser Klasse der letzten Monate vor, die mit dem Raster für Untertertiaschüler in der Normalverteilungskurve des Kultusministeriums verglichen wurden. Dadurch hatten sie es schwarz auf weiß: Es gab eine eklatante Abweichung von fast anderthalb Notenstufen nach oben. Das bedeutete für die Lehrer: Entweder saßen in der Klasse 24 Hochbegabte, die man bisher verkannt hatte, oder an der Sache war etwas verdammt faul.

Dass Peter und Johannes-Claudius daraufhin aufflogen, wunderte die Klassenkameraden nicht. Die Gier war in den letzten Wochen zu groß geworden, und auf Vorsichtsmaßnahmen hatten sie gepfiffen, sodass mittlerweile die ganze Klasse zu ihrer treuen Kundschaft gehörte. Immerhin, ihrem Klassenlehrer bescherten sie damit wohl das größte Glücksgefühl des ganzen Schuljahres, denn der Sadist nahm sie alle einzeln in die Mangel. Jeder hing auf seine Weise mit drin, deshalb hofften Peter und J. C., die anderen würden dichthalten. Doch Fehlanzeige – es war der Speichellecker Hering, der eigentlich Henning hieß, der quatschte. Das bedeutete für ihn eine Abreibung nach Schulschluss, die er vermutlich nie vergessen sollte. Für Korb und Siedenburg hatte es mehrere Wochen Schulhofreinigung zur Folge. Selbstredend vor aller Augen. Sie erledigten das Unvermeidliche und trösteten sich damit, dass es die Sache wert gewesen sei.

Die vergangenen drei Monate waren die besten ihres jungen Lebens gewesen. In jeder Hinsicht. Noch lange schwärmten ihre Mitschüler von den gemeinsamen Eisdielengelagen, wie sie diese Treffen augenzwinkernd nannten, die Peter sich dank der Einnahmen leisten konnte. Zu diesen Zusammenkünften waren einzig Auserwählte geladen, also diejenigen, die in ihrer – oder hauptsächlich Siedenburgs – Gunst standen. Die Gruppen setzten sich gemeinhin zu rund drei Viertel aus Mädchen zusammen. Fast ausnahmslos die hübschen und manchmal auch deren weniger entzückenden Freundinnen. Die Eisdielentreffen änderten jedoch kaum etwas an Korbs Unbeliebtheit. Seine Spießerklamotten, wie der Pullunder mit den karierten Hemden darunter, und die altmodische Frisur, die immer aussah, als hätte seine Mutter mit der Haushaltsschere Hand angelegt, waren keine Alternative zum smarten Siedenburg, der immer die coolsten Klamotten trug. Während alle um Peter herumschwirrten, blieb Korb nach wie vor unbeachtet.

Insbesondere von Monica, der Elfe aus der Klasse unter ihnen, die zu jedem dieser Eisdielentermine geladen war. An und für sich war sie stets die Erste auf der Liste, wenn nicht zuletzt der Grund für diese Gelage. Dennoch erschien sie nicht immer, denn sie hatte einen ganzen Stall voll Verehrer.

Während Korb in der Gunst Monicas einen der letzteren Plätze einnahm, gehörte Siedenburg, wie er regelmäßig stolz betonte, zeitweilig zu den bevorzugten

Verehrern. Dazu musste man wissen, dass Monica unumstößliche Prinzipien hatte, aus denen sie keinen Hehl machte. Selbst aus armen Verhältnissen stammend, blieben für sie arme Schlucker außen vor. Sie hatte Besseres im Sinn. Mit dem »alten Peter Siedenburg« hätte sie sich deshalb nie getroffen, obwohl Peter zu den Angesagten der Schule gehörte und optisch nach Monicas Geschmack war, wie sie offen zugab. Trotzdem war sie ihrer Linie treu geblieben, ganz egal, wie beharrlich Peter war.

Mit Korbs Hilfe waren also neue Zeiten für den jungen Siedenburg angebrochen. Urplötzlich hatten seine eher holprigen Annäherungsversuche bei Monica gefruchtet, und er kam endlich in den Genuss, sich mit ihr zu verabreden. Zu seinem Leidwesen blieb das alles jedoch bloß ein kurzes Zwischenspiel, welches mit Herings Plauderei ad acta gelegt wurde. Auch wenn Peter sich mehr erhofft hatte, das Ende der Eisdielenzeit läutet auch das Ende jeglicher erotischer Erlebnisse mit Monica ein. Siedenburg war wieder ein Habenichts und die Elfe nicht bereit zu Kompromissen.

Ernüchternd schnell fand Monica Ersatz und wandte sich, wahrscheinlich aus Mangel an noch nicht genutzten Alternativen, Plauder-Hering zu. Obwohl er ein unangenehmer Typ war, der pausenlos vom Angeln und seinem Salzwasseraquarium sprach und damit allen Mitschülern auf die Nerven ging, verfügte er über das, was Siedenburg abhandengekommen war: Geld.

Siedenburg erzählte später während der Schulhofsäuberungstermine gern, er habe »drei goldene Monate mit Monica« gehabt. Korb blieb in diesen Momenten außergewöhnlich schweigsam, obwohl er ansonsten alles gab, um sich bei Peter einzuschleimen. Wenn es um Monica ging, raste er vor Eifersucht, das wusste Peter, doch es war ihm egal. Korb, der bei all den Geschichten stets der stille, nie wahrgenommene Beobachter war, wollte nicht hören, was Siedenburg in den drei goldenen Monaten mit Monica erlebt hatte. Peter erzählte es ihm trotzdem.

Dabei schmückte er die Ereignisse mit Vorliebe aus, denn eigentlich gab es kaum Grund für Neid. Siedenburg war Korb lediglich zwei nicht unbedingt erwähnenswerte erotische Erlebnisse mit Monica voraus. Einmal hatte er mit ihr hinter der Eisdiele geknutscht. Seiner Beurteilung nach hatte er sich dabei ganz gut geschlagen. Ein weiteres Mal war sie mit zu einem Sauf- und Zeltwochenende auf der Ley gekommen. Leider wussten beide am nächsten Morgen nicht mehr, was abends gelaufen war, und es war ihnen zu unangenehm, dahingehend nachzuhaken. Siedenburg hoffte inständig, dass er nicht eines Tages Alimente zahlen müsste. Nicht dann, wenn ihm das Erlebnis der Zeugung vollkommen abhandengekommen war. Das wäre doppelt bitter.

Trotz dieser eher bescheidenen Erfolge hatte Siedenburg den Eindruck, dass Korb ihm niemals verziehen hatte, dass er für kurze Zeit bei Monica gelandet war. Nach dem Abi trennten sich schließlich die Wege der beiden. Für fast zwei Jahrzehnte, bis die Trüffel sie zu einer zweiten, weitaus erfolgreicheren Zweckgemeinschaft zusammenführen sollten.

Privatanwesen »Zur Waldburg« der Familie Siedenburg in Remagen
20.11.2034, 12.16 Uhr

Peter drückte den Stummel im Aschenbecher aus und nahm sich ein Pfefferminz aus einer silbernen Dose, die neben dem marmornen Aschenbecher stand. Das Rauchen bekam ihm in den letzten Monaten nicht gut, doch einen kompletten Verzicht schätzte er momentan als noch schlechter für sein Wohlbefinden ein.

Er überflog den Terminkalender auf seinem Comchip und verzog den Mund. Heute wartete ein volles Programm auf ihn. Am Morgen hatte ihn die Journalistin wieder besucht, um ihn gute vier Stunden lang mit ihren Fragen zu löchern, und jetzt musste er ohne Mittagspause in die Firma. Später ging es mit seiner Anwältin zu einem Termin auf dem Revier. Weiß Gott, mit welchen verschrobenen Theorien ihm die Stümper dort auf den Zahn fühlen wollten.

Siedenburg trat aus dem Büro und schloss das Zimmer ab. Weder das Personal noch seine Frau hatten in seinen Räumen das Geringste verloren. Er steckte den Schlüssel gerade in die Innentasche seiner Jacke, als seine Haushälterin Blanca auf ihn zukam.

»Ein Brief, Herr Siedenburg. An ihre Privatadresse.«

Der Firmenchef nahm den Umschlag entgegen. »Danke.«

Misstrauisch drehte er das Schreiben in seinen Händen. Erneut ein Stempel aus Sinzig. Ein ungutes Gefühl stieg in

ihm auf. Vielleicht sollte er warten und diese Greta her-
bitten, bevor er das Schreiben öffnete? Andererseits, wer
konnte schon wissen, was Korb darin zum Besten gab.
Manches Detail wollte er der Journalistin garantiert nicht
auf die Nase binden.

»Sie können dann weitermachen«, schickte Siedenburg Blanca weg, die mit gespanntem Gesichtsausdruck
neben ihm wartete. Leicht pikiert ging sie in die Küche,
ohne ein Wort zu sagen. Siedenburg setzte eine finstere
Miene auf. Mann oh Mann, dachte er. Diese Frau hatte
ihren Beruf eindeutig verfehlt. Als Haushälterin war sie,
wie sie seit vielen Jahren erfolgreich demonstrierte, eine
absolute Niete und nicht zu gebrauchen. Vom Kochen
hatte sie ebenfalls keine Ahnung. Ihr fehlte jegliches kuli-
narisches Verständnis. Ob man ihr kostbare Trüffel oder
schlichte Kartoffeln in die Hand legte, machte für sie keinen Unterschied – ihr gelang es, aus allem einen faden Brei
zuzubereiten. Ein weiterer Grund, weshalb Siedenburg
vornehmlich in der Firma oder auswärts aß.

Der Umstand, dass Blanca in allen denkbaren Auf-
gabenbereichen, die für eine Haushälterin zum Alltag
gehörten, dauerhaft Unfähigkeit bewies und trotz allem
fürstlich dafür bezahlt wurde, ließ Peter rasend werden.
Genau das schien seiner Frau Freude zu bereiten, und
deshalb lief auch jede Diskussion über eine mögliche
Entlassung ins Leere.

Eins musste Siedenburg allerdings zugeben: Was
das Bespitzeln ihrer Arbeitgeber betraf, zeigte Blanca
echte Qualitäten. »Unser Zimmermädchen ist die beste
Schnüfflerin im Umkreis von gut 100 Kilometern«,
betonte Siedenburg stets seiner Frau gegenüber. Das
meinte er in keiner Weise scherzhaft, auch wenn »die-

ses lächerliche Misstrauen«, wie es Monica nannte, seine Frau stets erheiterte.

»Die Frau späht uns aus. Das spüre ich, wer weiß, was sie vorhat«, betonte er immer wieder.

Meist tat seine Ehefrau dies mit dem Rat »bei nächster Gelegenheit doch mal einen Arzt aufzusuchen« ab.

»Einen Arzt«, erwiderte ihr Ehemann einmal, »vielleicht eher die Polizei.«

»Ach herrje. Du bist ein Spinner, Peter.«

»Und du bist leichtgläubig. Wir bieten diesem Abklatsch von Miss Marple in deiner vollkommenen Naivität ein Heim in unseren eigenen vier Wänden. Wie blöd kann man nur sein?«

»Blöder als du gewiss nicht.«

So in etwa liefen die Gespräche ab, die immer in einem großen Streit endeten. Seine Frau warf ihm vor, er sei wahnhaft, sähe Gespenster, während er seinerseits beteuerte, Blanca durchsuche heimlich während der Hausarbeit seine Unterlagen und krame in seinen Dingen. Das war für Siedenburg ein Fakt. Er hatte beständig ein ungutes Gefühl in seinen eigenen vier Wänden, auch wenn er Blanca zugegeben nie auf frischer Tat ertappt hatte. Dass er sich in seinem eigenen Zuhause nicht wohlfühlte, interessierte Monica nicht. Ein absoluter Irrsinn, aber seine liebe Gattin hielt stur an der Haushälterin fest. Ihr gefiel es offensichtlich, ihn zu quälen.

Peter wartete, bis die Küchentür laut und deutlich zugefallen war. Dann drehte er den Brief nervös in seinen Händen. Als er sich sicher sein konnte, dass Blanca verschwunden war, ging er zum Haushaltsschrank und suchte darin nach Einmalhandschuhen. Dieses Mal dachte er an alles. Seine Fingerabdrücke würden garantiert nicht auf dem Schreiben zu finden sein, schwor Peter Siedenburg sich. Mit einem Brieföffner öffnete er das Kuvert vorsichtig und nahm den darin befindlichen Bogen heraus. Wie vermutet, stammte der Schreiben wieder von einem dieser verfluchten Schreibautomaten. Er klappte das Papier auf. Nur ein einziger Satz stand auf dem Blatt.

Doch Siedenburgs finsterer Miene nach zu urteilen, verfehlten diese wenigen Worte ihre Wirkung nicht.

Polizeirevier Ost in Sinzig
20.11.2034, 14.26 Uhr

»Erzählen Sie uns keinen Unsinn! Erst finden wir das
Taschenmesser mit Ihren Initialen am Tatort und jetzt
konnte auch noch Ihre DNA im direkten Umkreis der
Leiche nachgewiesen werden. Was für ein Zufall soll das
denn sein, Herr Siedenburg? Wann geben Sie die Sache
endlich zu?«

Die Blonde sah ihn eindringlich an, während die
Polizistin in Brünett in scharfem Ton hinzufügte: »Was
möchten Sie mit Ihren ganzen Ausflüchten erreichen?
Die Sachlage ist eindeutig: Sie sind der Mörder von Martin Baumann!«

Siedenburg musste sich zwingen, Ruhe zu bewahren.

»Sie kannten ihn, er lag auf Ihrem Gelände, und nun
haben wir auch noch Ihre Spuren gefunden, obwohl Sie
abgestritten haben, am Tatort gewesen zu sein.«

Die Braunhaarige beugte sich zu Peter vor. »Ich will
ehrlich zu Ihnen sein: Ihr Schweigen macht die Sache
nicht besser.«

Der Firmenchef sah erwartungsvoll zu seiner Anwältin, die damit beschäftigt war, ihren kurzen Rock zurecht-
zurücken, während sie auf dem unbequemen Holzstuhl
hin und her rutschte. Die Vernehmung dauerte bereits
eine gute Stunde, und sie waren noch keinen Schritt vor-
angekommen.

Immerhin zeigte Peters auffordernder Blick offenbar

Wirkung, denn seine Anwältin ließ sich zu einem Einwurf hinreißen: »Das alles beweist rein gar nichts!«

Siedenburg schnaufte, für alle gut hörbar. Das war vermutlich der Spruch, den man als Jurastudent als Erstes auswendig lernte. Ein Allrounder. Universell einsetzbar, und zwar immer dann, wenn einem nichts Kluges einfiel.

Für einen solch abgeschmackten Unsinn zahlte er eine fette Stange Geld. Peter Siedenburg steckte knöcheltief in der Sache drin, und was machte seine Anwaltskanzlei? Sie stellte ihm dieses ahnungslose Wesen zur Seite! Es hatte keinen Sinn, von dieser Seite Unterstützung zu erwarten.

Genervt von so viel Stümperhaftigkeit ergriff also er selbst das Wort und versuchte es, ausnahmsweise und aus purer Verzweiflung, mit einer ersten Einsicht. »Okay, okay, ich gebe zu, dass außerordentlich viel dafür spricht, dass ich es war. Ganz ehrlich, das ist mir bewusst!«

»Das ist doch schon mal ein Anfang«, warf die Dunkelhaarige mit kratziger Stimme ein.

Siedenburg blieb unbeirrt. »Egal, wie es für Sie aussehen sollte, es ändert nichts daran, dass ich es trotz allem nicht war. Ich kann nicht gestehen, was ich nicht verbrochen habe. Verstehen Sie das doch endlich einmal.« Genervt lehnte er sich zurück. »Mir ist es unerklärlich, weshalb Sie meine DNA am Tatort gefunden haben. Das ist mir ein Rätsel. Vielleicht steckt ein Komplott dahinter.«

Die Beamtinnen warfen sich einen vielsagenden Blick zu, während Siedenburg weiterredete: »Das mit der DNA *muss* eine einfache Erklärung haben. Jemand will mir die Sache unterschieben. Wahrscheinlich der anonyme Anrufer. Ich habe eine Frage, über die Sie vielleicht mal nachdenken sollten: Warum hätte ich Baumann vor zehn Jahren umbringen sollen? Er war ein Mitarbeiter und ein unauffälliger Kerl. Ich mochte den Mann sogar.«

Das war eiskalt gelogen. Siedenburg mochte genau betrachtet niemanden. Martin Baumann war ihm bis vor Kurzem vollkommen egal gewesen. Sein Verschwinden vor vielen Jahren hatte ihn kaum berührt, zumal er als Vertriebsmitarbeiter nicht gerade erfolgreich gewesen war. Damals hatte Siedenburg sowieso völlig andere Probleme gehabt. Das Einzige, was ihm von Baumann wirklich in Erinnerung geblieben war, war der goldene Ring mit den keltischen Zeichen. Ironischerweise war dieser Ring auch das Letzte, was er von dem Kerl zu Gesicht bekommen hatte. Aber all diese für Siedenburg nicht unbedingt vorteilhaften Einzelheiten würde er vor der Polizei gewiss nicht erzählen.

Die Blonde zuckte gleichgültig mit den Schultern. »Vielleicht wusste Baumann zu viel über ihre krummen Geschäfte? Damals standen Sie in mehreren Fällen vor Gericht. Moment …« Die Polizistin überflog im Computer eine lange Reihe von Einträgen zu dem Firmeninhaber. Eine beachtenswerte Liste, das musste sie zugeben. Es gab bereits erste Vermerke aus der Zeit, als sie noch die Grundschule besucht hatte.

»Welche krummen Geschäfte? Ich wurde niemals für schuldig befunden«, warf Siedenburg hitzig ein.

Die Blonde suchte gezielter und stellte fest, dass Siedenburg die Wahrheit sagte: Tatsächlich hatten alle Verfahren letzten Endes eingestellt werden müssen.

Jetzt mischte sich die Brünette wieder ins Gespräch ein. »Tja, vermutlich aus Mangel an Beweisen. Oder aufgrund von Bestechung.«

Siedenburg war bewusst, dass es ein offenes Geheimnis war, dass er die Behörden schmierte, doch da er sehr gut zahlte, hielten alle dicht und es war ihm nichts nachzuweisen.

Die Polizistin schien zu bereuen, ein so heikles Thema angesprochen zu haben, denn sie beeilte sich, eine andere Fragestellung in den Mittelpunkt zu rücken. »Aber lassen wir einfach die alten Geschichten beiseite. Heute und hier ist die Angelegenheit ausgesprochen eindeutig – alle Indizien deuten darauf hin, dass Sie der Täter sind.«

Die Beamtin richtete ihre Uniform und sah Siedenburg herausfordernd an.

»Gegenwärtig sind Ihre Aussichten ziemlich schlecht«, legte die Blonde nach. Die Anwältin kramte derweil eifrig in ihren Papieren. Anscheinend hörte sie gar nicht wirklich zu. Siedenburg platzte fast der Kragen. Er würde der Anwaltskanzlei persönlich einen Besuch abstatten. Wer immer es gewagt hatte, ihm diese Modepuppenpraktikantin zu schicken, könnte was erleben.

Nochmals blieb ihm nichts anderes übrig, als selbst zu antworten, obwohl er gewiss kein Meister der Diplomatie war. »Nur mal angenommen, ich wäre es gewesen«, begann Siedenburg. »Rein hypothetisch, meine ich, denn ich war es wie gesagt nicht. Wenn ich es gewesen wäre, würde ich dann Jahre später Teile der Leiche einfach wieder ausgraben? Welchen Sinn sollte das ergeben? Das wäre ausgemachter Schwachsinn, nachdem die Sache inzwischen schon fast vergessen war.«

Die Polizistinnen warfen sich einen Blick zu, der Bände sprach. Siedenburg war sich sicher, dass es an diesem Punkt auch bei ihren Ermittlungen hakte, doch das würden sie vor ihm, ihrem Hauptverdächtigen, sicherlich nicht zugeben.

»Das heißt nicht, dass es keinen guten Grund geben könnte«, betonte die Blonde spitz. »Aber wissen Sie was: So langsam reicht es mir. Bei uns stapeln sich aktenweise die Fälle auf dem Schreibtisch. Eins ist doch klar – Sie werden kein Geständnis ablegen und Sie werden uns auch nicht bei der Klärung der genauen Umstände behilflich sein. Ich würde vorschlagen, wir brechen hier ab.«

Die Kollegin stimmte ihr zu: »Ja, ich habe auch das Gefühl, diese Vernehmung dreht sich im Kreis. Machen wir hier und heute erst einmal Schluss, Herr Siedenburg. Sie können davon ausgehen, dass wir der Sache mit Hochdruck nachgehen. Wir ermitteln in alle Richtungen, darauf können Sie sich verlassen, und wir werden uns bei Ihnen melden, falls wir weitere Fragen haben.«

Nun meldete sich die Blonde wieder zu Wort. Ihre Stimme klang herausfordernd. »Wie auch immer, machen Sie sich keine falschen Hoffnungen. Alles was wir bisher gefunden haben, deutet zweifellos auf Sie als Täter.«

Peter Siedenburg verabschiedete sich schließlich, so freundlich, wie es ihm möglich war. Er war sich bewusst, dass die Polizei mit dem Fund des Taschenmessers und obendrein seiner DNA genug gegen ihn in der Hand hatte. Hinsichtlich des Leichenfundes zu lügen, hatte sich im Nachhinein als unklug erwiesen. Das machte ihn insgesamt unglaubwürdig, weshalb sie über kurz oder lang einen Haftbefehl beantragen würden. Ihm war klar, dass die beiden Frauen nicht locker lassen würden. Ihn, den Firmenchef, einen großen Fisch, festzunageln, wäre für die Beamtinnen ein Triumph.

»Wir bitten Sie, die Stadt gegenwärtig nicht zu verlassen und jederzeit für uns erreichbar zu sein«, rief ihm die Brünette, als er an der Tür stand, hinterher.

Nachdem Siedenburg seine Anwältin vor dem Polizeigebäude ohne ein Wort hatte stehen lassen, schaute er auf seinen Comchip. Glücklicherweise hatte Greta ihm ihre Nummer gegeben.

»Heute Abend nur für absolute Notfälle, bitte«, hatte sie gesagt. Genau in einem solchen befand er sich – exakt betrachtet war er mitten in dessen Zentrum.

*

»Den haben wir am Haken«, freute die brünette Polizistin sich, als Siedenburg außer Hörweite war.

»Und er wird nicht mehr allzu lange zappeln müssen.« Die Blonde zwinkerte ihrer Kollegin verschwörerisch zu. Bald würden sie diesen unsympathischen Geldhai mit einem Haftbefehl in der Tasche wiedersehen, dessen war sie sich sicher. Alles, was jetzt noch folgte, wäre reine Formalität.

Sinziger Park
20.11.2034, 15.25 Uhr

Siedenburg blieb auch nichts erspart. Heute fand die all-
jährliche Oldtimerschau im Park statt, und er gehörte, als
einer der erfolgreichsten Firmeninhaber der Gegend, zu
deren Initiatoren. Nicht ganz uneigennützig, zugegeben.
Seine Teilhabe war eine von Jeannettes Ideen gewesen.
Ihrer von Siedenburg nicht immer geschätzten Meinung
nach bot ein Oldtimertreffen die ideale Gelegenheit, um
mit anderen solventen und im besten Fall zukünftigen
Geschäftspartnern ins Gespräch zu kommen.

Peter Siedenburg verabscheute derartige Veranstaltun-
gen. Um bei der Wahrheit zu bleiben, hasste er, seit er älter
geworden war, alle Anlässe, bei denen er ohne festes Ziel
auf andere Menschen traf. Ihm erschien das als reine Zeit-
verschwendung. Dass er heute auch noch den Anblick
des knallroten Delage mit Elektromotor ertragen musste,
war nicht nur unangenehm, es war eine Bestrafung. Mit
einem großen Schluck Champagner, denn zu solch elitä-
ren Gelegenheiten durfte man mit einer Sondergenehmi-
gung in der Öffentlichkeit Niedrigalkohol ausschenken,
spülte er die Erinnerung, die er mit diesem Auto verband,
hinunter. Oder besser gesagt, er gab sich zumindest die
größte Mühe dazu. Dieses rote Ungetüm stand für ihn
sinnbildlich für die Infantilität seiner Ehefrau.

Im ersten Jahr nach der Hochzeit – damals, als noch,
und das musste er seiner Frau zugutehalten, gar nicht mal

so unaufregende Zusammenkünfte stattfanden – hatte sie zu seinem Geburtstag den Oldtimer umrüsten lassen. Siedenburg hatte den Delage schon seit mehreren Jahren gefahren. Er liebte den Wagen, der, als er ihn erworben hatte, lediglich ein rostiges Etwas gewesen war. Das Sportauto war in einem sehr schlechten Zustand gewesen, einzig die Karosserie war noch intakt, alles andere musste ausgetauscht werden. Mit viel Aufwand und Besuchen auf Schrottplätzen gelang es Siedenburg, das gute Stück in seinen wenigen freien Stunden herzurichten. Der rote Delage war seither sein ganzer Stolz gewesen, zumindest bis zu jenem Tag, an dem seine Frau die Idee hatte, ihm für einen sündhaft teuren Preis einen Elektromotor einbauen zu lassen. Einen Elektromotor – was für ein Frevel!

Spätestens da hätte er erkennen müssen, wie wenig Grips in diesem einfältigen Hirn steckte. So blind, wie er zu jener Zeit Monica gegenüber gewesen war, hatte Peter ihr schließlich verziehen. Seine Frau hatte geweint und ohne Unterlass beteuert, dass das Gefährt mit all seinen neuen Extras einzigartig in ganz Europa sei.

»Ja«, hatte Siedenburg geantwortet, »und zwar aus gutem Grund.«

Sogleich hatte sie wieder losgeheult. Jede Diskussion war sinnlos gewesen. Seine Frau hatte einfach nicht begriffen, was sie angerichtet hatte. Damals hatte ihm noch etwas an ihr gelegen, und er hatte seine Wut hinuntergeschluckt.

Das Thema Delage allerdings war seit diesem Tag für ihn Geschichte. Ab da stand der Wagen nur noch in der Garage und wurde allenfalls zu jenen Oldtimerausstellungen hervorgeholt. Hier war das nun lächerliche Gefährt für wenige Stunden der große Renner, bis es auf einem Trailer zurück in die Garage kutschiert wurde, denn Siedenburg weigerte sich konsequent, die verdammte Kiste zu fahren.

Der Firmenchef atmete schwermütig aus. All das war in diesem Moment nicht von großer Bedeutung. Er wartete auf Greta und fragte sich, warum diese Nervensäge, die sonst in ihrem Übereifer immer viel zu früh erschien, nicht schon längst da war.

Im Moment lief alles aus dem Ruder. Korb spielte mit ihm Katz und Maus, das lag auf der Hand. Er war ihm zu jeder Zeit einen Schritt voraus und ließ ihn zappeln. Siedenburg zweifelte keinen Moment daran, dass Johannes-Claudius erst mit all dem abschließen würde, wenn er selbst hinter Gittern saß – falls er nicht sogar andere Pläne mit ihm hatte.

Studenten-WG in der Rheinstraße in Sinzig
20.11.2034, 15.03 Uhr

Heute stand Medienzivilrecht auf dem Lernplan. Auf Gretas Comchip fanden sich praktischerweise noch die alten Klausurvorbereitungen. Manchmal lohnte es sich wirklich, Dinge aufzubewahren, denn bei der Durchsicht der Themen stellten Greta und Sean fest, dass sich das aktuelle Skript kaum von dem damaligen unterschied.

Sean ging in die WG-Küche und kochte einen Tee, während Greta die Unterlagen sortierte. Es gab noch eine Menge Themen, die sie angehen mussten, doch sie hatten den ganzen Nachmittag Zeit, und Greta war guter Dinge. Wahrscheinlich würde es keine Klausur mit Auszeichnung werden, aber um zu bestehen, dürften die Vorbereitungen ausreichen.

So dachte Greta jedenfalls, bis zu dem Moment, in dem ihr Comchip sich bemerkbar machte. Bestenfalls zehn Minuten war es her, dass sie Seans Wohnung betreten hatte, da meldete sich Siedenburg. Greta entschuldigte sich bei Sean, der gerade mit zwei dampfenden Tassen zurückkam, und ging mit dem Comchip ins Bad, wo sie den Anruf entgegennahm.

Sie flüsterte: »Hallo, Herr Siedenburg. Was ist los? Wir wollten doch erst morgen wieder ...«

»Ein Notfall. Ein echter Notfall. Frau Schönherr, haben Sie Zeit für mich?«

Greta legte die Stirn in Falten. »Eigentlich, wenn ich

ehrlich bin, nein!« Sean hatte extra einen Salat für sie beide vorbereitet. Ganz ohne Trüffel, wie er mit einem Augenzwinkern betont hatte. Greta hatte ihm im Eiscafé von ihrer Trüffelabneigung erzählt, und er hatte es offensichtlich nicht vergessen. Sie mussten noch sehr viel Klausurstoff durcharbeiten, und außerdem hatte sie sich ein wenig auf diesen Termin gefreut. Aber der wichtigste Grund war wohl, dass sie Sean nicht hängen lassen konnte.

»Tut mir leid«, ergänzte sie. Es ging einfach nicht, auch wenn sie zweifellos neugierig war, um was für eine Art Notfall es sich handelte.

»Aber Sie müssen kommen! Ich war bei der Polizei und … es ist alles aus.«

Siedenburg hörte sich beängstigend niedergeschlagen an. Das passte nicht zu dem Siedenburg, den Greta bisher kennengelernt hatte. »Und wenn wir uns morgen gleich in der Früh treffen?«

»Dann ist es zu spät! Bitte, ich brauche Sie jetzt!« Siedenburgs Worte verfehlten ihre Wirkung bei Greta nicht.

»Also gut. Ich mache mich gleich auf den Weg!«

Als Greta wieder in das winzige Zimmer zu Sean trat, das die Funktionen Wohn- und Schlafzimmer sowie Keller gleichermaßen erfüllte, rieb sie sich verlegen die Hände. »Du, Sean … mir ist etwas dazwischengekommen. Tut mir echt leid. Aber das wird heute leider nichts. Ich muss weg. Wirklich eine dringende Angelegenheit.«

Sean wirkte verwirrt, als Greta eilig ihre Sachen zusammensuchte. »Ist etwas passiert? Du hast doch Urlaub, hast du gesagt?«

»Ja, an sich ist alles okay. Trotzdem, ich muss dringend weg. Ich erkläre es dir ein anderes Mal.«

»Und der Salat?«

Greta zuckte entschuldigend mit den Schultern. »Tut mir leid.«

»Klar, geh nur. Ist schon in Ordnung«, sagte Sean hörbar enttäuscht und auch ein wenig schnippisch. »Ich schaffe das alleine.« Er begleitete sie in den Flur. »Bis dann«, sagte er.

Als sich Greta noch einmal zu ihm umdrehte, war die Tür bereits ins Schloss gefallen. In dem ganzen Tumult hatte sie völlig vergessen, ihm viel Glück für die morgige Klausur zu wünschen. Sie seufzte und überlegte für einen Moment, ob sie vielleicht klingeln sollte. Sie könnte ihm sagen, weshalb sie wegmusste. Aber sie entschied sich dagegen und stürmte stattdessen so schnell wie möglich die Treppe hinunter.

Auf dem Weg zum Park wollte das miese Gefühl in ihrem Bauch einfach nicht verschwinden. Sean ohne große Erklärung im Stich zu lassen, gefiel Greta nicht. Aber was hätte sie machen sollen? Trotzdem, das schlechte Gewissen nagte an ihr. Als Sean sich bei ihrem ersten Treffen mehr schlecht als recht in seinem Sammelsurium an Unterlagen, Notizen und alten Klausuren zurechtgefunden hatte, war sie es gewesen, die ihm vorschlug, alle wichtigen Themen zur Klausur noch einmal gemeinsam durchzugehen. Und ungelogen, sie hatte sich – wenn man von der verdammten Aufregung wegen dieser Verabredung absah – den ganzen Tag darauf gefreut.

Jetzt hatte Greta, wie es schien, alles auf einen Schlag verdorben. Im Eiscafé waren sie vorgestern die letzten Gäste gewesen. Sean war ein lieber Kerl, und es machte riesigen Spaß, sich mit ihm zu unterhalten. Er war witzig und klug und an allem interessiert. Das Einzige, was ihm fehlte, war ein bisschen Ehrgeiz. Greta konnte jetzt einfach nur für ihn hoffen, dass die bisherige Nachhilfe ausreichte, um die bevorstehende Klausur zu bestehen. Aber es würde in jedem Fall knapp werden. Ihr war bewusst, dass für Sean viel auf dem Spiel stand. Zerknirscht eilte sie mit all diesen Gedanken im Kopf weiter in Richtung Park. Es blieb für Siedenburg zu hoffen, dass es wirklich, wirklich wichtig war, sonst würde sie aus der Haut fahren.

Keine zehn Minuten später durchquerte Greta den Sinziger Park, nach Peter Siedenburg Ausschau haltend und ständig bemüht, sich nicht die Knochen mit ihren hohen Absätzen zu brechen. In der Ferne sah sie den Firmenchef vor einem roten Oldtimer stehen. Schon von Weitem machte er einen nervösen Eindruck. Jeannette stand neben ihm und unterhielt sich, während sie ein Champagnerglas in der Hand hielt, mit einigen der fein gekleideten Besucher. Der Firmenchef selbst beteiligte sich nicht an den Gesprächen. Offensichtlich hielt er ebenfalls Ausschau. Als er Greta bemerkte, zeigte sich kurz Erleichterung auf seinem Gesicht. Ohne ein Wort zu den Umherstehenden zu sagen, die ihm ratlos nachblickten, ging er der Journalistin entgegen.

»Wir müssen uns unterhalten. Alleine!« Mit diesen Worten griff er Greta am Unterarm und bugsierte sie ohne Rücksicht auf ihr Schuhwerk und den holprigen Boden zurück in die Richtung, aus der sie gekommen war.

Privattruffière und Firmengelände
Siedenburg GmbH in Bad Bodendorf
20.11.2034, 19.06 Uhr

»Das verstehe ich nicht: Warum hat man Ihre DNA am Tatort entdeckt?«, fragte Greta Schönherr. Sie schien aufgebracht. »Und die viel interessantere Frage: Warum wusste ich bisher nichts davon? Sie sagten, Sie hätten mir alles erzählt! Das passt nicht zusammen.«

Siedenburg saß in einem Schreibtischstuhl und stützte den Kopf in seine Hände. Er war mit der Journalistin zum Firmensitz gefahren. Heute trieben sich all die Wichtigtuer auf der Oldtimerschau herum, sodass er sich sicher sein konnte, niemand würde sie in der Geschäftsabteilung stören. Mittlerweile traute er keinem mehr. Gegenwärtig fühlte es sich an, als hätte sich die ganze Welt gegen ihn verschworen.

»Herr Siedenburg, wenn Sie mir nicht antworten wollen, weiß ich nicht, weshalb Sie mich gerufen haben. Sie sprachen von einem Notfall.«

Peter zog mit einer unschuldigen Miene die Schultern hoch. »Ich weiß nicht, was ich sagen soll. Ich bin einfach mit meinem Latein am Ende.«

»Ja, das weiß ich bereits, und alles andere haben wir auch schon mehrmals durchgekaut. Nun sitzen wir seit einer gefühlten Ewigkeit in ihrem Büro und nichts von dem, was Sie mir erzählen, ergibt für mich einen Sinn. Entweder verheimlichen Sie mir etwas, oder mir fehlt der Durchblick. Seien Sie ehrlich: Gibt es noch Details, die ich besser wissen sollte?«

Siedenburg schüttelte den Kopf. »Ich weiß nicht, was Sie meinen«, beharrte er auf seiner Version der Geschichte.

»Hören Sie auf, mir diesen ganzen Unsinn zum tausendsten Mal zu erzählen. Sie müssen dort an der Truffière gewesen sein«, polterte die Schönherr plötzlich los. Sie sah Siedenburg drohend an, während sie demonstrativ aufstand. Damit hatte Siedenburg nicht gerechnet. Er erschrak, als sie sagte: »Noch eine Lüge und Sie können unsere Vereinbarung vergessen!«

Siedenburg rieb seine Schläfen. Die Sache nahm ihn mit, und die Schönherr ließ nicht locker. »Also gut, ich war dort.«

Die Schönherr riss die Augen auf. »Das glaube ich ja wohl nicht!«

»Ich habe an dem Morgen nach Trüffel gesucht und dabei zufällig das Skelett gefunden.«

»Zufällig?« Sie lachte sarkastisch.

»Ja, ich weiß, wie sich das anhört. Trotzdem war es genau so! Ich habe mich zu Tode erschrocken. Und ja, es war dumm von mir, das zu verschweigen. Sehr, sehr dumm sogar. Niemand wird mir deswegen mehr etwas glauben. Aber ich hatte keine Wahl. In meiner Firma geht es derzeit drunter und drüber, ich kann mir keinen Ärger mit der Polizei erlauben. Ich verspreche Ihnen, das war der einzige Grund.«

»Wollen Sie mich auf den Arm nehmen? Man findet doch nicht eine Leiche und tut dann so, als sei nichts gewesen.«

Peter antwortete nicht. Er wagte es nicht, denn sie lag richtig: Es war haargenau so gewesen.

Die Journalistin schüttelte den Kopf. »In was bin ich da bloß hineingeraten?«, sagte sie mehr zu sich selbst als zu Siedenburg.

»Ich habe Baumann nicht ermordet«, versuchte der Firmenchef sich zu verteidigen. »Ehrlich, ich wusste nicht, dass seine Leiche dort lag. Das war purer Zufall. Ich stecke in der Klemme, Frau Schönherr, und ich weiß mir keinen Rat.«

Sie blitzte Siedenburg wütend an. »Tagelang haben Sie mir nur Lügen aufgetischt, und nun erwarten Sie so etwas wie Mitleid?« Der Satz war ungewöhnlich scharf für Greta Schönherr, die bisher immer betont sachlich aufgetreten war. »Was haben Sie mir sonst noch verschwiegen?«

Siedenburg überlegte. Es war ihm bewusst, dass er der Journalistin etwas liefern musste, sonst wäre sie auf und davon. »Es gibt noch eine Sache. Die habe ich für mich behalten … aber einzig und allein deshalb, weil es nur ein Verdacht ist.«

»Aha! Und welchen Verdacht haben Sie …?«, hakte die Schönherr mit deutlicher Ironie in der Stimme nach. »Ehrlich gesagt habe ich wenig Hoffnung, dass Sie diesmal bei der Wahrheit bleiben. Ich bin es leid, mir Ihre Lügen anzuhören.

»Was ich Ihnen nun erzähle, ist keine Lüge.« Er hielt kurz inne und setzte dann rasch hinzu: »Es ist so, dass ich immer schon vermutet habe, dass Baumann nicht grundlos verschwunden ist.«

»Vermutet?« Als die Journalistin dieses Wort wiederholte, verfinsterte sich ihr Gesicht. »Ich bin doch keine Marionette, mit der Sie nach Lust und Laune spielen können. Wie soll unsere Abmachung Ihrer Meinung nach funktionieren, wenn Sie nicht aufrichtig sind? Das ist alles völlig sinnlos.« Sie schüttelte erbost den Kopf. »Total sinnlos. Mir reicht's! Das ist doch wieder nur eine von Ihren Halbwahrheiten.«

Sie griff ihre Sachen und wandte sich zum Gehen. »Was habe ich schon großartig mit der ganzen Sache zu tun? Aller Wahrscheinlichkeit nach sind Sie der Mörder. Sämtliche Fakten sprechen dafür. Die Polizei ist sich sicher. Nur ich war naiv und blauäugig genug, um eine andere Version überhaupt in Erwägung zu ziehen. Aber das ist jetzt vorbei! Ihre Spielchen können Sie mit jemand anders spielen.«

»Warten Sie!« Siedenburg ließ nicht locker, er musste die Journalistin überzeugen. »Bitte glauben Sie mir. Ich bin mir sicher, *er* war es.«

Greta Schönherr stand bereits an der Tür. »Er?«, sagte sie und zog dabei spöttisch die Augenbraue hoch. »Sie meinen doch nicht wieder Ihren ehemaligen Geschäftspartner Korb? Sie wollen den Mord immer noch Ihrem toten Geschäftspartner anhängen? Das ist lächerlich. Die Story glaubt Ihnen kein Mensch!«

»Es ist aber trotzdem die Wahrheit«, hielt Siedenburg dagegen.

»Diese Wahrheit entspringt einzig Ihrer Fantasie. Geben Sie es doch zu! Johannes-Claudius Korb, der einstige Firmenmitinhaber, der noch am Leben sein soll, diese Geschichte ist doch nur ein weiterer Schachzug, um mich bei der Stange zu halten. Den Drohbrief haben höchstwahrscheinlich Sie selbst verfasst. Für wie naiv halten Sie mich eigentlich?«

Auf diese Frage wollte Siedenburg lieber nicht antworten, stattdessen räumte er ein: »Das alles ist nicht so abwegig, wie Sie vermuten. Lassen Sie mich Ihnen wenigstens die genauen Umstände erklären.«

»Und was habe ich davon?«, fragte die Schönherr genervt.

»Vielleicht erfahren Sie so als Einzige die Wahrheit.«

»Das würde mich mehr als wundern. Aber gut. Versuchen Sie es, überzeugen Sie mich. Diesmal werden Sie auf Granit beißen«, prophezeite sie.

»Lassen Sie mir wenigstens die Chance, es Ihnen zu erklären«, entgegnete Siedenburg. »Sie wissen vermutlich, dass Korb damals bei einem Autounfall in den Bergen in Südfrankreich ums Leben gekommen ist?«

Sie nickte. »Ja, ich habe meine Hausaufgaben gemacht.«

»Ist Ihnen auch bekannt, dass dies exakt ein Tag nach dem Verschwinden Baumanns geschah?« Siedenburg unterdrückte ein Lächeln, er war sich bewusst, dass er die Journalistin mit dieser Aussage ködern würde.

Und tatsächlich: Sie gab sich Mühe, sich nichts anmerken zu lassen, doch um ihre Mundwinkel zuckte es. Aha, dachte Peter Siedenburg, das war ihr also tatsächlich neu. Er fuhr fort: »Seine Leiche fand man damals in Südfrankreich. Da kannte ihn niemand. Ein toter Körper wurde aus einem brennenden Auto geborgen. Es ist nicht komplett undenkbar, dass bei der Identifizierung etwas schiefgelaufen ist.«

Die Journalistin kniff die Augen zusammen. »Sie geben wohl nie auf!«

»Ich meine es ernst«, sagte Siedenburg eindringlich. »Die Sache war für die Polizei ruckzuck abgehakt. Auf den ersten Blick gab es keinen Grund anzunehmen, dass Korb seinen Tod nur vorgetäuscht haben könnte.«

Kurz zögerte Siedenburg, und schließlich fügte er hinzu: »Mir hingegen erschien die Geschichte mit dem Unfall immer schon äußerst unglaubwürdig. Korb war kein verwegener Autofahrer, der sich in irgendwelchen Kurven zu Tode stürzt. Bei Gott nicht, er fuhr wie ein Sonntagsfahrer. Sein Gegurke trieb mich in den Wahnsinn. Deswegen hatte ich von Anfang an einen Verdacht.«

»Einen Verdacht? Nun, mit dem Thema kennen Sie sich ja bestens aus. Aber warum haben Sie den *Verdacht* nicht gleich bei der Polizei geäußert?«, erwiderte Greta Schönherr spitz.

Siedenburg zuckte ungerührt mit den Schultern. »Was sollte ich der Polizei erzählen? Ich hatte keinerlei Beweise, es war lediglich ein komisches Gefühl. Rückblickend gebe ich zu, es war ein Fehler, nichts zu sagen.«

»Ziemlich viele Fehler im Nachhinein«, stellte die Schönherr fest. Sie machte keine Anstalten mehr zu gehen. Wie es aussah, schien sie sich mit seiner Erklärung vorerst zufrieden zu geben, was Siedenburg wunderte. Die graue Maus war gutgläubiger als vermutet. Fast beneidenswert diese Naivität, dachte Peter. Er selbst erwartete immer das Schlechteste von den Menschen. Das hatte Vorteile, denn zumindest wurde er so nur äußerst selten enttäuscht.

Selbstverständlich hatte seine damalige Verschwiegenheit andere Gründe gehabt. Er war heilfroh gewesen, einen so unangenehmen, raffsüchtigen Geschäftspartner, wie Korb es war, endlich losgeworden zu sein. Der Unfall war ihm wie eine glückliche Fügung des Schicksals erschienen, ein Sechser im Lotto sozusagen. Wahrhaft, die damaligen Entwicklungen waren mehr als vor-

teilhaft für ihn gewesen. Auf diese Weise war er wieder
alleiniger Chef geworden, und mit der Firma war es seither steil bergauf gegangen. Wer hätte sich in dem Fall
schon beschwert und Zweifel geäußert? Was auch immer
in jenen Tagen in den Bergen geschehen war, ihn hatte
das bisher wenig interessiert.

»Für den Fall, dass Sie die Wahrheit sagen – was ich
immer noch anzweifle – warum sollte Ihr damaliger
Geschäftspartner Derartiges tun? Das ist doch völlig
verrückt! Weswegen sollte er seinen Tod vortäuschen
und plötzlich nach so vielen Jahren wieder auf der Bildfläche erscheinen?«

»Sie haben Korb nie kennengelernt, sonst wüssten
sie, wie berechnend dieser Hundesohn ist. Ich denke,
damals wurde es ihm hier zu heiß wegen Baumann. Und
er hatte recht: Die Polizei suchte nach Baumann, mehrere Wochen lang. Man durchsuchte seine Wohnung,
befragte seine Eltern, sogar in der Firma tauchte die Polizei damals auf und schnüffelte herum. Er war spurlos verschwunden. Damals zog man Selbstmord in Erwägung.
Baumann pflegte ein extrem zurückgezogenes Leben,
erzählte nie etwas von sich und hatte auch keine Freun-
din, soweit man wusste. Und das, obwohl er ohne jede
Frage ein gutaussehender Typ gewesen war. All das hinterließ einen seltsamen Eindruck und ließ einen Suizid
schlussendlich gar nicht so abwegig erscheinen …« Siedenburg machte eine Pause. Er wollte Spannung auf-
bauen, und das gelang ihm. In Greta Schönherrs Kopf
arbeitete es, das war unverkennbar.

Dann kam er zum Punkt. »Aber ich würde darauf wetten, dass Korb etwas mit der Sache zu tun hatte.«

»Wie kommen Sie darauf?«

»Kurz vor seinem Verschwinden meldeten unsere Sicherheitskräfte, dass es einen Maulwurf in der Firma gäbe. Wichtige Unterlagen waren verschwunden. Man vermutete, dass jemand für einen chinesischen Trüffel-großhandel in der Firma Erkundungen anstellte.«

»Sie denken an einen Wirtschaftsspion?«

»Nicht unwahrscheinlich«, räumte Peter Siedenburg ein. »Besagter Konzern hatte uns Monate zuvor Unsummen für die Firma geboten. Sie wollten sich das weltweite Monopol für Trüffel sichern. Aber wir lehnten ab.«

»Und ab da versuchten sie auf andere Weise an Ihre Firma heranzukommen, denken Sie? Man wollte Sie ausspionieren?«

»Das ist sehr gut möglich. Ich sprach Korb auf das Thema an, und er sagte bloß, ich solle mir keine Sorgen machen. Die Sache sei bald abgewickelt.«

»Bald abgewickelt? Wie könnte er das gemeint haben?«

»Ich schätze, Korb wollte die Angelegenheit unbüro-kratisch regeln. Ich war nicht darin involviert. Zu dieser Zeit boomte das Geschäft, und so hatte ich alle Hände voll zu tun. Alles, was ich noch weiß, ist, dass Baumann kurz nach diesem Gespräch verschwand. Er erschien eines Morgens einfach nicht mehr zur Arbeit. Niemand wusste, wo er war. Es gab keine einzige Spur über sein Verbleiben, bis … na ja, bis vor einigen Tagen.«

»Sie nehmen also an, Martin Baumann war der Maul-wurf? Ein Wirtschaftsspion, den man in ihre gemein-same Firma geschleust hatte.«

Der Pitbull hatte wieder angebissen, stellte Sieden-burg selbstzufrieden fest. Mord, Wirtschaftsspionage, eine Reihe von dubiosen Verwicklungen – der Stoff war unwiderstehlich für jemanden, dessen erklärtes Ziel es war, hochspannende Geschichten zu Papier zu bringen.

Greta Schönherr stellte ihre Tasche auf den leeren Stuhl neben sich, um nach dem Comchip zu suchen. »Also gut«, begann sie. »Ich gebe Ihnen eine letzte Chance. Eine allerletzte. Wenn wir weiterhin gemeinsame Sache machen, will ich ab jetzt alles aus erster Hand erfahren. Keine weitere Lügen mehr!«

Peter war erleichtert. Die Journalistin war momentan die einzige Person, die ihm bei der Angelegenheit noch unterstützen und weiterhelfen konnte. Er brauchte sie. »Was denken Sie? Das mit dem Maulwurf und der Leiche würde doch zusammenpassen? Dass Korb und Baumann damals fast gleichzeitig von der Bildfläche verschwanden, kann kein Zufall gewesen sein.«

Die Schönherr stimmte ihm zu. »Eigentlich nicht, da haben Sie recht. Wir können allerdings davon ausgehen, dass die Polizei uns in diesem Fall keine große Hilfe sein wird. Nichts vom Leichenfund zu erzählen war ein fataler Fehler. Das macht Sie hochgradig verdächtig.«

»Aber was hätte ich machen sollen?«, warf Siedenburg zu seiner Verteidigung ein. »Wie hätte ich der Polizei das alles erklären sollen. Das hätte man mir nicht abgenommen. Dessen ist sich Korb bewusst, und diesen Umstand nutzt er.«

Die Journalistin hielt einen Moment inne und kam dann zur Sache. »Unsere einzige Chance ist es, wie ich das sehe, Ihren Geschäftspartner zu finden, bevor die Polizei Sie wegen Mordes verhaftet. Wir dürfen dabei nichts außer Acht lassen. Vielleicht gibt es Hinweise, wo sich Johannes-Claudius Korb aufhält.«

Sie startete die Aufnahme an ihrem Comchip. »Von Ihrer Schulzeit mit ihm haben Sie mir berichtet. Was ich dabei nicht verstehe, ist, wieso Sie Korb damals zu Ihrem Geschäftspartner gemacht haben. Warum haben Sie ihm Zugang zu Ihrer Firma gewährt? Augenscheinlich waren Sie beide nicht die allerbesten Freunde?«

»Freunde waren wir nie.« Das sagte Siedenburg ohne das kleinste Bedauern in der Stimme. Er überlegte, wie er der Schönherr dieses Bündnis zweier Menschen, die sich gegenseitig persönlich nur wenig abgewinnen konnten, am besten erklären sollte. »Es war noch weniger als das. Wir hatten beide keine großen Sympathien füreinander. Trotzdem waren wir die perfekten Partner. Erst mit Korb nahm das Thema Trüffelproduktion richtig Fahrt auf. Ich hatte den Biss und die richtigen Ideen, um mehr aus der Sache zu machen, und Korb war oder besser gesagt ist, was die chemischen Fragen anging, ohne Zweifel ein Genie.«

Außerdem hatte er einen ganzen Berg an Minderwertigkeitskomplexen, die er mit dem zunehmenden Reichtum zu überdecken versuchte, ergänzte Siedenburg – allerdings lediglich in Gedanken. Genau genommen war dies wohl immer Korbs größtes Problem gewesen, überlegte er. Das Geld, das dank ihrer Zusammenarbeit wie aus einer unerschöpflichen Quelle stetig floss, half in Frauenfragen tatsächlich weiter, zumindest bei den dafür empfänglichen Personen.

Von all den privaten Begebenheiten wollte er Greta Schönherr nichts erzählen. Garantiert nicht, denn dabei käme er nicht gut weg. Deshalb konzentrierte sich Siedenburg in seinem Bericht weiter auf die geschäftlichen Umstände, die Korb und ihn zu Geschäftspartnern gemacht hatten, und fügte stolz hinzu: »Zu Beginn war alles perfekt: Während sich Korb den chemikalischen Fragen der Trüffelproduktion widmete, kümmerte ich mich ums Geschäftliche. Wir waren eine Zweckgemeinschaft. Das war uns immer bewusst.«

»Blieben Sie nach der Schule in Kontakt?«, fragte die Journalistin.

»Nein. Wir haben uns für viele Jahre aus den Augen verloren. Ich studierte ein paar Jahre lang Chemie in Bonn. Ich war kein Crack, kein Supertheoretiker wie Korb, beileibe nicht. Danach verbrachte ich einige Zeit als Ministerialbeamter im höheren Dienst beim Umweltministerium, da ich nicht recht wusste, was ich mit meinem Leben anfangen sollte. Gerne hätte ich, als der Boom mit den Trüffeln begann, meinen langweiligen Job gekündigt und die Sache mit den Trüffeln mit ganzer Energie aufgezogen.«

»Und warum haben Sie das nicht getan?«

»Keine Ahnung, die Anstellung beim Umweltministerium war zwar ein öder, aber gutbezahlter Job. Den gibt man nicht einfach so auf.«

Die Schönherr nickte. »Was machte Korb während dieser Zeit? Wenn ich mich recht entsinne, hatte er eine eigene Firma?«

»Richtig. Sie sind gut im Bilde.« Auf dem Gesicht der Journalistin zeigte sich ein flüchtiges Lächeln, als Siedenburg dies sagte. »Nun, er studierte ebenfalls Chemie und schloss sein Studium in München innerhalb kürzester Zeit ab. Wie ich Ihnen schon gesagt habe, Johannes-Claudius Korb war ein Meister seines Fachs, ein echtes Genie, er hätte in jedem großen Chemiekonzern mühelos eine Anstellung gefunden. Aber er war auch ein Eigenbrötler – und nicht der umgänglichste Zeitgenosse. Korb zog es vor, nicht in den Laboren eines Chemieriesen zu versauern.«

»Sondern?«

»Sondern eine eigene Chemiefirma zu gründen.«

»Was genau stellte er her?« Dazu hatte Greta nichts gefunden.

Siedenburg lachte auf. Das war eine sehr gute Frage, die schwer zu beantworten war. Korbs Labor hatte keine spezielle Ausrichtung. Das war immer sein Problem gewesen: Ein Einstein, was den Chemiebereich anging, aber eine Niete in Bezug auf das wirtschaftliche Handeln. »Korb machte einfach das, was ihn interessierte. Die finanziellen Gesichtspunkte und auch die Ausrichtung an den Notwendigkeiten des Marktes verlor er dabei oft aus dem Blick. Deswegen stand die Firma etliche Male vor dem Bankrott. Er hatte keine Ahnung, was sein Betrieb, mit zeitweise fünf bis zehn Mitarbeitern, abwarf, und auch keine Übersicht, was die Auftragslage anging. Ihm fehlte die Motivation, sich mit Fragen wie der Wirtschaftlichkeit seines Handelns zu beschäftigen. Ein Fachidiot, wie er im Buche stand.«

Greta Schönherr verstand. »In einer meiner Quellen habe ich gelesen, dass Korb einen Teil seiner Kenntnisse in die Produktion von Selbstgebranntem investiert hatte und zeitweise selbst sein bester Abnehmer gewesen sei. Stimmt das?«

»Ja. Das kommt der Wahrheit recht nah.«

Siedenburg war im weiteren Verlauf des Gesprächs nur noch halb bei der Sache. Die Schönherr stellte ihm noch einige Fragen, aber er war mit den Gedanken woanders. Er dachte darüber nach, wie es wohl mit Korbs und seinem eigenen Leben weitergegangen wäre, wenn er damals nicht auf den Schwachkopf zugegangen wäre. Unter Umständen wäre das für sie beide der bessere Weg gewesen. Siedenburg lehnte sich in seinem Sessel zurück und aktivierte seine Uhr auf dem Comchip: Es war schon nach elf. »Vielleicht treffen wir uns morgen wieder? Ich bin total erledigt. Kommen Sie zu mir nach Remagen? Gleich in der Früh?«, schlug Siedenburg vor. »Zu Hause bewahre ich alle Unterlagen zum Firmenzusammenschluss auf. Bei der Gelegenheit erkläre ich Ihnen, warum ich den Psychopathen damals um Hilfe bitten *musste*.« Siedenburg brauchte jetzt einen Schnaps – und dazu eine Zigarette.

Die Journalistin stimmte dem Vorschlag zu. »Okay, für heute reicht es mir auch. Machen wir eine Pause und treffen uns morgen wieder. Und hoffen wir, dass uns die Polizei nicht mit einem Haftbefehl einen Strich durch die Rechnung macht.«

Sie verließen die Firma, und der Firmenchef aktivierte die Schließanlage, während Greta Schönherr wieder das Display ihres Comchips kontrollierte. Sie hatte in der letzten halben Stunde ebenfalls abgelenkt gewirkt. Anscheinend wartete sie auf eine Nachricht, sagte sich Siedenburg und musste innerlich grinsen. Vielleicht hatte die Schönherr sogar so etwas wie ein Privatleben. Das konnte er sich bei der übereifrigen, zugeknöpften Journalistin nur schwerlich vorstellen.

Die ganze Nacht hatte sich Greta hin und her gewälzt. In ihrem Kopf wollte sich einfach keine Ruhe einstellen. Immer wieder versuchte sie, all die vielen Informationen und offenen Fragen in eine logische Ordnung zu bringen. Vieles von dem, was ihr Siedenburg berichtet hatte, passte nach ihrer Ansicht nicht zusammen. Sie widerstand dem Drang, aufzustehen und all ihre Gedanken dazu zu notieren, wohingegen es ihr nicht gelang, den Comchip aus den Augen zu lassen. Pausenlos kontrollierte sie das Display, um nachzusehen, ob sich Sean nicht gemeldet hatte. Aber nichts! Bis jetzt war keine Antwort auf ihre Entschuldigung für das missglückte Treffen eingegangen, und sie traute sich nicht, Sean per Comchip viel Glück für die Klausur am Morgen zu wünschen. Wahrscheinlich wollte er nichts mehr von ihr wissen, sagte sie sich. Die Sache hatte sie gründlich gegen die Wand gefahren.

Am meisten ärgerte Greta, dass sie dieser Umstand so sehr traf. Nicht grundlos machte sie in aller Regel einen großen Bogen um alle Männergeschichten. Die Warterei, das viele Rätseln und Zweifeln, all die Sorgen und Unsicherheiten, die scheinbar unvermeidlich am Anfang von Liebesbeziehungen standen, waren nicht ihr Ding. Warum sollte sie sich das freiwillig antun? Sie hatte sich vor Jahren geschworen, die Finger davon zu lassen – aber dafür war es im Fall von Sean bereits zu spät. Sie war in diese Geschichte schon weit mehr verstrickt, als sie sich hatte eingestehen wollen.

Zumindest erleichterte es sie, dass ausreichend Arbeit auf sie wartete. Kurz nach sechs verließ sie das unbequeme Bett, bereitete sich eine Tasse Pfefferminztee zu und setzte sich an ihren provisorischen Schreibtisch im Hotel Villa Maja, um sich auf das Treffen mit Siedenburg vorzubereiten. Gegen halb acht waren sie verabredet.

Im Eifel-Null-Energie-Express ging Greta später noch einmal alle Punkte durch. Was sie in Bezug auf das Thema Firmengründung stutzig machte, war die Frage, warum Siedenburg Korb so dringend für seinen Trüffelerfolg gebraucht und als Teilhaber in die bereits bestehende Firma aufgenommen hatte. Eine Partnerschaft passte nicht zu Siedenburg, der kein Teamplayer war. Er war damals, was das Thema Trüffel anging, weitaus erfahrener gewesen als Korb. Für sein Verhalten musste es einen Grund geben, den Siedenburg in seinen Ausführungen ausgespart hatte.

Das Elektrotaxi bremste und Greta stieg aus. Der Morgen war nebelverhangen. Die Sonne zeigte sich als kleiner Streifen in weiter Ferne und bahnte sich gerade erst ihren Weg über den trüben Himmel, als Greta die lange Treppe hinaufstieg.

Als sie zum Anklopfen ansetzte, öffnete sich die große Tür bereits wie von selbst. Wider Erwarten empfing Greta jedoch nicht die Haushälterin, sondern die Dame mit dem goldenen Morgenmantel, die sie bei ihrem ersten Besuch auf dem Anwesen aus der Ferne gesehen hatte. Greta grüßte höflich. Dann trat sie erschrocken einige Schritte zurück. Die Dame hielt die beiden zähnefletschenden Dobermänner fest an ihren Halsbändern. Einzig das schien die Hunde daran zu hindern, Greta zu ihrem Frühstück zu machen.

»Schönen guten Morgen«, grüßte die Frau zurück. Es sollte womöglich freundlich klingen, auch wenn der bissige Unterton eine andere Deutung nahelegte.

Die Dame war klein. Vielleicht 1,50 Meter oder höchstens 1,55, schätzte Greta, die mehr als einen Kopf größer war. Heute trug die Frau keinen Morgenmantel, sondern einen beigen Zweiteiler, der vermutlich von einem berühmten Designer stammte. Greta fehlte, was solche Dinge anging, die Fachkenntnis. Sie fragte sich, wer die Frau war.

Vieles sprach dafür, dass es sich um Siedenburgs Ehefrau handelte. Bedauerlicherweise gab es keinerlei Bilder, die sie zur Recherche hätte heranziehen können. Was erstaunlich war, denn, falls dies Frau Siedenburg sein sollte, machte die Dame keineswegs den Eindruck, als würde sie Aufmerksamkeit oder Ruhm scheuen. Sie war eine echte Erscheinung. Greta schätzte sie auf Mitte 60.

»Sind Sie seine Neue?«, bellte die Dame los und klang dabei fast so gefährlich wie ihre beiden Dobermänner, die sie weiterhin mit festem Griff davon abhielt, auf Greta loszustürmen. Die Stimme und der pfälzische Dialekt passten nicht zu ihrem fast filmreifen Erscheinungsbild.

Greta schaute sie verunsichert an. Seine Neue? Was wollte die Frau von ihr? »Ich bin Journalistin. Ich arbeite …«, begann sie. Weiter kam sie nicht.

»Journalistin, das ist mal etwas Neues«, unterbrach die Dame sie in spöttischem Ton. Sie nahm Greta ungeniert von Kopf bis Fuß in Augenschein, als wäre diese eine Schaufensterpuppe und kein Mensch. Greta straffte ihre Schultern. Sie fühlte sich unwohl. Was sollte dieser Auftritt?

»Komisch, das Alter passt perfekt! Aber ansonsten sind Sie so gar nicht sein Typ. Viel zu hausbacken für meinen Mann.« Die Dame klang beinahe triumphierend und angriffslustig. Allem Anschein nach war es ihr wichtig, in diesem Gespräch die Oberhand zu behalten und in kurzer Zeit möglichst viele Spitzen auszuteilen.

Greta hingegen war immer noch verwirrt. Sie schaute sich um – wo steckte Siedenburg, und warum fing seine Frau sie auf diese Weise an der Tür ab?

Da keine Hilfe in Sicht war, versuchte es Greta weiter auf der sachlichen Ebene: »Wie gesagt: Ich bin hier wegen eines Interviews – nicht mehr und nicht weniger.« Sie bemühte sich, entschlossen und unmissverständlich zu klingen. Die Hunde ließ sie dabei nicht aus dem Blick. Dass sie schwitzte, schien die Bestien noch wilder zu machen.

Frau Siedenburg lachte, es klang bitter. »Sie wissen hoffentlich, dass mein Mann der wohl größte Gauner ist, dem sie jemals in Ihrem Leben begegnen werden. Glauben Sie ihm kein Wort! Peter manipuliert jeden. Das ist sein größtes und womöglich auch sein einziges Vergnügen. Es bereitet ihm Freude, wenn jeder und alles nach seiner Pfeife tanzt.«

Greta wusste nicht, was sie darauf antworten sollte. Sie wollte aus dieser Situation entkommen. Außerdem vibrierte der Comchip an ihrer Hand. Jemand hatte ihr eine Nachricht geschrieben. Vielleicht war es Sean.

»Wenn er den Spaß an Ihnen verliert, lässt er Sie fallen wie eine heiße Kartoffel. Glauben Sie bloß nicht, Sie sind die Erste oder die Einzige oder irgendetwas Besonderes. Auch wenn er Ihnen das einreden möchte. Seien Sie auf der Hut.«

Greta wollte entgegnen, dass sie damit völlig falsch lag, aber kam nicht zu Wort.

»Und vertrauen Sie ihm keinesfalls. Den Fehler habe ich gemacht, und mache ich auf Sie etwa einen glücklichen Eindruck?« Sie verstummte.

Von oben hörte man Schritte, jemand näherte sich über den Flur. Die Hunde wendeten ihre Köpfe, und Siedenburgs Frau ließ sie los. Die Dobermänner stürmten die Treppe hinauf. Ihre Krallen kratzen über den Boden, als sie Siedenburg mit lautem Gebell entgegenliefen.

»Verdammt, kannst du mir die Viecher nicht vom Leib halten? Wie oft habe ich dir das schon gesagt?«

Die Hunde sprangen an Siedenburgs dunkler Anzughose hoch.

»Sie lieben dich eben, mein Schatz. Auch wenn das äußerst dumm von ihnen ist«, gab seine Frau zurück. Dabei ließ sie Greta nicht eine Sekunde aus den Augen.

Siedenburg schob währenddessen die anhänglichen Hunde, die begeistert einen zweiten Anlauf zur Begrüßung nahmen, rüde beiseite und trat neben die Frau an der Tür. Es herrschte eine eisige Atmosphäre zwischen den beiden, um das zu merken, brauchte man kein sonderlich feines Gespür.

Mit aufgesetzt guter Laune reichte Peter Siedenburg Greta die Hand. »Sehr schön, Sie sind da. Ich freue mich, dass Sie es so früh geschafft haben, Frau Schönherr. Unsere Haushälterin hat ein kleines Frühstück für uns beide hergerichtet. Ich hoffe, Sie haben Appetit mitgebracht.« Während Siedenburg das sagte, blickte er seine Frau zornig, fast drohend, an und legte seine Hand auf Gretas Rücken. »Bis später, Monica. – Kommen Sie, Frau Schönherr. Die Anwesenheit meiner reizenden Gattin würde ich Ihnen ungern allzu lange zumuten.« Sanft, aber entschieden, steuerte Siedenburg Greta in Richtung Büro.

Hotel Villa Maja in Sinzig
21.11.2034, 15.42 Uhr

Greta saß in ihrem Hotelzimmer auf der Kante ihres Betts. Dabei drehte sie immer wieder den Comchip in ihren Händen und griff sich gelegentlich einen Spekulatius aus der Packung, die neben ihr auf der Bettdecke stand. Sie war hungrig. Das Frühstück auf der Waldburg hatte die Journalistin kaum angerührt. Über einen Croissant mit Honig oder Konfitüre hätte sie sich gefreut, doch auf so schlichte Nahrung konnte man im Hause Siedenburg nicht hoffen.

»Sie werden begeistert sein«, hatte Peter Siedenburg am Morgen angekündigt, als sie in Richtung seines Büros unterwegs gewesen waren. Greta hätte es ahnen können, trotzdem war sie enttäuscht, als sie kurze Zeit später vor den zahlreichen Trüffelspezialitäten standen. Der typische streng-erdige Geruch erfüllte den Raum und ihr Gesprächspartner ließ es sich nicht nehmen, ihr jede der dargebotenen Speisen bis aufs Kleinste zu erklären. »Das ist Istrisches Trüffelbrot aus dem Motovun-Wald mit ganzen Walnüssen. Eine seltene Spezialität! Und da, schauen Sie nur, da haben wir weißes Trüffelchutney mit Senf aus Monschau. Ein wahres Vergnügen, das verspreche ich Ihnen! Alles, was Sie hier sehen, stammt aus meinen Sinziger Feinkostgeschäften.« In den Augen Siedenburgs lag ein freudiger Glanz. Der sonst eher schwer zu begeisternde Firmenchef hatte sich bei der Auswahl der Delikatessen offensichtlich größte Mühe gegeben.

»Morgens trinke ich eigentlich nur Kaffee«, versuchte Greta, sich herauszureden.

Siedenburg starrte sie entgeistert an. Er schien nicht fassen zu können, dass Greta nicht die Begeisterung zeigte, die er wohl erwartet hatte.

»Das ist nicht Ihr Ernst!«, gab er zurück. Sichtlich enttäuscht griff er selbst zu. »Wie Sie meinen! Aber Sie haben keine Ahnung, was Sie sich da entgehen lassen.«

Aufgrund des üppigen Frühstücks entschied Siedenburg später, das Mittagessen ausfallen zu lassen, weil er noch ausreichend gesättigt war. Greta kam das entgegen, da sie voller Befürchtungen hinsichtlich der Speiseauswahl war. Da hungerte sie lieber.

Sah man von diesen besonderen kulinarischen Umständen ab, lief es gut an diesem Morgen. Sehr gut sogar, fand Greta. Fast sechs Stunden brüteten sie in Siedenburgs Büro, und allem Anschein nach hielt der Firmenchef tatsächlich sein Versprechen. Er beantwortete jede ihrer Fragen und schaffte außerdem einige Punkte, die Greta bisher widersprüchlich erschienen waren, aus der Welt.

Obendrein hatte sich ein kleiner Glücksfall ereignet. Über welche Ecken auch immer Siedenburg es herausgefunden hatte: Der Polizeicomputer, den die Polizistinnen gestern mit all den Daten zur Beantragung des Haftbefehls gefüttert hatten, war bei der Ausgabe des Urteils abgeraucht. Ein Techniker war an der Sache dran. Sie konnte nur hoffen, dass er nicht der beste war. Dies würde ihnen Zeit verschaffen.

Greta saß nun in ihrem Hotelzimmer vor einem ungeordneten Berg an Information und überlegte, wie sie am besten vorgehen sollte – und außerdem: was sie Sean antworten würde. Tatsächlich hatte er sich in dem Moment bei ihr gemeldet, als sie vor Siedenburgs Frau gestanden hatte. Es war ihr trotz ihrer Neugierde gelungen, die Nachricht den ganzen Termin über nicht abzurufen, was ihr nicht leichtgefallen war. Auf der Treppe nach draußen, auf dem Weg zum Elektrotaxi, hatte sie es nicht mehr ausgehalten und die Textnachricht gelesen.

Drei enttäuschend nichtssagende Worte:

Kein Problem, Sean.

Greta öffnete die Nachricht auf ihrem Comchip jetzt noch einmal. Gerne hätte sie gewusst, wie die Klausur gelaufen war. Die Angelegenheit war äußerst wichtig für Sean, und sie hatte ihn im Stich gelassen. Anders konnte man es nicht sagen. Egal, wie man es drehte und wendete, sie hatte es verpatzt. Gewaltig sogar. Womöglich – nein, ganz sicher wäre es klüger gewesen, ihm gleich zu Beginn die Wahrheit über ihren Aufenthalt hier in der Gegend zu sagen – denn nun steckte sie mitten in ihrem Netz aus fein gestrickten Lügen fest.

Nachdenklich trat Greta ans Fenster, schob den Vorhang beiseite und sah hinunter auf die Straßen von Sinzig, die wie meist zu Geschäftszeiten prall mit einkaufswilligen Menschen gefüllt waren. Das Weihnachtsgeschäft lief an, und Trüffelware, egal in welcher Form, war ein beliebtes Geschenk, für all diejenigen, die gerne Exklusives überreichten.

Greta ließ den Vorhang los. Eine weitere Sache beschäftigte sie schon den ganzen Tag. Die Begegnung mit Siedenburgs Ehefrau bereitete ihr Kopfzerbrechen. Anscheinend hielt sie Greta für eine Geliebte Siedenburgs. Ob all das, was sie gesagt hatte, ihrer Fantasie entsprang oder ob ein Fünkchen – oder vielleicht sogar ein Lagerfeuer – Wahrheit darin steckte, konnte Greta nicht einschätzen.

Siedenburgs Rolle in diesem Spiel war schwer einzuordnen. Heute hatte er wieder einen freundlichen, fast kollegialen, sympathischen Eindruck auf sie gemacht. Wenn ihr Gesprächspartner wollte, konnte er durchaus charmant sein, zweifellos. Selbst mit Lob sparte er nicht. Jedoch, wenn man seiner Ehefrau glauben wollte, gehörte all dies zu seiner Strategie. Greta wäre weniger misstrauisch gewesen, wenn sie nicht selbst schon des Öfteren mit »seiner anderen Seite« zusammengeprallt wäre. Sie musste auf der Hut sein, das war ihr bewusst.

Die Journalistin setzte sich zurück auf das Bett. All das Grübeln, sei es wegen Sean oder wegen Siedenburgs Ehefrau, brachte Greta keinen Schritt weiter. Deshalb entschloss sie sich, die Aufzeichnungen ein weiteres Mal anzuhören, um ihre bisherigen Ergebnisse zu ergänzen. Möglicherweise hatte sie etwas übersehen. Die Wand über ihrem Bett funktionierte Greta kurzentschlossen zur Pinnwand um. An allen Ecken und Enden befestigte sie kleine Notizzettel. Sie hielt alles fest, was ihr bei der Arbeit in irgendeiner Weise von Nutzen sein könnte.

Nach fast drei Stunden legte die Journalistin ihren Laptop beiseite. Ihr Kopf rauchte. Sie strich sich eine der längeren »Drahtsträhnen« hinters Ohr, streckte sich auf dem Bett aus und blickte zur Decke. Jetzt war sie schon seit vier Tagen hier. Ihr Chef hatte sie bereits mehrmals erfolglos angepiepst, um nach dem Stand der Dinge zu fragen. Keine Ahnung, was sie ihm antworten sollte.

Ihr blieben drei Tage in Sinzig und Siedenburg vielleicht noch ein oder zwei Tage in Freiheit, je nachdem wie gut der Computertechniker seine Arbeit machte. Sie brauchten einen Erfolg, etwas, was ihnen zumindest die richtige Richtung wies.

Leider ließ sich das nicht erzwingen, und Greta wusste nicht, wo sie anfangen sollte. Wo könnte sich Korb aufhalten, falls Siedenburg recht hatte und er tatsächlich nicht bei dem Autounfall gestorben war? Es gab deutlich mehr Fragen als Antworten, und sie war Journalistin und keine Kriminalbeamtin, die sich in Ermittlungsdingen auskannte.

Vielleicht sah sie auch, wie so oft, viel zu schwarz, überlegte Greta. Immerhin hatte sie inzwischen verstanden, warum Siedenburg Korb die Partnerschaft damals angeboten hatte. Korb und Siedenburg hatten kein freundschaftliches Verhältnis zueinander gepflegt, die Zusammenarbeit war eine Notwendigkeit gewesen. Ohne Korbs fachliche Unterstützung wäre die neugegründete Firma, wenn sie das richtig verstanden hatte, innerhalb kürzester Zeit den Bach runtergegangen. Siedenburg war in jener Zeit auf Korbs Sachkenntnis angewiesen und obendrein auf seine Hartnäckigkeit bei der Suche nach Lösungen.

Chemisches Labor »Korb Chemical International« in Kripp
15.06.2022, 13.04 Uhr

»Hier habe ich das genau Passende für dich«, versprach Korb selbstgefällig und ging an einer Reihe Regale vorbei. »Damit ist das Problem ruckzuck aus der Welt.« Korb stoppte vor einigen bunten, abgenutzten Kunststoffkanistern und drehte sie um, um deren Beschriftung zu lesen. Manche der Etiketten waren schon vor Jahren verblasst. Ein beißender Geruch stieg Siedenburg in die Nase. Korb ging weiter zum nächsten Regal.

»Da ist es! ›Retromyks‹ heißt das fantastische Mittelchen. Du wirst Augen machen. Extrem wirksam und hochkonzentriert! So was bekommt man heute kaum mehr, jetzt, wo man nur noch dieses schlappe Bio-Zeug nehmen darf. Ein Schnapsglas auf rund 20 Liter, mehr brauchst du nicht und die Pilze sind passé. Und zieh Handschuhe an, sonst ist sogar noch anderes Vergangenheit.« Korb lächelte unangenehm. »Ist aber heiß begehrt das Zeugs und nicht ganz billig.«

»Was soll es denn kosten?«

»200 Euro der Liter«, bot er Siedenburg an und hielt die Brühe in die Höhe. »Mit Erfolgsgarantie, ansonsten bekommst du dein Geld zurück.«

»280 für zwei Liter und ich nehme die Gebinde gleich mit. Rechnung brauche ich nicht«, schlug Siedenburg vor.

Korb stimmte zu. Das Geschäft war gemacht, und beide waren zufrieden. Insbesondere Siedenburg, denn dies war noch verhältnismäßig preiswert, wenn man die anderen Mittel am Markt zum Vergleich nahm. Falls stimmte, was Korb behauptete, würde das Retromyks ihm fürs Erste den Kopf aus der Schlinge ziehen. Ohne eine passable Lösung müsste Peter Siedenburg die Pforten seiner neu gegründeten Firma bald schon wieder schließen.

Es war schon verwunderlich, während chemische Probleme Korbs Lebensgeister zu wecken schienen, raubten sie Siedenburg den Schlaf. Er steckte einfach nicht tief genug in der Materie und die Zeit reichte nicht aus, um nachhaltiger einzusteigen, da er weiterhin halbtags beim Umweltministerium arbeiten musste, um sich ein Grundeinkommen zu sichern.

In Siedenburgs Firma gab es aktuell Riesenschwierigkeiten. Seine begehrten Setzlinge, für die es mittlerweile eine Warteliste gab, wurden im Wurzelbereich von aggressiven Pilzen besiedelt. Diese verhinderten, dass sich die Trüffelsporen an den Wurzeln festsetzen konnten, wodurch die Pflanzen eigentlich unverkäuflich wurden. Eigentlich! Glücklicherweise dauerte es auch bei erfolgreicher Besiedelung Jahre, bis sich Trüffel ausbildeten, und so verkaufte er derzeit – aus der Not heraus – die für den Trüffelanbau nicht verwertbaren Setzlinge.

Selbstredend konnte es so nicht weitergehen. Aktuell kauften noch viele Trüffelfans bei ihm, doch früher oder später würde es sich herumsprechen, dass seine Setzlinge nutzlos waren. Auch wenn Siedenburg alles unternahm, um diese Informationen unter Verschluss zu halten. Die aggressiven Pilze würden ihm einen Strich durch die

Rechnung machen, dessen war sich Siedenburg sicher. Alle Versuchsreihen in seinem Labor bestätigten, dass die Trüffel sich gegen die aggressiven Pilze nicht durchsetzten, die Wurzeln wiesen nicht das typische Trüffelmyzel auf. Die Rechnung war kinderleicht: Kein Myzel bedeutete keine Ernte. Für eine Firma, die sich der Trüffelproduktion verschrieben hatte, eine äußerst missliche Lage.

Natürlich gab es Verschiedenes zur Abhilfe. Das Pflanzsubstrat, in dem die Bäumchen gezogen wurden, könnte durch Erhitzung von den Fremdpilzen befreit werden. Jedoch war dieses Verfahren extrem kostspielig und würde seine Firma folglich auf andere Weise in den Ruin treiben. Die Palette an billigen Substanzen zur Bekämpfung der unerwünschten Pilze hatten sie bereits durchprobiert. Aber keine konnte die Pilze abtöten, und wenn Siedenburg anordnete, die Verdünnung der Mittel zu streichen, dann war das Zeugs so aggressiv, dass vom Setzling selbst nur noch ein trauriger Stängel übrig blieb.

In seiner Verzweiflung war Siedenburg schließlich bei Korb gelandet, der einige Orte weiter eine Chemiefirma betrieb. Schlicht und einfach, um sich einen Rat einzuholen. Korb aber hatte etwas Besseres als einen Tipp: Er versprach ihm ein todsicheres Allheilmittel aus seinem bunten Portfolio an Chemikalien.

Gerade packte Korb die beiden Gebinde mit der Aufschrift »Retromyks« in einen Karton, da schien ihm etwas einzufallen. »Weißt du was, Peter? Ich hätte da noch einen ganz besonderen Kraftstoff für dich.« Korb hatte es immer schon geliebt zu übertreiben. »Brandneu, mit erstaunlicher Wirkung, aber nicht billig. Trotzdem dürfte es dich interessieren.« Korb konnte es noch nie lassen, mit seinem fragwürdigen Erfolg bei dem ehemaligen Schulkameraden zu prahlen: »Brumallin heißt das Wundermittel. Allerdings ist es noch nicht auf dem Markt. Das müssten wir für uns unter Freunden regeln. Du weißt, wie das so ist: Bis Neues auf dem landwirtschaftlichen Markt landet, dauert es eine Ewigkeit. Eine einzige Tretmühle ist das hier in Deutschland. Nichts geht voran. Endlose Formalitäten und jeder Fortschritt wird verhindert«, behauptete Korb. »Dabei lässt Brumallin Pilzsporen im Durchschnitt hundertmal schneller wachsen *und* keimen als im Normalfall.«

Diese Aussage ließ Siedenburg, der vorgehabt hatte, möglichst schnell von diesem Ort zu verschwinden, aufhorchen. Er gab sich Korb gegenüber Mühe, nicht allzu interessiert zu wirken, obwohl seine Augen bereits leuchteten. Hundertmal schneller, das war mit ziemlicher Sicherheit stark übertrieben, und es klang einfach zu schön, um wahr zu sein.

Aber was, wenn Korb keinen Unsinn von sich gab? Im Idealfall ließen sich die Trüffelsporen damit behandeln, nachdem der aggressive Pilz durch das Retromyks abgetötet worden war, und das wäre nicht nur ein Fortschritt, sondern ein Quantensprung, was das Geschäft anging. »Ich kann es mir ja mal anschauen.« Peter Siedenburg folgte Korb hin zu den neueren Regalen in der alten Werkshalle. »Testweise nehme ich einfach mal zwei Liter mit. Für den gleichen Preis wie das Retromyks.« Peter wollte nicht für viel Geld ein unnützes Mittel kaufen, auch wenn das, was Korb erzählte, verlockend klang. Siedenburg war Geschäftsmann durch und durch: Erst einmal sollte dieses Brumallin seine Wirksamkeit unter Beweis stellen. Notfalls würde er nachordern und wäre dann auch bereit, ein wenig mehr zu zahlen.

Korb jedoch schüttelte entrüstet den Kopf. »Ne, Peter. Ganz so günstig ist das Zaubermittelchen selbstredend nicht zu haben. Was glaubst du, wie hoch die Herstellungskosten dafür waren? 800 Euro für anderthalb Liter, und ich mache dich zu einem reichen Mann.«

Was für ein Satz! Hatte Korb den aus einem schlechten Film?

»Das ist ein echter Freundschaftspreis«, fügte Korb hinzu, weil sein Gegenüber zögerte.

Siedenburg war immer schon ein Erbsenzähler gewesen, wie man in der Eifel gerne sagt. Es tat ihm in der Seele weh, Korb so viel Bares für eine Substanz hinzublättern, deren Wert für ihn schwer einschätzbar war. Aber die Aussicht auf den damit zu erreichenden Profit war äußerst verführerisch. »Na gut!«, sagte Siedenburg schließlich.

*

Nachdem Siedenburg das Labor verlassen hatte, griff Korb sich eine Flasche Schnaps aus dem Thekenschrank und goss sich davon in ein Glas, das hinter ihm in einem Regal stand und schon benutzt aussah. Er trank in einem Zug leer und verzog dann die Mundwinkel zu einem breiten Grinsen. Korb war sich sicher, Siedenburg in der kommenden Zeit wieder häufiger zu sehen.

Ein bisschen hatte er bei dem alten Klassenkameraden übertrieben, denn, wenn er ehrlich war, war rein gar nichts, was sich in seinen staubigen, unsortierten Lagerhallen ansammelte, wahrhaft heiß begehrt. Das Geschäft lief äußerst schlecht, und er war verschuldet. Wenn nicht bald ein Wunder geschah, könnte er dichtmachen. Aber wer weiß, vielleicht wäre das Retromyks, das seit Monaten, wenn nicht sogar Jahren, unbeachtet in den Regalen vor sich hin dümpelte, ihrer beider Rettung. Die Herstellung war teuer gewesen, der Absatz hingegen bis jetzt enttäuschend gering. Dabei tat das Zeug genau das, was es sollte, und das auch noch ausgesprochen gut. Einzig den Zeitgeist hatte Korb bei seiner Forschung außer Acht gelassen. Seit den unübersehbaren Umweltveränderungen waren solche aggressiven Substanzen, die man Anfang des 21. Jahrhunderts ohne Rücksicht auf die Umwelt und die eigene Gesundheit bevorzugt eingesetzt hatte, nicht mehr im Trend. Schuld daran war der fortschreitende Klimawandel, der viele mittlerweile fast paranoid machte. Nun war die Stimmung ins genaue Gegenteil umgeschlagen. Alles und jedes wurde hinterfragt, und man setzte komplett auf biologische Substanzen.

Nun ja. Fast hätte Korb das Zeug und die damit verbundene Bruchlandung aus seinem Gedächtnis gestrichen. Als Siedenburg jedoch heute auf ihn zugetreten war und nach einem Mittel zur Pilzbekämpfung gefragt hatte, war Korb der Ladenhüter wieder in den Sinn gekommen. Ebenso wie das Brumallin. Wer weiß, wofür der Besuch von Siedenburg gut gewesen war, dachte Korb und goss sich ein weiteres Glas ein.

*

Siedenburg begab sich auf direktem Weg in seine Firma. Den Eimer mit Retromyks brachte er zu seinen Mitarbeitern, die sogleich die Arbeit aufnahmen.

»Sergej, hier habe ich die Lösung. Damit bekommen wir das Problem endlich in den Griff«, kündigte Siedenburg gut gelaunt an. Als der russische Mitarbeiter den Verschluss öffnete und ihm der beißende Geruch in die Nase stieg, zeigte er sich wenig begeistert.

»Der Mittel ist sehr aggressive«, schrieb Sergej etwas später am Abend an Siedenburg.

Tatsächlich waren zur Durchführung einer Probereihe zusätzliche Schutzmaßnahmen für seine Mitarbeiter vonnöten. Manche »Ökos«, wie sie Siedenburg nannte, weigerten sich strikt, mit dem »Teufelszeug« zu hantieren. Siedenburg beurteilte das weniger kritisch, für ihn stand allein das Ergebnis im Zentrum des Interesses.

»Weiß der Henker, was diese Substanz macht«, sagte Siedenburg einige Tage später gut gelaunt zu Sergej. »Was immer es ist, es wirkt verboten gut.«

Es war kaum zu fassen, doch das Problem der pilzbefallenen Wurzeln war innerhalb weniger Tage aus der Welt geschafft. Von der zweiten Substanz namens »Brumallin« hatte Siedenburg niemandem etwas verraten. Den meisten Typen aus der Firma traute Siedenburg nicht über den Weg, also testete er die Substanz zu Hause. Allein in seinem Naturlabor. Dies klang um einiges besser, als es in Wirklichkeit war. Das Naturlabor war ein betagtes, erschreckend baufälliges Gewächshaus in Siedenburgs Garten. Alljährlich züchtete er hier voll guter Vorsätze im Frühjahr Tomaten, die erfahrungsgemäß stets prächtig anwuchsen. Im Laufe des Sommers jedoch vergaß er regelmäßig das Gießen, sodass die Ernte meistens spärlich ausfiel.

Aus der Firma hatte Siedenburg nun fünf Haselnusssetzlinge mitgenommen. Sie steckten aktuell in einem pilzfreien Substrat. Normalerweise verwendete man Vermiculite, ein verdammt teures Zeug, das Siedenburg schon vor Monaten durch einfache Katzenstreu ersetzt hatte, die er mit Mengenrabatt bei einem Billig-Discounter erwarb. Das Granulat, das es obendrein in verschiedenen Körnungen gab, war deutlich günstiger und tat nicht minder seinen Dienst.

Im Gewächshaus nahm Siedenburg die Haselnusssetzlinge aus dem Karton und begutachtete ihre Triebe. Er nickte zufrieden. Die Pflänzchen hatten die Retromykskur ohne Folgen überstanden und waren gut entwickelt. Das dichte Wurzelwerk war ideal für die Impfung mit Trüffelsporen und den ersten Test mit Brumallin.

Bemüht, die empfindlichen Triebe nicht zu verletzen, legte Siedenburg die Setzlinge sorgsam vor sich auf den Tisch. Die Impfung mit Trüffelsporen musste in aller Vorsicht erfolgen, sonst wären die Jungpflanzen zerstört. Siedenburg schob die Ärmel seines Hemdes hoch und rückte die Lesebrille zurecht. Zuerst brauchte er »Sporenpüree«. Allerdings nicht aus dem Mixer, Siedenburg hatte seine eigene Art der Herstellung. Er holte ein altes Passiergerät aus verzinktem Stahl unter dem Setztisch hervor, das er von seiner Mutter geerbt hatte und starke Gebrauchsspuren und Verfärbungen zeigte. Die »flotte Lotte« hatte seine Mutter immer dazu gesagt, die das Gerät vorzugsweise zur Herstellung von Apfelmus und Kartoffelbrei genutzt hatte. Schon seit einigen Jahren erfüllte es nun einen viel bedeutsameren Auftrag. Siedenburg setzte das größte Sieb ein, mit dem seiner Erfahrung nach die Sporen am besten erhalten blieben, und legte einige zerkleinerte Trüffel darauf, die Abertausende von Sporen enthielten. Gleichmäßig drehte Siedenburg die alte Kurbel, stets das bräunliche Gemenge im Blick. Schließlich inspizierte er den aufgefangenen Brei und

befand ihn als gut. Er tupfte mit sterilen Einmalhandschuhen in die Masse und befeuchtete mit sicheren Hand-
griffen die Wurzeln der Sprösslinge. In mäßiger Menge,
denn zu viele Sporen wirkten toxisch auf das haarfeine
Wurzelgeflecht der Jungpflanzen.

Tatsächlich war die Infizierung eine Kunst für sich, die
nur wenige beherrschten. Vielleicht eine Handvoll Leute,
betonte Siedenburg auf Treffen der Trüffelfreunde immer
stolz. Die andern nickten meist still, viele hatten es schon
erfolglos versucht. Siedenburg behielt sein Wissen für
sich, so sicherte er die Exklusivität seiner Setzlinge und
machte sich einen Namen im Trüffelumfeld. Wer qua-
litativ hochwertige Ware wollte, kaufte bei Siedenburg.

Der Prozess der Infizierung war damit abgeschlossen.
Ab jetzt begab sich Peter auf Neuland. Er fügte ein neues
Element in diese altbekannte Prozedur: Das Brumallin
kam ins Spiel. Mithilfe einer Pipette benetzte Siedenburg die Wurzeln mit der übelriechenden Substanz. Korb
hatte Siedenburg leider nicht verraten, welche Dosierung
angeraten sei. Wenn man ein deutliches Resultat erzielen
wollte, durfte man vermutlich nicht geizig sein, befand
Siedenburg und sparte nicht mit der Substanz.

Nachdem er alle Setzlinge mehrfach mit Brumallin
benetzt hatte, legte er sie zur Seite, um mit einem Spaten
fünf eimergroße Löcher auszuheben. Siedenburg arbeitete in vollkommener Ruhe und Bedachtsamkeit, als er
die Löcher halb mit Lößerde und Kalksplitt auffüllte
und die Setzlinge vorsichtig hineinlegte. Die verbliebenen Mulden füllte er weiter auf, bis schließlich die Höhe
des Beets erreicht war.

Der Platz war nicht ideal, das war Siedenburg bewusst –
weder die Bodenverhältnisse noch die Bewässerung

stimmte. Aber hier, fern von der Firma, hatte er die Setzlinge gut im Blick und zugleich unter Verschluss. Mal
angenommen, es gäbe überhaupt etwas geheim zu halten.
Je länger Siedenburg darüber nachdachte, desto weniger
überzeugt war er von der ganzen Angelegenheit. Eine
hundertfache Beschleunigung der Sporenkeimung und
zugleich des Wurzelwachstums – das war utopisch und
eher Stoff für Science-Fiction. Solche Quantensprünge
bei der Entwicklung von Düngemitteln waren nicht rea-
listisch. Für weitaus wahrscheinlicher hielt Siedenburg
inzwischen, dass er Korb im ersten Überschwang auf
den Leim gegangen war. Womöglich hatte er bloß prahlen und ein paar Euros einstreichen wollen. Geld konnte
er sicher gut gebrauchen. Von Geschäftskollegen wusste
Siedenburg, dass es um Korbs Firma nicht gut stand. Und
dass Johannes-Claudius dem Alkohol mehr als zugetan
war, war ein offenes Geheimnis.

In den kommenden Wochen bewies das Retromyks
weiterhin seine Schlagkraft. Die Wurzeln waren von den
Pilzen befreit. Bei manchen fand sich allerdings auch von
den erwünschten Trüffelsporen keine Spur mehr. Siedenburg und seine Mitarbeiter lernten dazu und verdünnten
die Substanz in angemessener Weise. Das Geschäft nahm
weiter Fahrt auf. Bisher hatte Siedenburg das seinen Tag
ausfüllende Firmengeschäft zum Großteil von seiner
Arbeitsstelle auf dem Ministerium aus betrieben. Das
hatte eine Zeitlang erstaunlich gut funktioniert. Er hatte
ein eigenes Büro, Telefon und Internet – was brauchte er
mehr? Wenn Außentermine anstanden, drückte er sich
mithilfe eines Krankenscheins. Doch so langsam machte
man ihm im Ministerium Druck. Stapel unbearbeiteter
Anfragen ließen sich eben auf Dauer nicht verbergen.

Obendrein wollte man ihn wegen der ständigen Ausfälle zum Amtsarzt schicken. Das alles wurde Siedenburg lästig, er fasste einen Entschluss. Er gab seine Anstellung im Umweltministerium auf und widmete sich von da an voll und ganz seiner Firma.

Das erwies sich als eine gute Entscheidung, denn die Anfragen kamen nun von überall her, sie hatten weit mehr Aufträge, als sie bearbeiten konnten.

Peter Siedenburg sah sich mehr oder weniger gezwungen, wie schon zuvor, nicht infizierte Bäumchen in die Lieferungen der drängelnden Kunden zu mischen, die trotz Lieferschwierigkeiten nicht warten wollten. Selbst schuld, sie ließen ihm keine andere Wahl, entschuldigte Siedenburg die Angelegenheit vor sich selbst, und zudem war das Vorgehen narrensicher und gleichzeitig äußerst lukrativ: Wer wollte ihm jemals etwas nachweisen? Die Gefahr, dass die Sporen nicht auskeimten, bestand auch bei infizierten Exemplaren.

Siedenburg war rundum beansprucht, so sehr, dass er seine heimische Versuchsgruppe gewissermaßen vergaß. Zu Beginn hatte er das Gewächshaus täglich besucht. Als sich aber nach zwei Wochen immer noch keine Veränderung andeutete, verlor er das Interesse. Aus bloßem Übermut – oder Frust wegen der an Korb gezahlten beachtlichen Summe – goss er einen Schuss Brumallin in das Tomatenwasser. Vielleicht würde es wenigstens hier seine Wunderwirkung entfalten. Die bräunliche Brühe roch nach Fäulnis, und der Gestank erfüllte das gesamte Gewächshaus aus.

In den nächsten Wochen überließ Siedenburg das Gewächshaus sich selbst, denn eine andere Sache nahm ihn in Anspruch. Das Retromyks war bereits aufgebraucht, und Siedenburg musste für Nachschub sorgen. Also fuhr Siedenburg wieder zu Korb, um gleich eine ganze Kiste von dem Mittel zu ordern. Das wachsende Interesse Siedenburgs an der Substanz war augenscheinlich, egal wie viel Mühe er sich gab, es zu verstecken. Löste sich ein Problem, entstand sofort das nächste. Unversehens war er abhängig von Korb geworden, und das ließ der Chemiker ihn spüren, denn mit jedem Besuch von Siedenburg erhöhte er den Preis auf unverschämte Weise, und jedes Mal musste Siedenburg notgedrungen auf das Angebot eingehen.

Beim letzten Mal bat Johannes-Claudius ihn in sein Büro. Er wolle ihm ein lukratives Angebot für beide Seiten unterbreiten. Er, Korb, würde Siedenburg sein gesamtes Wissen und seine Kompetenz zur Verfügung stellen, und zwar im Zuge einer Partnerschaft. Siedenburg verschlug es die Sprache. Im Gegenzug wollte Korb nicht 20 oder 30 Prozent der Firmenanteile, er wollte exakt die Hälfte. Siedenburg polterte, diskutierte, erklärte Korb für wahnsinnig. Er machte ihm Alternativangebote, die durchaus attraktiv waren, doch egal was Siedenburg vorschlug, der Chemiker war nicht von seinem Ansinnen abzubringen. »Entweder du gibst nach, oder mit dem Retromyks ist Schluss … und du kannst einpacken.«

»Du bist ein alter Mistkerl«, sagte Siedenburg, und er meinte es keineswegs im Spaß. Ihm war bewusst, dass Korb recht hatte. Ohne das Retromyks müsste er seine Firma früher oder später schließen. »Dann machen wir es eben so«, willigte Peter Siedenburg letztlich nach vielem Hin und Her in die Partnerschaft ein – auch wenn es ihm wie ein Pakt mit dem Teufel vorkam. Was hatte er für eine Wahl?

Johannes-Claudius Korb bekam seinen Willen und er das verdammte Teufelszeug.

Während dieser unerwarteten Veränderung an der Spitze des Trüffelunternehmens wuchs in Peter Siedenburgs Gewächshaus etwas heran, was sein Leben auf den Kopf stellen sollte. Davon ahnte Peter an diesem Wendepunkt seines Lebens jedoch noch nichts.

Privatanwesen »Zur Waldburg« der Familie
Siedenburg in Remagen
21.11.2034, 23.57 Uhr

Peter drückte seine Zigarette im Aschenbecher aus. Er konnte nicht schlafen und war deshalb in sein Büro gegangen. Nachdem er bis in den Mittag hinein mit der Journalistin und ihren Fragen zugebracht hatte, war er noch kurz in die Firma gefahren. An allen Ecken und Enden warteten nur Probleme auf ihn.

Die Nachricht, die Sergej, sein Mykoexperte, heute für ihn bereitgehalten hatte, war wenigstens erfreulich gewesen. Die Sporen des Trüffels, den er in der Nähe von Baumanns Leiche gefunden hatte, ließen sich für die Produktion verwerten und wurden gerade weiterverarbeitet. Das allerdings half ihnen bei der derzeitigen Auftragslage maximal drei, bestenfalls vier Wochen weiter.

Die Zeiten wurden nicht besser. Siedenburg steckte sich eine neue Zigarette an und stand auf, um zum Spirituosenschrank zu gehen. Mit dem gefüllten Cognacglas ging er zum Fenster und schaute in die Dunkelheit. Man sah von hier aus bei klarer Sicht hinunter ins Rheintal und auf den Basaltfelsen der Erpeler Ley. Dazu war es jetzt zu dunkel. Die Scheiben des Gewächshauses im hinteren Teil des Gartens spiegelten das Mondlicht wieder. Seine Frau hatte das baufällige Gebäude bereits vor ihrer Hochzeit im englischen Stil renovieren lassen. Im Vergleich zu sonst hatte sie dabei ein glückliches Händchen bewiesen. Das Haus war seither der schönste Ort innerhalb der Gartenanlage, die ansonsten in ihrer Überladenheit eher abschreckend wirkte. Die kostspieligen Verzierungen am First, die weißen Profile, der kleine Erker sowie das verklinkerte Mauerwerk erinnerten unwillkürlich an das 19. Jahrhundert.

Früher hatte er dort Tomaten gezüchtet. Und manch anderes. Da ihm mittlerweile die Zeit für Gartenarbeit fehlte, hatte Siedenburg das Hobby vor ein paar Jahren ganz aufgegeben. Eigenartig, dachte er. Dabei lag in diesem kleinen Haus quasi der Ursprung seines Erfolges.

Die Entdeckung der Möglichkeiten, die Brumallin eröffnete, war ihm damals wie ein Geschenk des Himmels erschienen. Dass dessen Einsatz auf längere Sicht viele Probleme mit sich bringen sollte, hatte er erst viel später erkannt.

Ein bis heute ungelöstes Problem, dachte Peter bitter und nahm einen Schluck Cognac. Wie sollte das auf Dauer gutgehen?

Gerade wollte er das Glas auf dem Beistelltisch abstellen, als ein alles durchdringender Knall ihn zusammenfahren ließ. Siedenburg warf sich zu Boden. Ein Projektil musste in seiner unmittelbaren Nähe eingeschlagen sein. Ein greller Ton, ohrenbetäubend. Es war eine Sache von Millisekunden gewesen, und nun herrschte Totenstille. Siedenburg wollte flüchten, nur weg von hier, nur in Sicherheit, aber er war nicht fähig, sich zu bewegen. Sein Magen krampfte sich zusammen, als er langsam realisierte, dass der Schuss allem Anschein nach ihm gegolten hatte.

Wem sonst? Todesangst erfüllte seinen Körper. Er war wie gelähmt und hockte zusammengekauert am Boden.

Um ihn herum zersprungenes Glas und die Reste des Cognacs, die sich als braune Pfütze auf dem Parkettboden sammelten. Siedenburg lauschte. Nichts tat sich. Er verharrte noch einige Zeit in dieser Position. Dann erst, als alles weiterhin ruhig blieb, kroch er ein Stück Richtung Tür. Woher war der Schuss gekommen und wer hatte ihn abgefeuert? Er bemühte sich zu verstehen, was geschehen war, und suchte den Raum mit den Augen ab. Außer seinem Glas schien nichts zerstört worden zu sein. Siedenburg schob sich an der Wand entlang, immer darauf achtend, nicht in die Schusslinie zu geraten. Erst spät bemerkte er den Sprung in der vierfach verglasten und gegen alle Widrigkeiten gerüsteten Scheibe. Jemand hatte von außen auf ihn gezielt und abgedrückt.

Von Panik gepackt kroch er auf allen vieren aus seinem Büro. Er verstand nicht, warum nach dem Schuss alles so ruhig geblieben war. Wo waren seine Frau und Blanca? Und wo die verdammten Tölen? Die Mistviecher trieben ihn mit ihrem Gebell den ganzen Tag in den Wahnsinn. Und jetzt, wenn er sie brauchen könnte, waren sie nicht da.

Im Flur zum Büro fühlte sich Siedenburg sicherer. Hier gab es kein Fenster.

Er tastete mit der linken Hand nach dem Comchip an seinem Armgelenk. Die Augen voll Todesangst – der wahnsinnige Schütze konnte noch immer in der Nähe sein. Endlich meldete sich am anderen Ende ein Polizeibeamter. Er kam nicht zu Wort.

»Siedenburg, Peter Siedenburg. In Remagen, Zur Waldburg. Bitte kommen Sie sofort!« Seine Stimme überschlug sich fast. »Man hat versucht, mich zu ermorden!« Peters Atmung ging flach. Er war bleich. Gegen die Wand im Flur gekauert verharrte er bewegungslos. Die Kälte des Marmorbodens nahm er nicht wahr.

Keine zehn Minuten später fuhr ein autodynamischer Krankenwagen mit zwei Sanitätern und kurz darauf zwei Polizeiautos auf dem Gelände vor. Es dauerte, bis Blanca die Tür öffnete und die Sanitäter vor den apathisch wirkenden Firmenchef traten. Einer der Pfleger nannte ihn beim Namen, doch Siedenburg blickte weiter ins Leere.

Privatanwesen »Zur Waldburg« der Familie
Siedenburg in Remagen
22.11.2034, 1.22 Uhr

»Für wie irre halten Sie mich? Ich schieße doch nicht auf
mein eigenes Fenster.« Peter Siedenburg war außer sich.
Man hatte ihn ärztlich versorgt. Kaum hatte er den ersten Schock verdaut, verzweifelte er an dem mangelnden
Interesse, das die Polizei an dem Mordversuch zeigte.
Man wollte ihn töten und niemanden schien das zu interessieren! Er fühlte sich wie im falschen Film.

Ein Ermittler der Kriminalpolizei, der als Einziger
geblieben war, zuckte mit den Schultern und drehte sich
zu dem üppigen Waffenschrank, der die Längsseite des
Büros zierte. »Eine große Auswahl an Schusswaffen hätten Sie ja«, sagte der Polizeibeamte kaltschnäuzig und
betrachtete den Inhalt genauer. »Haben Sie für all diese
Stücke einen beglaubigten Fach-Waffenschein? Ande-
renfalls hätten Sie die längst abliefern müssen. Sie wissen, das Gesetz von 2027 verbietet Privatpersonen …«

»Ja, ja, von dem Quatsch habe ich gehört. Vielleicht
suchen Sie lieber nach dem Projektil, anstatt mich zu
belehren!« Einsicht war per se nicht Siedenburgs Stärke,
und in dieser Ausnahmesituation hatte er jegliche Beherrschung verloren. »Die Dinger sind Erbstücke. Niemand
benutzt sie. Ich schätze, die Hälfte davon funktioniert
seit Ewigkeiten nicht mehr.«

»Und die andere Hälfte?«

Der Kriminalbeamte warf Peter einen herausfordernden Blick zu und zog die Augenbrauen in die Höhe, was sein Gegenüber noch mehr in Rage brachte. Siedenburg antwortete nicht, sondern schnaufte lediglich abfällig.

»Tut mir leid, Ihnen das sagen zu müssen: Aber das klingt alles nicht sehr überzeugend. Für wie naiv halten Sie die Polizei? Ich bin im Bilde. Ich weiß genau, dass Sie ein Haftbefehl erwartet, und nicht unwahrscheinlich, dass Sie deshalb diese billige Show inszeniert haben. Niemand außer Ihnen hat etwas von dem Schuss mitbekommen, und Sie sind im Besitz illegaler Waffen. Wollen Sie auf Teufel komm raus versuchen, von sich abzulenken?« Der Beamte schüttelte mürrisch den Kopf.

»Was erlauben Sie sich!« Mit der Faust schlug Siedenburg auf seinen Schreibtisch. Diese Befragung, die in keiner Weise zur Aufklärung des Vorfalls beitrug, sondern ein einziger Schuldvorwurf ihm gegenüber war, brachte Siedenburg an seine Grenzen. Er sah zu seiner Frau, die gerade mit einem Glas in der Hand ins Zimmer trat. Bisher war sie ihm noch keine Hilfe gewesen.

Nach dem ersten Schock hatte sich Monica Siedenburg relativ schnell wieder gefasst. Sie mischte sich nicht in die Vernehmung ein, und auch ihre Aussage war, wie Siedenburg fand, enttäuschend kurz und nichtssagend gewesen. Sie habe geschlafen und von alledem nichts mitbekommen – das, und nicht mehr.

Blanca hingegen kauerte leichenblass auf einem der Stühle. Ihr saß der Schreck in den Knochen. Als die Sanitäter an der Tür klopften und sie öffnete, hatte es eine Weile gedauert, bis sie realisierte, was geschehen war, hatte sie vor ein paar Minuten ausgesagt. Der Gedanke, dass gerade ein Mordversuch, hier auf dem Gelände, nur wenige Meter von ihr entfernt, stattgefunden hatte, während sie geschlafen hatte, hatte ihr einen Schauder über den Rücken gejagt. Es war ihr ein Rätsel, wieso sie nichts davon mitbekommen hatte. Blanca zog den Kragen ihres Morgenmantels enger zusammen. Vielleicht hatte es daran gelegen, dass sie im hinteren Trakt des Anwesens schlief und die alten Mauern enorm dick waren, hatte sie dem Kriminalbeamten gegenüber gemutmaßt. Die Sanitäter jedenfalls hatte sie gehört.

Da keiner ein Wort sagte und Siedenburg langsam ungeduldig wurde, forderte er in scharfem Ton: »Wollen Sie nicht endlich loslegen und nach Spuren suchen? Dafür sind Sie doch hier?«

Der Polizist rollte mit den Augen und erwiderte nichts, obwohl ihm der Ton ganz und gar nicht gefiel.

»Liegt es im Bereich des Möglichen, dass das Ihr Job sein könnte?«

Nun fuhr der Kriminalbeamte aus der Haut. »Was erlauben Sie sich? Wollen *Sie* mir etwa Befehle erteilen?«

Siedenburg holte Luft und schluckte eine Entgegnung hinunter. So käme er nicht weiter. Ihm wurde bewusst, wie geschickt Korb zu Werke ging. Nichts, wirklich gar nichts, deutete auf seine Person hin, während er selbst immer stärker in den Fokus der Ermittlungen geriet. Der fiese Kerl untergrub seine Glaubwürdigkeit systematisch. Selbst seine Verbindungen halfen ihm hier nicht weiter. Wie kreisende Geier lauerten diese Haus- und Hofpolizisten darauf, ihn festzusetzen. Siedenburg war es gewohnt, alles und jeden im Griff zu haben, doch in den letzten Tagen fühlte er sich wie ausgeliefert.

Der Kriminalbeamte schien weiterhin äußerst aufgebracht. »Herr Siedenburg, so eine Respektlosigkeit muss ich mir von Ihnen nicht gefallen lassen. Ich gebe Ihnen einen guten Rat: Halten Sie sich zurück. Es sieht nicht gut für Sie aus.«

Siedenburg beugte den Oberkörper nach vorn. Sein Kopf war rot. Er wollte etwas entgegnen. Sicher nichts, was in dieser Situation hilfreich gewesen wäre, deshalb war es sein Glück, dass sich Blanca in das Gespräch einmischte: »Wenn Sie schon hier sind, könnten Sie doch wenigstens mal draußen nachschauen. Ich würde mich danach bestimmt sicherer fühlen.« Blanca sah den Ermittler bittend an. Einer attraktiven Frau wie ihr konnten Männer nur selten etwas abschlagen.

»Na gut, wenn es Sie beruhigen sollte, kann ich gerne im Garten nach dem Rechten sehen. Auch wenn ich sicher bin, dort nicht das Mindeste zu finden. Aber vielleicht umso besser, unter Umständen ist die Angelegenheit dann bald vom Tisch.« Er griff in seine Jackentasche und zog eine Taschenlampe hervor. »Ich bin gleich wieder da.«

Blanca bot an, ihm den Weg zu zeigen, während Siedenburg und Monica im Büro warteten. Kaum hatten die beiden den Raum verlassen, stand Monica auf und ging zum Spirituosenschrank. Siedenburgs Blick folgte ihr, sie war unverkennbar angetrunken. Nachdem sie sich ein Glas Cognac eingeschenkt hatte, ließ sie sich in einen der Sessel neben dem Waffenschrank nieder und betrachtete den Riss in der Scheibe. Das müsste eine Handwerkerfirma gleich morgen in Ordnung bringen. Die Polizeibeamten hatten alle Spuren bereits gesichert. Mit gelangweilter Miene starrte sie Richtung Wand.

Monica und Peter sprachen kein Wort miteinander. Das war der Normalzustand in ihrer Ehe. Doch heute, nach einem solchen Vorkommnis, hätte der Firmenchef zumindest ein wenig Anteilnahme oder Zuspruch erwartet. Monicas Gefühlskälte hatte in den letzten Monaten ein neues Level erreicht.

Siedenburg ärgerte sich über sich selbst. Wie konnte es sein, dass ihn das abschätzige Verhalten seiner Frau immer noch enttäuschte? Er müsste es doch mittlerweile besser wissen. Siedenburg wandte sich ab und aktivierte seinen Comchip. Die Secret-Agent-App managte die einzelnen Aufzeichnungen der vielen Kameras, die auf seinem Gelände installiert waren. Sinn und Zweck der Überwachung war es in erster Linie, das faule Personal bei der Arbeit zu kontrollieren. Nicht einmal Monica war darüber informiert. Siedenburg wählte die passende Kamera aus dem Menü aus und startete die Aufzeichnungen des heutigen Abends vom Dach des Gewächshauses, während er sich hinter seinem Schreibtisch niederließ. Den Ton schaltete er stumm, den Modus auf »Personelle Ansicht«. So war das projizierte Bild allein für ihn sichtbar.

Monica stand auf. Sie schwankte.

Peter sah kurz auf. »Wo willst du hin?«, fragte er.

»Ins Wohnzimmer. Falls man nach mir fragen sollte, sagst du dem Schnüffler, ich konnte die Anwesenheit meines unfähigen Ehemannes nicht länger ertragen.« Monica gluckste, die Bemerkung erheiterte sie sichtlich.

Am Türrahmen hielt sie inne und drehte sich zu ihrem Mann um. Sie wollte noch einmal nachlegen. »Was sagt man dazu – Peter, du Idiot. Angeblich wurde vor wenigen Minuten auf dich geschossen, und jetzt liest du deine Firmenpost. Das ist so lächerlich. Du schaufelst dir dein eigenes Grab.«

Siedenburg hielt seine Augen starr auf die Projektion gerichtet. Solche Unterhaltungen mit seiner Ehefrau, insbesondere wenn Alkohol im Spiel war, machten wenig Sinn, das wusste er aus Erfahrung. Ganze drei Hochprozentige waren in der letzten Stunde ihre Kehle hinabgeflossen. Seine liebe Ehefrau becherte in den letzten Monaten, selbst für ihre Verhältnisse, extrem viel. Doch das war ihr Problem.

Da Siedenburg keine Anstalten machte zu antworten, schlurfte Monica schließlich mit einem gereizten »Hornochse« in den Flur.

Siedenburg konzentrierte sich wieder voll auf die Aufzeichnungen. Der Anschlag musste sich kurz vor zwölf ereignet haben. Im Schnelldurchlauf spulte er vor und stoppte um 23.58 Uhr. Anfänglich tat sich nichts, er konnte in der Dunkelheit nur Schemen erkennen. Dann aber machte Siedenburg eine Bewegung aus. Er war sich nicht sicher, ob das ein Mensch war. Er erkannte lediglich einen schwarzen Umriss. Jemand oder etwas schlich von der Terrasse aus hinüber zum Gewächshaus. Dort verlor die Kamera das Objekt aus ihrem Sichtfeld. Nur kurz. Glücklicherweise war Siedenburg im Fall der Überwachungskameras nicht sparsam gewesen und hatte sich die neuste Generation besorgt: Spy-Cams mit Bewegungssucher. Sie arbeiteten einwandfrei, und innerhalb kürzester Zeit fing die Kamera den Umriss wieder ein. Es war ein Mensch, das sah Siedenburg jetzt sicher, die Person stand auf der Wiese – und ja, sie zielte. Sie richtete die Waffe zum Haus aus. Siedenburg wischte sich die feuchten Hände an seiner Pyjamahose ab. Er war nicht verrückt, es hatte sich tatsächlich um ein Attentat gehandelt. Ein Mordversuch, der ihm gegolten hatte.

Derzeit war nur ein diffuses Bild zu sehen. Siedenburg vermutete, dass der oder die Unbekannte eine Maske trug. Dann jedoch aktivierte er den Face-Zoom, der nur ein paar Millisekunden brauchte, um das Gesicht des Schützen einzufangen und scharf zu stellen. Schnell wurde klar erkennbar, wer dort auf dem Rasen stand. Es gab keinen Zweifel. Es war Johannes-Claudius Korb. Siedenburgs Gefühl hatte ihn nicht getäuscht, und, Mann oh Mann, der verfluchte Hundesohn sah heute noch übler aus als früher.

Peter hatte genug gesehen. Er schaltete die Projektion ab und überlegte. So eindeutig die Sache für ihn war – aller Voraussicht nach würde der Kripotyp, der gerade seinen Garten durchwühlte, ihm vorwerfen, er habe das Video gefälscht. Der Kerl war überzeugt von seiner Schuld, und außerdem war das alles, was hier im Moment vorging, für Siedenburg selbst noch ein großes Rätsel. Der Polizei, und insbesondere diesem Spatzenhirn von der Kripo, würde er deshalb erst einmal noch nichts erzählen.

Auf die Unterstützung der Polizei brauchte er nicht zu hoffen, deshalb gab es für Siedenburg nur eine Lösung: Er musste allen beweisen, dass Korb am Leben war. Er musste ihn aufspüren, so schnell wie möglich, und ihn dann zu einem Geständnis zwingen. Er wusste, ihm blieben nur noch wenige Stunden, bis man ihn verhaften würde.

Hotel Villa Maja in Sinzig
22.11.2034, 5.47 Uhr

Greta Schönherr brütete bereits seit 5 Uhr wieder über ihren Papieren, an Schlaf war nicht mehr zu denken gewesen. Gegen halb drei, mitten in der Nacht, hatte ihr Comchip, den sie auf dem Nachttisch abgelegt hatte, vibriert. Erst dachte die Journalistin, es sei eine Nachricht von Sean, der von einer sehr späten Spätschicht in der Schwarzen Knolle heimgekehrt war, aber nein – auf dem Display hatte ein anderer Name aufgeleuchtet: Peter Siedenburg.

Die junge Frau legte den Comchip zurück. Arbeit hin oder her, um diese Zeit brauchte er sich nicht bei ihr zu melden, sie war keine seiner Angestellten. Doch der Firmenchef ließ nicht locker und probierte es im Fünfminutentakt wieder und wieder. Greta schaltete den Comchip auf stumm. Doch es gelang ihr nicht, das beständige Aufleuchten auf Dauer zu ignorieren. Die Uhrzeit und Hartnäckigkeit, mit der Siedenburg versuchte, Greta zu erreichen, sprachen dafür, dass es etwas Wichtiges sein musste. Gegen halb vier hatte er Greta schließlich weichgeklopft und sie drückte auf den Annahmeknopf. Dem würde sie die Meinung geigen: »Herr Siedenburg. Haben Sie eine Ahnung, wie spät es ist?«

»Der Irre hat auf mich geschossen«, brüllte Siedenburg. Fast hysterisch.

Innerhalb von Sekunden war Greta hellwach und saß aufrecht im Bett.

»Korb war hier. Der Wahnsinnige hatte eine Waffe. Durch die Scheibe hat er auf mich geschossen, trotzdem glaubt mir die Polizei kein Wort … Ich habe alles als Videodatei. Sie müssen mir helfen, den Kerl zu finden.«

Es war schwierig für Greta, wenn nicht sogar unmöglich, die ganzen Ereignisse nachzuvollziehen. Was genau war heute Nacht geschehen? Je mehr sie nachhakte, desto aufgeregter wurde Siedenburg. Er schien langsam, aber sicher, die Nerven zu verlieren.

»Jetzt atmen Sie ein paarmal tief durch. Ich verspreche Ihnen, morgen in aller Früh bin ich da, und wir finden eine Lösung«, versicherte ihm Greta. »Mitten in der Nacht lässt sich sowieso nichts ausrichten.«

Aber Siedenburg dachte nicht daran, Ruhe zu geben. Greta versprach ihm, sich die Aufnahmen gleich am Morgen anzusehen und den Termin um 8 Uhr auf der Wache mit ihm gemeinsam wahrzunehmen.

»Mit den Aufzeichnungen haben Sie endlich etwas in der Hand. Lassen Sie das alles doch erst einmal auf sich zukommen.«

»Was nutzen mir die Aufzeichnungen? Man wird mir wieder nicht glauben. Die Polizei möchte mich hinter Gittern sehen. Die sehen, was sie sehen wollen.«

Dafür hatte Greta Verständnis. Sie war sich selbst nicht sicher, ob sie die Geschichte glauben sollte. Die Theorie des verstorbenen Geschäftspartners, der zurückkehrt, um sich zu rächen, erschien ihr immer noch äußerst abwegig. Aber im Moment wollte sie einfach nur weiterschlafen. Morgen würde sie sich von der Glaubwürdigkeit der Aufnahmen selbst überzeugen. Jetzt galt es,

Siedenburg zu beruhigen und das Gespräch zu beenden. »Also gut, hören Sie zu. Ich verspreche Ihnen, das morgen mit Ihnen gemeinsam zu regeln. Ich schaue mir die Videodatei an und komme mit auf die Wache, wenn Sie das möchten. Wenn Korb eindeutig auf dem Video zu sehen ist, dann werden wir auch die Polizei überzeugen können.«

Von dieser Vorgehensweise war wiederum ihr Gesprächspartner ganz und gar nicht zu überzeugen. Er beteuerte Greta unaufhörlich, dass die Polizei ihm nie und nimmer glauben würde. Er schien ziemlich unter Schock zu stehen, und da er ohnehin kaum jemanden traute, verschlimmerte dieser Zustand seine allgemeine Paranoia.

Greta wusste sich keinen Rat mehr. Sie empfahl Peter Siedenburg, das Ereignis positiv zu betrachten. »Nun bleiben Sie ruhig. Ihnen ist nichts passiert, und wenn Sie mit den Videoaufzeichnungen beweisen können, dass Korb am Leben ist, könnte es doch gar nicht besser für Sie laufen. Sie sind vom Mordverdacht befreit, und die Attacken haben ein Ende, sobald Korb gefasst ist. Vielleicht stellt man Sie sogar unter Polizeischutz!«

Erst nach einer halben Stunde Überzeugungsarbeit verabschiedete sich Siedenburg, und Greta legte den Comchip zur Seite. Danach jedoch wälzte sie sich nur noch unruhig im Bett hin und her. An Einschlafen war nicht mehr zu denken. Irgendetwas an der Sache gefiel ihr nicht. Das alles passte nicht zusammen.

Wenn Korb am Leben sein sollte, wer war dann mit seinem Auto verunglückt? Damals gab es, ihrer Erinnerung nach, schon DNA-Untersuchungen. Spätestens da hätte man feststellen müssen, dass es sich nicht um den ehemaligen Geschäftspartner handelte. Sie stand auf. Zum wiederholten Male las Greta den Polizeibericht zu Korbs Unfall in Frankreich, den ihr Siedenburg über ein paar Ecken besorgt hatte. Es gab ein paar Aufnahmen vom Unfallort. Greta fragte sich, wie dieser Korb das alles vorgetäuscht haben sollte. Das Auto war aufgrund überhöhter Geschwindigkeit in eine Schlucht gestürzt und ausgebrannt. Die Leiche hatte sich in einem verheerenden Zustand befunden. Trotzdem war Korbs Frau, oder besser gesagt seine Witwe, dazu bereit gewesen, die sterblichen Überreste zu identifizieren.

Wenn Korb seinen Tod nur inszeniert haben sollte, dann äußerst überzeugend. Greta überflog den Bericht erneut und stockte, als sie den Namen der Ehefrau im Unfallbericht las. Warum war ihr das bisher nicht aufgefallen? Sie hatte sich so auf die Details des Unfalls konzentriert, dass sie ihren Namen vermutlich immer überlesen hatte. Es könnte einfach ein Zufall sein, doch daran glaubte Greta längst nicht mehr. Der Mistkerl hatte sie belogen. Gestern schon hatte sie dieses unbestimmte Gefühl gehabt, dass etwas nicht zusammenpasste. Jetzt hatte sie einen konkreten Anhaltspunkt.

In ihren Unterlagen, die sie nun hektisch durchsuchte, gab es nur wenige Zeitungsausschnitte und Berichte über Johannes-Claudius Korb. Offensichtlich empfand die Presse ihn nicht als so glanzvoll und interessant, dass sie gerne über ihn berichtete. Trotzdem, irgendwo musste mehr stehen! Sie wurde nicht fündig.

Greta legte die Mappen zur Seite und nahm ihren Comchip vom Nachtischschrank.

»Suche: ›Johannes-Claudius Korb‹ und ›Hochzeit‹«, forderte Greta die Suchmaschine ihres Comchips auf.

Das Netz in der Eifel bot immer noch Verbesserungspotenzial trotz des angeblich flächendeckenden 10G-Ausbaus der letzten Jahre. Es dauerte gute fünf Sekunden, bis der Comchip Greta eine spärliche Anzahl von passenden Ergebnissen aufzeigte. Bereits das erste bestätigte Gretas Vermutung.

»Heimliche Hochzeit des Trüffelimperialisten Johannes-Claudius Korb«, stand in einer Klatschzeitschrift im regionalen Teil, und obendrüber war eine unscharfe Aufnahme zu sehen, die sich die Journalistin heranzoomte. »Ich bin so ein Trottel«, murmelte sie.

Wie recht Siedenburgs Ehefrau mit ihrer Einschätzung gehabt hatte, stellte Greta in Gedanken fest: Peter Siedenburg, dieser Opportunist und Betrüger, hatte sie die ganze Zeit nach seinen Wünschen gesteuert und ihr nur Lügen aufgetischt. Wie seine Ehefrau vorausgesagt hatte. Er wusste genau, wie man die Fäden zog und mit den Menschen spielte. Offensichtlich lief wieder einmal alles nach Plan für ihn. Morgen früh würde er ihr gefälschtes Videomaterial präsentieren, in der Hoffnung, Greta würde ihn in ihrem Übereifer bei der Polizei freiboxen. So sollte es laufen. Die ganze Geschichte um den auferstandenen Geschäftspartner war erstunken und erlogen, und sie war darauf hereingefallen.

Diesmal würde ihm Greta einen Strich durch die Rechnung machen. Sie ließ sich die Uhrzeit anzeigen.

»Verdammt«, murmelte sie und dann »Anrufen: Sean.« Der Comchip stellte eine Verbindung her. Greta kniff die Lippen zusammen. Sean war der Einzige, den sie in Sinzig kannte, und sie hoffte, er würde es verstehen. »Sean … Entschuldige, dass ich mich jetzt melde«, sagte sie, als am anderen Ende der Leitung jemand abhob.

»Greta? Bist du das etwa?« Sean hörte sich verschlafen an. »Weißt du eigentlich wie spät oder besser gesagt wie früh es ist? Ich hab nach der Klausur gestern noch mit Studienkumpels gefeiert und bin erst vor zwei, drei Stunden ins Bett.«

»Es tut wirklich mir leid, Sean. Aber glaub mir, es geht um etwas enorm Wichtiges.«

Privatanwesen »Zur Waldburg« der Familie
Siedenburg in Remagen
22.11.2034, 6.03 Uhr

Siedenburg schaute auf die Küchenuhr. Die Schönherr hatte ihm versprochen, kurz nach sieben vorbeizu-
schauen, um sich gemeinsam die Aufzeichnungen anzusehen und ihn dann auf die Polizei zu begleiten. Die
halbe Nacht hatte er sich das Hirn zermartert. Die Polizei auf Korb anzusetzen ging ihm gegen den Strich, da
er grundsätzlich glücklich darüber war, den Geschäftspartner losgeworden zu sein.

Andererseits hatte er keine Wahl: Wenn er das Video
nicht weitergab, war es nur eine Frage der Zeit, bis man
ihn festnahm oder – die noch schlimmere Variante – Korb
sein Vorhaben zu Ende führen würde. Das alles war keine
Alternative. Ergo wären die Firmenanteile das kleinere
Übel. Gut, dass die Schönherr mit dabei war. Ihre Ansicht
hatte für die Polizei möglicherweise Gewicht, und sie war
weitaus diplomatischer als er. »Einen Kaffee ohne alles.«

»Wünschen Sie ein Topping, extra Milch oder Zucker-
austauschstoff?«

»Nichts von alledem«, brummte Peter. »Einfach nur
einen Kaffee.«

»Entschuldigen Sie bitte. Ich habe Sie bedauerlicherweise nicht verstanden. Bitte wählen Sie noch einmal neu
aus.« Peter Siedenburg hatte sowieso schon schlechte
Laune, und ohne Koffein würde er den Tag kaum über-

stehen, nachdem er in der Nacht kein Auge zugemacht hatte. Mit der Espressomaschine mit Sprachsteuerung, die natürlich nicht seine Anschaffung gewesen war, kam nur Blanca zurecht. Seine eifrige Haushälterin schien allerdings gerade den verpassten Schönheitsschlaf nachzuholen, anstatt für ihr Geld zu arbeiten.

Siedenburg kramte in den Schränken nach seinem alten Espressokocher aus Junggesellenzeiten – nichts. Genervt warf er die Türen zu und stampfte die Treppe hinab, um die Kellerregale zu durchsuchen. Nicht unwahrscheinlich, dass die zwei Damen des Hauses das gute Stück entsorgt hatten.

Bereits seit einigen Monaten hatte er das ungute Gefühl, dass immer mehr seiner privaten Dinge auf unerklärliche Weise verschwanden. Auf Nachfrage erhielt er immer nur ein Schulterzucken von einer der beiden Damen zur Antwort. Eine traute Einigkeit gegen seine Person, und das in seinem eigenen Haus, trotzdem kam Siedenburg dagegen nicht an. Vielleicht sollte er sich endlich von seiner Frau trennen, eine längst überfällige Angelegenheit, wenn da nicht all das wäre, was eine Scheidung so mit sich brachte. Trotzdem, immer weniger schreckte ihn die Tatsache ab, dass er in diesem Fall die Hälfte der Firmenanteile verlieren würde. Auf sie könnte er verzichten, wenn dafür endlich dieses leidliche Kapitel in seinem Leben ein Ende hätte.

Er durchwühlte die Schränke und schob das alte Silbergeschirr zur Seite, als er unerwartet einen zerkratzten roten Kanister mit der Aufschrift »Brumallin« entdeckte. Er zog den verbeulten Behälter nach vorn und nahm ihn vorsichtig aus dem Regal. Der Schraubverschluss saß enorm fest. Als Siedenburg die Nase an die Öffnung hielt, stellte er fest, dass der Kanister noch immer wie die Pest stank, und das, obwohl die Flüssigkeit darin schon seit mehr als einem Jahrzehnt aufgebraucht war. Es handelte sich um das erste Gebinde, das ihm Korb damals überreicht hatte, erinnerte sich Siedenburg fast andächtig. Sozusagen der Anfang der ganzen Geschichte, und keiner von ihnen beiden hatte damals geahnt, welche unglaubliche, aber auch unheilbringende Erfindung sie in ihren Händen gehalten hatten.

Siedenburg stellte den verbeulten Kanister wieder nach hinten ins Regal und richtete die Kiste mit dem Silbergeschirr davor aus. Von diesem eher unästhetischen Erinnerungsstück wollte er sich nicht trennen, und es sollte den zwei Ausgeburten der Hölle, mit denen er mehr oder weniger zwangsweise zusammenlebte, nicht auch noch in die Hände fallen.

Seine Espressomaschine war nirgendwo zu finden, das hatte Siedenburg schon befürchtet. Erfolglos verließ er den Keller – der Kaffee war somit vorerst gestrichen.

»Wie ist es gestern gelaufen?«, fragte Greta und reichte Sean eine Tasse mit Instantkaffee.

Er hatte dunkle Ränder unter den Augen. Kein Wunder, wenn er erst derart spät zu Bett gegangen war. »Ging so.«

»Tut mir wirklich leid, dass ich dir nicht mehr helfen konnte, aber mir …«

»Schon gut. Bloß keine Entschuldigungen. Ist wirklich nicht dein Problem, dass ich nichts auf die Reihe kriege«, unterbrach Sean sie. Ein überraschender Satz aus seinem Mund. Bisher hatte Greta die Sachlage so eingeschätzt, als würde Sean das Studium recht locker betrachten. Seine Äußerung allerdings versetzte Greta einen Stich. »Warte mal ab. Kann doch besser gelaufen sein, als du glaubst«, gab sie zu bedenken.

Sean winkte ab. »Egal, wegen der Klausur hast du mich ja sicher nicht in aller Früh hierherbestellt?«

»Nein.« Greta war aufgeregt, doch sie versuchte, es sich nicht anmerken zu lassen. »Es gibt da was, das wollte ich dir schon vor ein paar Tagen sagen. Es ist mir ein wenig unangenehm und normalerweise …« Sie brach ab und rieb sich die Nase. Es war gar nicht so einfach zu erklären.

»Jetzt machst du mich aber neugierig.« Sean klang überrascht. Kein Wunder, schließlich kannten sie sich genau genommen erst seit ein paar Tagen, was also könnte ihm Greta da schon beichten wollen?

Sie setzte noch einmal an. Es war nicht einfach, die richtigen Worte zu finden. »Also, zuerst einmal mache ich hier keinen Urlaub.«

»Sondern?«

»Sondern ich schreibe eine Reportage.«

Sean zuckte mit den Schultern. »Okay, ist ja nichts Schlimmes«, sagte er.

»Eine Reportage über Peter Siedenburg«, ergänzte Greta und biss sich auf die Lippen. Jetzt war es raus.

Sean schien unglaublich schnell zu schalten, denn seine Gesichtszüge froren unmittelbar nach Gretas letztem Satz ein. Vermutlich ließ er gerade die letzten Tage und Gretas viele Fragen zu Siedenburg Revue passieren. Seine Stimme klang gepresst. »Das ist nicht dein Ernst?«

Greta nickte. Doch, genau so war es. Leider. Sie hatte sich auf ein seltsames Spiel mit einem noch seltsameren Typen eingelassen, und es wunderte sie nicht, dass Sean von ihr enttäuscht war.

»Und deswegen hast du mich ausgehorcht? Hast du mir deshalb bei den Vorbereitungen geholfen – um mehr über meinen Chef zu erfahren? War das alles einfach Teil deines Jobs?«

»Nein, was für ein Unsinn. Es war ganz anders. Das hatte damit gar nichts zu tun. Ehrenwort!« Greta war perplex. Sie hatte einen Fehler gemacht, das gab sie zu, aber wie konnte Sean nur so schlecht von ihr denken? »Wenn ich ehrlich bin, war das noch nicht alles«, begann Greta nach einigen schweigsamen Sekunden, in denen Sean in dem kleinen Zimmer auf und ab gegangen war.

Er hielt inne und stellte sich ans Fenster. »Aha, da bin ich ja mal gespannt?« Sean lachte bitter. »Du machst mich neugierig. Was kann man in den paar Tagen, die wir uns kennen, denn alles anstellen? Hast du ein Verhältnis mit meinem Vater oder baust du Atombomben? Ehrlich, Greta, ich hab dafür keine Nerven. Erst das Desaster mit der Klausur gestern, und jetzt haust du mir am frühen Morgen solche komischen Enthüllungen um die Ohren.«

Greta seufzte leise. »Ich weiß. Das tut mir leid, aber trotzdem, du solltest alles wissen.«

»Und was ist alles?«

»Nun: Ich schreibe nicht einfach nur über Peter Siedenburg.«

Sean sah Greta erwartungsvoll an. »Sondern?«

»Na ja, wie soll ich sagen? Ich arbeite quasi …« Sie brach ab und suchte nach den richtigen Worten. »Man könnte sagen, ich arbeite mit ihm zusammen. Ich untersuche in seinem Namen den Mordfall auf der Truffière, und ich glaube, langsam, aber sicher, wächst mir die Sache über den Kopf.«

»Oha«, sagte Sean und nahm einen Schluck von seinem Kaffee. »Ich dachte bis gerade eben, *dein* Leben sei wenigstens perfekt. Aber offensichtlich steckst du weit mehr im Schlamassel als ich.«

Privatanwesen »Zur Waldburg« der Familie Siedenburg in Remagen
22.08.2022, 17.02 Uhr

Peter Siedenburg trat aus seiner Firma. Überaus zufrieden, denn im Werk hatte man ihm mitgeteilt, dass die Zahl der nutzbaren Setzlinge und auch der Absatz gegenüber den Vormonaten gestiegen war. Seitdem das Retromyks das Problem des Pilzbefalls aus der Welt geschafft hatte, lief alles wieder nach Plan. Die Qualität der Ware war erstklassig und die Nachfrage derart groß, dass Siedenburg mit dem Gedanken spielte, den Preis deutlich anzuheben. Warum nicht, wenn der Markt die Möglichkeit bot?

Korb hatte nicht zu viel versprochen, sagte sich Siedenburg, als er mit seinem Wagen nach Hause fuhr. Unweigerlich kam ihm seine heimische Probereihe im Gewächshaus in den Sinn. Vermutlich waren aufgrund der derzeitigen Hitze und Trockenheit alle Pflanzen längst eingegangen. »Ein Jahrhundertsommer«, titelten ihn die Meteorologen – eine Bezeichnung, die der Realität nicht mehr gerecht wurde, denn auf eine klimatische Ausnahmeerscheinung folgte meist bald schon die nächste. Ob nun aber Jahrhundertsommer oder nicht, es war verdammt warm und staubtrocken. Seit fast anderthalb Monaten war kein einziger Tropfen mehr vom Himmel gefallen, und in den letzten Tagen hatten Temperaturen um die 40 Grad geherrscht. Im Gewächshaus würde Siedenburg mit Sicherheit ein saunaähnliches Klima erwarten. Trotzdem wollte er einen Blick ins Innere werfen.

Irgendetwas trieb Peter an, und diesmal war es, im Gegensatz zu sonst, nicht das an vielen Ecken und Enden renovierungsbedürftige Anwesen, an dem er oft bis in die Nacht arbeitete. Er hatte ein merkwürdiges Gefühl, als er seinen roten Delage in der Einfahrt stoppte. Statt erst einmal den Anzug und die feinen Schuhe auszuziehen, lief er schnurstracks um das Anwesen herum, auf die Terrasse zu und in den Garten.

Bereits von Weitem sah er, dass etwas nicht stimmte. Zwei der Fenster waren geborsten, und die Scherben lagen verstreut auf dem Rasen. Siedenburg erreichte die einstmals weiße Metalltür. Sie war verbogen und klemmte. Er zog mit aller Kraft, doch sie ließ sich nicht öffnen. Peter trat mit dem Fuß dagegen. Der Lack splitterte, und die Tür gab einen Spalt frei. Durch diesen zwängte er sich hinein. Die abblätternde Farbe klebte an seinem dunklen Anzug und seinen verschwitzten Händen. Auf das, was ihn gleich erwarten sollte, wenn er das Innere des Gewächshauses erreicht hätte, war er nicht vorbereitet.

»Oh mein Gott«, war das Einzige, was Peter über die Lippen brachte. Er fühlte sich wie in einer anderen Welt. Als sei er in einem abgefahrenen Fantasy-Film mit atemberaubenden Special Effects. Er brauchte einige Sekunden, um sich einen Überblick zu verschaffen und zu verstehen, was geschehen war. Zumal ihm das ganze Grünzeugs, das üppig in alle Richtung rankte, die Sicht versperrte.

Bald aber erfasste er, was hier wuchs. Die drei bei seinem letzten Besuch eher kargen Tomatenpflanzen überwucherten nun den gesamten Innenbereich des Gewächshauses. Wie im Urwald. Erste Triebe strebten bereits durch die durch den Druck zersprungenen Fenster hinaus. Etliche überreife, teils verfaulte, handgroße Tomaten pflasterten den Boden. Die anderen Früchte hingen traubenweise an den meterhohen Pflanzen. Es roch säuerlich. Fliegen schwirrten wie trunken herum, und das Klima war unerträglich.

Doch den Tomatenpflanzen galt nicht Siedenburgs Hauptinteresse, auch wenn – oder gerade, weil – deren Erscheinung verblüffend war, wollte er zu den Setzlingen. Wie ein Abenteurer schnitt er sich zwischen all dem Wildwuchs – allerdings nicht mit einer Machete, sondern mit einer Heckenschere – den Weg zu den Haselnusssträuchern frei. Der Duft, der ihn beim Näherkommen empfing, sprach eine eindeutige Sprache. Durch eine Lücke zwischen den wuchernden Tomatentrieben machte Siedenburg die Sträucher aus. In der Tat waren auch sie ungewöhnlich schnell gewachsen, wenngleich nicht in dem Maße wie die Tomatenpflanzen.

Peter Siedenburg kam für seinen Geschmack viel zu langsam voran. Da es im Gewächshaus schlichtweg an Raum mangelte, änderte er die Strategie. Er brauchte Platz und Luft. Hier drinnen ließ sich kaum atmen. Also zerrte er die meterlangen Tomatenranken ins Freie. Dabei blickte er sich immer wieder misstrauisch um. Hoffentlich bekam niemand etwas davon mit.

Während er sich weiter zu den Haselnusssträuchern vorarbeitete, ratterte es in seinem Kopf. Die Setzlinge hatte er schätzungsweise vor zwei Monaten gepflanzt. Trüffel allerdings brauchten Jahre, um sich auszubilden und zu reifen. Falls also nach dieser kurzen Periode

Trüffel zu finden wären, und darauf ließ der Geruch eindeutig schließen, wäre das ein Wunder – nein, eine Revolution.

Trotz seiner Vorahnung musste sich Siedenburg gedulden. Eine ganze Stunde dauerte es, bis er zu den Setzlingen vorgedrungen war. Am Fuße der verholzten Haselsträucher griff er sich einen Spaten und begann, die Wurzeln freizulegen. Mit Vehemenz, denn der Boden schien undurchdringlich. Ein Gewirr an Wurzelwerk breitete sich vor seinen Füßen aus, von der Erde, die dort alles ausgefüllt hatte, erkannte man kaum mehr etwas.

An Peters schwarzen Lackschuhen klebte der Staub, und die Anzughose hatte Risse. Aber das interessierte ihn nicht. Er zog die Jacke aus und warf sie hinter sich auf den Boden. Ein solches Wurzelwachstum hatte er bei Haselnusssträuchern nie zuvor erlebt. Was für eine Wahnsinnssubstanz hatte ihm Korb da verkauft, und – diese Frage interessierte Siedenburg natürlich am meisten – was hatte das Wundermittel bei den Trüffelsporen bewirkt?

Er hieb den Spaten mit aller Kraft in den Boden. Es krachte und knirschte. Immer wieder holte er aus, ohne wirklich etwas zu erreichen.

»Zum Henker«, wetterte Siedenburg.

Mit dem Ärmel seines Hemdes, dessen Ausgangsfarbe mittlerweile kaum mehr zu erahnen war, wischte er sich den Schweiß von der Stirn. So kam er nicht weiter. Wütend warf er den Spaten in die Ecke und griff nach einer Eisenharke, die an einem Wasserfass lehnte. Er drosch auf die harte Erde ein. Wieder und wieder, wie ein Verrückter grub er sich voran. Aus diesem Grund bemerkte er zunächst die schwarze Kugel nicht, die sich in den rostigen Zinken der alten Harke verfangen hatte.

Allein der unverwechselbare Duft, der sich in einer unglaublichen Intensität ausbreitete, ließ ihn innehalten. Fahrig wühlte er mit der Hand durch die magere Erde, dann fiel sein Blick auf die Harke. Er hielt sie sich dicht vor das Gesicht, ungläubig und nur um sich ganz sicher zu sein, dass er dort tatsächlich sah, was er zu erkennen glaubte.

Es war für Siedenburg ein grandioser Moment, der vielleicht in seinem ganzen Leben nie übertroffen werden würde. Der Anblick raubte ihm den Atem. Er konnte es kaum glauben, auf dem Zinken steckte ein Trüffel. Doch das war noch nicht alles. Die wahre Sensation war der Umfang der Knolle. Siedenburg fragte sich, ob es überhaupt jemals zuvor einen solchen Fund gegeben hatte. Der Trüffel hatte mehr als 15 Zentimetern Durchmesser, und sein Geruch ließ keinen Zweifel zu: Es waren Fruchtkörper des Tuber uncinatums. Dem Aroma nach zu urteilen, handelte es sich um eine umwerfende Qualität.

Siedenburg brauchte nicht Minuten, sondern Stunden, um die Trüffel um die verwurzelten Setzlinge aufzufinden. All das hatte den Charakter einer Kartoffelernte und erschien Siedenburg fern von jeder Realität, wie ein Trugbild. Für die große Zahl an Trüffel, die er zutage förderte, fehlten ihm Sammelgefäße, weshalb er sie schließlich mit dem Rechen zusammenscharrte und auf einem der Beete im Gewächshausinnern anhäufte.

Nachdem die Arbeit erledigt und das Gewächshaus mit einem Schloss gesichert war, setzte er sich auf die

Bank in seinem Garten. Er schaute hinab ins Tal und drehte eine der gigantischen Knollen in seinen Händen. Dieser Fund würde sein Leben für immer verändern, dessen wurde sich Siedenburg nach und nach bewusst. Mit einem Lächeln auf den Lippen konnte er diese Zukunft kaum mehr erwarten, eine neue Zeit würde für ihn anbrechen.

Im Folgenden ging alles sehr schnell. Am nächsten Tag, noch bevor er zur Firma fuhr, füllte er die Trüffel in kleine Einheiten ab und wog sie. Glatte 40 Kilogramm brachten sie gemeinsam auf die Waage. Eine Menge, für die man erst einmal Abnehmer finden musste, auch wenn die Trüffel ungemein kostbar waren. In der Firma wollte er sie keinesfalls lagern. Dort stände er mit einer solchen Menge an Trüffel unter Erklärungsnot.

Notgedrungen verkaufte Siedenburg die Trüffel unter der Hand und weit unter Wert. Damals galten in Deutschland die Roten Listen, die das Sammel- und Transportverbot für Trüffel regelten und das Inverkehrbringen heimischer Hypogäen zu Genusszwecken verhindern sollten. Die regionalen Händler, denen er die Trüffel feinster Qualität zu einem unschlagbaren Preis verkaufte, machten selbst ein gutes Geschäft damit, deshalb stellten sie keine Fragen.

Zeitgleich entließ Siedenburg die Mitarbeiter seiner bis dahin noch kleinen Firma. Dies lief weitaus reibungsloser ab als vermutet. Der Lobbyismus hatte zu diesem Zeitpunkt seinen Höhepunkt erreicht, und die Regierung hatte Siedenburg für diese Maßnahme die besten Mittel an die Hand gegeben. Die meisten seiner Mitarbeiter waren Studenten oder Hilfsarbeiter, die er im Rahmen eines Zeitvertrages angeheuert hatte. Kündigungsschutz war früher einmal gewesen, heute konnte man mit der richtigen Methode jeden loswerden: Indem Siedenburg offiziell seinen Geschäftsbereich auf die Produktion verlagerte, war die Massenentlassung spielend zu rechtfertigen. Die Mitarbeiter murrten zwar, aber niemand wehrte sich.

So war er auf einen Schlag alle los. Alle, bis auf eine einzige Ausnahme. Sergej, der junge Russe, der in Deutschland studierte und in seinem Betrieb gerade seine Masterarbeit beendet hatte, durfte bleiben. Siedenburg hatte einen guten Instinkt für Menschen, die ihm noch von großem Nutzen sein sollten. Sergej war ein Arbeitstier und ähnlich begabt wie Korb. Er pflegte kaum Kontakt zur Außenwelt, schuftete oft gut 15 Stunden im Labor und beschwerte sich nie. Für ihn gab es einzig die Arbeit, eine äußerst sympathische Charaktereigenschaft, wie Peter fand.

Setzlinge produzierte er seit diesem Tag nur noch für sich selbst. Sogar laufende Bestellungen ließ er platzen, da er die Pflanzen jetzt dringend für seine anderen Pläne benötigte. Ein durchaus kluger Schachzug, der Siedenburg dabei half, sich auf lange Sicht das Wirtschaftsmonopol für den Trüffelhandel in Deutschland oder genau genommen in Europa zu sichern.

Niemand wusste von seinem Brumallin-Geheimnis. Außer Korb natürlich, der aber die Durchschlagskraft seines Mittels in Bezug auf Trüffel nicht abschätzen konnte. Noch nicht.

Ein Problem blieb allerdings: Ohne weitere Chemiefreaks funktionierte die ganze Angelegenheit nicht, das war Siedenburg bewusst. Um in Produktion gehen zu können, musste er punktgenau wissen, welche Faktoren für das Trüffelwachstum verantwortlich waren und wie man das Brumallin am günstigsten einsetzte. Die exakte Dosierung war das A und O. Sicher gab es noch andere wichtige Problemstellungen. Wie etwa: Ob und, falls ja, in welcher Weise der Einsatz des Brumallin Auswirkungen auf die Trüffel und deren Genuss hatte. Wie schnell baute sich das Mittel ab, und welche Konsequenzen könnte es auf den menschlichen Organismus haben? Fragen in diese Richtung waren für Siedenburg in der Tat zweitrangig oder fast lästig – die Dinger schmeckten, was wollte man mehr?

Dass Siedenburg Sergej behalten hatte, zahlte sich aus. Der junge Russe hatte gute Kontakte und eine ganze Reihe von Verwandten, die ebenfalls gut ausgebildet und ähnlich arbeitswütig waren. Mit Sergejs Hilfe kaufte sich Siedenburg Chemieasse aus Russland ein, die er außerordentlich gut für ihre Dienste bezahlte. Neben seiner Fabrik ließ er zwei große Wohncontainer mit viel Komfort einrichten, in denen die neuen Mitarbeiter kostenfrei lebten. Er besorgte alles, was sie seiner Meinung nach brauchten, um sich wohlzufühlen. Essen, ausreichend alkoholische Getränke und schnelles Internet, nur damit die Männer das Gelände kaum verließen und möglichst wenig Zeit in deutscher Gesellschaft zubrachten. Haargenau so, wie er es sich als Firmenchef wünschte.

Peter war immer schon äußerst skeptisch und vorsichtig gewesen, wenn es um sein Trüffelgeschäft ging. Seit dem Tag im Gewächshaus hatte dies allerdings fast wahnhafte Züge angenommen. Jetzt, da er das größte Geschäft seines Lebens witterte, wuchsen das Misstrauen und die Angst in einer Intensität, die er vorher nicht gekannt hatte.

Die zwei russischen Chemieexperten mit den schlechtesten Deutschkenntnissen beschäftigten sich auf Siedenburgs Wunsch hin ausschließlich mit der Wirkung des Brumallins auf verschiedene Arten von Setzlingen und deren Sporenkeimung. Das Ergebnis nach anderthalb Monaten Laborarbeit ließ keine Zweifel zu: Alle Versuchsreihen zeigten ähnlich erfreuliche Resultate. Brumallin schien wie gemacht für die Trüffelwelt. Alle im Werk verfügbaren Arten – T. magnatum, T. melanosporum, T. aestivum und T. rufum und besonders der T. brumale, der Wintertrüffel –, reiften in einem so kurzen Zeitraum heran, dass sich fast das Gefühl einstellte, man könne ihnen beim Entstehen und Wachsen zuschauen. Siedenburg wusste inzwischen, dass es Korb gelungen war, eines der wichtigsten Bestandteile des Brumallins aus dem Tuber brumale zu extrahieren, womit schnell erklärt war, warum diese Trüffelart zum Namensgeber für das chemische Wundermittel geworden war.

Dank dieser Entwicklung nahm die Trüffelproduktion innerhalb weniger Wochen eine Größenordnung an, welche die Jahresernte einer großflächigen Truffière, wie man sie in Frankreich oder anderen Ländern antraf, deutlich überschritt. Siedenburg war zufrieden. Nein, mehr als zufrieden. Im ersten Überschwang versprach er den Russen eine Sonderzahlung. Ein Ausrutscher, der ihm in den kommenden Jahren nicht noch mal unterlaufen sollte.

Die Trüffelproduktion lief an, und Siedenburg entschied sich wegen der hohen Nachfrage für computergesteuerte Setzanlagen. Warum auch nicht, technisch war dies schließlich kein Problem. Die Roboter übernahmen fast alle Arbeitsschritte. Insbesondere was den Hygienebereich betraf, waren sie unschlagbar. Die Anlagen sterilisierten die Baumsamen, indem sie die äußere Hülle mithilfe feinsten Nebels in einen keimfreien Zustand brachten. Nach dieser Prozedur, für die man verdünntes Retromyks verwendete, platzierten die Roboter die Samen im neutralen Keimsubstrat. Auch die Impfung mit den Trüffelsporen übernahmen die automatisierten Anlagen. Hierbei waren sie leider noch nicht ganz so zuverlässig wie menschliche Arbeiter, doch das nahm der Firmenchef gerne in Kauf, denn die Roboter hatten den entscheidenden Vorteil, still und loyal zu sein, und das machte sie in Bezug auf die fantastischen Möglichkeiten, die Brumallin bot, zu den besten Mitarbeitern der Welt.

Das einzig Ärgerliche war, dass Korb nun zwangsläufig mit im Geschäft war. Er hatte ein sicheres Gespür für vorteilhafte Geschäftsverbindungen, das hatte er mit seinem ehemaligen Banknachbarn immer schon gemein gehabt. Er musste den Braten in jenen Tagen schon gewittert haben und bekam, ob Siedenburg das nun passte oder nicht, eine dicke Scheibe davon ab.

Privatanwesen »Zur Waldburg« der Familie Siedenburg in Remagen
22.11.2034, 7.13 Uhr

Greta Schönherr traf auf dem Anwesen der Familie Siedenburg ein. Sie kam nicht allein. Nachdem sie Sean die ganze Geschichte anvertraut hatte, hatte er darauf bestanden, sie zu begleiten. Als sie nebeneinander die Treppe hinaufgingen, griff er nach ihrer eisig kalten Hand.

Sean hatte es kaum fassen können, dass Greta sich für Siedenburgs Zwecke hatte derart missbrauchen lassen. »Ich weiß bestens über die Methoden Siedenburgs Bescheid. Ist dir klar, wie skrupellos der Halunke seine Geschäfte macht?«, hatte er Greta gefragt.

»Nein, so genau wusste ich das bis eben noch nicht. Sonst hätte ich doch nie im Leben ...« Greta schaute ihn reumütig an.

Dass Siedenburg bei dem Mord an Baumann die Finger im Spiel hatte, lag für Sean, nach all dem, was er von Greta erfahren hatte, auf der Hand. Greta war ein kluger Kopf und eine erstklassige Journalistin, daran gab es für Sean keinen Zweifel. An das Thema Siedenburg jedoch war sie zu gutgläubig herangegangen. Ein Mensch wie er, der keinerlei Gewissen hatte, passte nicht in Gretas Weltbild. Leider war die Welt nicht so gut, wie Greta sie sich vielleicht ausmalte. Siedenburg dachte stets nur an seinen Profit. Menschen waren ihm einerlei – wenn nicht sogar zuwider. Das hatte er schon mehrfach bewiesen: Vor einigen Jahren hatte er alle seine Mitarbeiter, ohne mit der Wimper zu zucken, entlassen und durch Roboter ersetzt. Keine Abfindung, keine Übergangszeit, kein Bedauern, nichts – und das, obwohl seine brave Belegschaft zuvor dicken Gewinn für ihn eingefahren hatte. Seans Vater hatte es damals auch getroffen. Von der Rente war er mit 64 noch ein paar Jahre entfernt, und so hatte man ihn über die »Neue Arbeitsleitstelle«, die fast nur aus Computern und wenigen Mitarbeitern bestand, an eine Elektrotaxi-Reinigungsfirma vermittelt. Hier suchte man beständig billige Arbeitskräfte, die für den Mindestlohn schuften mussten. Aber das war nicht das Einzige. Dass Siedenburg die Ämter schmierte, um seine Trüffel nicht auf eventuell bedenkliche Rückstände prüfen lassen zu müssen, war ein offenes Geheimnis. Jetzt endlich, nach so vielen Jahren, hatten sie den Kerl am Wickel, und was machte Greta? Sie half dem Mistkerl auch noch dabei, seinen Kopf aus der Schlinge zu ziehen. Zumindest bis eben.

»Dann wirst du die Sache also abblasen?«, hatte Sean Greta im Hotel gefragt. Man musste kein Hellseher sein, um zu sehen, dass es in dem jungen Mann brodelte.

»Ja! Werde ich. Aber zu dem Termin heute Morgen muss ich. Das habe ich versprochen, und ich halte mein Wort.« Sie hatte Sean ernst angeblickt, und er hatte genickt.

»Na gut. Aber auf keinen Fall gehst du allein dorthin – ich komme mit dir.«

*

Greta schlug den Löwenkopf zweimal gegen die Tür, und Blanca öffnete ihnen. Sie machte einen übernächtigten Eindruck. Überrascht sah sie die beiden an, Siedenburg hatte ihr nur Frau Schönherr, die Frau von der Zeitung, angekündigt.

»Guten Morgen, wir haben einen Termin«, sagte Greta höflich und trat ein.

Sie trug einen schwarzen Hosenanzug, war dezent geschminkt und ihre Kurzhaarfrisur hatte sie glatt gestylt. Jedes Haar saß genau dort, wo es hingehörte. Sean hingegen wirkte wie das komplette Kontrastprogramm. Er folgte ihr in seinen ausgewaschenen Jeans, mit Sneakers und ungekämmt wirkenden Locken. Siedenburg wartete bereits in seinem Büro. Energisch öffnete Greta die Tür und stellt sich ohne einen Gruß vor dessen Schreibtisch. Der Firmenchef blickte sie verwirrt an. Bevor er ein einziges Wort sagen konnte, legte Greta los.

»Sie haben mich belogen«, sagte sie mit scharfer Stimme. »Belogen, benutzt und für Ihre Zwecke missbraucht.« Bedauerlicherweise fluchte Greta gewohnheitsgemäß nicht, sonst wären ihr sicherlich weitere Ergänzungen eingefallen. Siedenburg wollte sie unterbrechen, doch Greta war noch lange nicht fertig. »Wieso haben Sie mir nicht erzählt, dass Monica Korbs Witwe und gleichzeitig Ihre Ehefrau ist? Dachten Sie wirklich, ich würde das nicht herausfinden?«

Siedenburg zuckte mit den Schultern. »Was spielt meine Frau denn bei dem Mord für eine Rolle?«, erwiderte er. »Das hat doch mit der ganzen Angelegenheit nicht im Geringsten zu tun.«

Greta drehte sich zu Sean um. Er hatte recht gehabt, Siedenburg würde alles abstreiten und jede Chance nutzen, um gut aus der Sache herauszukommen. »Jetzt erzähle ich *Ihnen* mal was, Herr Siedenburg. Mir machen Sie nichts mehr vor. Sie sind der Mörder von Baumann und Ihr Hirngespinst Korb ist schon lange mausetot. Der Fall ist glasklar, genau so und nicht anders, wie es die Polizei erfasst hat. Binnen Kurzem werden Sie in Haft genommen, und daran können Sie rein gar nichts ändern.«

Greta wandte sich ab, um zu gehen. Aber etwas brannte ihr noch auf der Zunge. Sie hielt inne und dreht sich wieder zu Siedenburg um. »Wer weiß, ob Sie nicht auch Korb auf dem Gewissen haben, nur um all dies hier an sich zu reißen.« Mit diesen Worten ging Greta. In Windeseile, denn der Kerl sollte keine Gelegenheit bekommen, sie in ein Gespräch zu verwickeln. Siedenburg macht Anstalten, sie aufzuhalten, aber Sean versperrte ihm den Weg. Er blickte den Firmenchef drohend an. Als Greta zur Eingangstür hinaustrat, baute sich Sean vor Siedenburg auf und sagte einen einzigen Satz. »Wagen Sie es bloß nicht, jemals wieder in ihre Nähe zu kommen!«

*

Dann waren sie weg, und Siedenburg saß wieder an seinem Schreibtisch. Ziemlich erschlagen und resignierter als zuvor. Am liebsten hätte er alles hingeschmissen.

Sein Comchip piepste. Es war Sergej. Irgendetwas sei mit den neuen Sporen schiefgelaufen, berichtete er. Er habe die Produktion bereits gedrosselt. Gut ein Viertel der Roboter machten in dieser Sekunde bis auf Weiteres Frühstückspause. Als wenn er nicht schon genug Probleme hätte!

184

In Siedenburgs Firma arbeiteten nur noch eine Handvoll Russen, ein paar Hilfsarbeiter und eine Reihe von Mitarbeitern im Vertrieb, die er am wenigsten mochte. Trotzdem war dies nach Siedenburgs Meinung die wichtigste Abteilung, da sie das Geld hereinholte. Der Einzige, der fähig war, brauchbare Sporen zu beschaffen, war er selbst. Siedenburg warf einen Blick auf die Uhr. Kurz vor acht. Er musste zwar eigentlich zur Polizei, aber die würde warten müssen.

Siedenburg machte sich auf den Weg in die Firma. Vorher schickte er schnell das Video von der Nacht über seinen Comchip an Greta Schönherr.

Im Betreff stand: »Sie glauben nicht, wie leid mir das Ganze tut. Entschuldigung und danke für alles!« Er wusste, wie er den Menschen begegnen musste, auch wenn er sie alle miteinander nicht besonders mochte.

Privattruffière und Firmengelände
Siedenburg GmbH in Bad Bodendorf
22.11.2034, 8.07 Uhr

»Njet, sieht das nicht gut aus. Gar nix Trüffel«, sagte Sergej, während er die Schalen mit den Proben unter dem Kryo-3-D-Elektronenmikroskop positionierte. Das Wunderteil bildete die Proben in 3D und in einer unglaublich guten Bildqualität ab.

Um zu sehen, dass das Zellinnere leer war und nicht ausgekeimt hatte, hätte aber auch bereits ein normales Lichtmikroskop ausgereicht. Auf dem Bildschirm konnte man deutlich die leere Hülle der Zelle sehen. Der Ascus, ein sackartiges Gebilde, in dem die Sporen heranreifen und mit dessen Hilfe sich Pilze fortpflanzen, enthielt zwar Sporen, aber diese hatten keinen Zellkern. Sie waren, wie es aussah, steril und konnten weder auskeimen noch ein Myzel bilden. Fatalerweise, denn im anderen Fall hätten sich spätestens nach drei, vier Tagen erste Veränderungen zeigen müssen, aber die Sporen waren nicht gereift.

Siedenburg zog die Stirn in Falten. Die Botschaft dieser leeren Hülle war schonungslos – etwas stimmte mit dem aufgefundenen Trüffel nicht. Wahrscheinlich war er über Baumanns Leiche mit Brumallin in Berührung gekommen, und dabei zeigte sich ein weiteres Mal das ganze Dilemma. Zwar konnte die Firma mithilfe dieses Mittels das Trüffelwachstum enorm beschleunigen und so in rauen Mengen heißbegehrte Trüffel produzieren, trotzdem waren sie immer noch abhängig von den Trüffeln erster Generation.

Denn nur natürlich vorgefundene, unbehandelte Exemplare ließen sich für die Weiterzucht verwenden. Warum das so war, konnte Siedenburg niemand sagen. Trotz jahrelanger Forschungsarbeit. Das Einzige, was sie mit Sicherheit wussten, war, dass alle mit Brumallin in Berührung gekommenen Exemplare zwar Sporen bildeten, aber trotzdem steril und nicht keimfähig waren. Sie konnten deshalb in keiner Weise zur Impfung verwendet werden, egal, was sie probierten. Mit diesem Problem schlug er sich nun schon seit Jahren herum.

Zum Zeitpunkt der Firmengründung war es einfach gewesen, natürlich gewachsene Trüffel aufzustöbern. Zwar etwas müßig, aber machbar. In den letzten Jahren hatte er immer weniger Exemplare gefunden, selbst auf der ehemaligen Truffière. Möglicherweise verbreitete sich das Brumallin über das Grundwasser.

Svetlana, die Umwelt- und Qualitätsbeauftragte der Firma, trat neben Siedenburg. Auch sie zeigte sich besorgt. »Herr Siedenburg, wir wissen leider immer noch nicht, was die Ursache ist. Aber …« Svetlanas abwägenden Gesichtsausdruck nach zu urteilen wusste sie, dass die nun folgende Mitteilung ihrem Arbeitgeber nicht gefallen würde. »Aber, wenn wir immer weiter mit Brumallin arbeiten und keine Gegenmaßnahmen ergreifen, erklären wir die Trüffel zu einer aussterbenden Art. Auf Dauer geht es nicht so weiter. Wir können das nicht verantworten!«

Siedenburg schnappte nach Luft. »Wenn ich nicht bald eine brauchbare Lösung finde, bin ich bankrott und Sie arbeitslos. Dann bleibt Ihnen ausreichend Zeit, den rettenden Engel für die Umwelt zu spielen.«

»Sie haben mich eingestellt, damit ich mein Augenmerk in der Firma auf den Schutz unserer Arten lege. Wie soll ich so meine Arbeit machen?«

»Ich habe Sie eingestellt, weil man mich zu diesem Umweltquatsch gezwungen hat«, stellte Peter klar.

Freiwillig hätte Peter keine Frau für eine höhere Position in seiner Firma gewählt. Seiner Meinung nach brachte die Anwesenheit von Frauen nur Ärger. Dass er mit dieser Ansicht recht hatte, bewies Svetlana täglich. Sie war ihm damals als die beste Kandidatin erschienen, als sich die Gesetzeslage vor einigen Jahren geändert hatte. Seitdem gab es eine zwingende Frauenquote plus die Auflage, in jeder größeren Firma einen Umweltschutzbeauftragten zu beschäftigen. Diese beiden, aus seiner Sicht, absurden Gesetze hatten ihn genötigt, sich nach einer weiblichen Bewerberin umzusehen. Mit Svetlana hatte er auf einen Schlag beide Anforderungen erfüllt, und anfangs hatte sie auch einen äußerst guten und fähigen Eindruck gemacht. Als Chemikerin war sie, was sich Siedenburg nur ungern eingestand, das größte Talent in seiner Firma. Sie war fachlich sogar besser als Sergej, der in den letzten Jahren an Enthusiasmus eingebüßt hatte. Nur aus diesem Grund hielt er weiter an ihr fest. Noch!

Svetlana hob an, etwas zu entgegnen, doch Sergej gab ihr ein Zeichen, was Siedenburg nicht entging: Bloß nicht, sollte das wohl heißen, und damit hatte er recht. Im Moment war wahrlich nicht der richtige Zeitpunkt für Grundsatzdiskussionen. Also standen die drei schweigend nebeneinander und betrachteten die Aufnahmen.

Siedenburg dachte nach. Vollkommen unrecht hatte

Svetlana nach Lage der Dinge nicht, aber die Zukunft interessierte ihn wenig. Die Gegenwart drängte ihn zu handeln, und was das Mikroskopbild vor ihm deutlich sagte, verstand er gut: Sie brauchten Nachschub. Einen natürlich gewachsenen, reifen Trüffel, der in der Lage war, keimfähige Sporen auszubilden. Sergej hatte zwar die Produktion gedrosselt, aber da die vorhandene Sporenmenge trotz halber Kraft maximal für drei Tage ausreichen dürfte, war der Super-GAU abzusehen. Stünde der Betrieb komplett still, würde ihn das Zigtausende kosten. Die Geiselverträge mit den Großabnehmern waren frei von jeder Gnade, lieferte er nicht pünktlich, musste er schauerlich hohe Versäumnisgebühren hinblättern. Die Typen machten immer Profit. Eine große Ungerechtigkeit in seinen Augen, doch das Geschäft lief nun mal so.

Peter Siedenburg zögerte. Im Grunde genommen hatte er hier auf dem Weg zur Polizeiwache nur einen Zwischenstopp einlegen wollen. Mittlerweile war es allerdings viel zu spät, und seine Motivation, auf die Wache zu fahren, war nach dem Auftritt Gretas gegen null gesunken. Er würde dort sowieso nichts erreichen, schlimmstenfalls würden sie ihn gleich festsetzen. In der Firma bestände wenigstens die Chance, sein Lebenswerk zu retten.

»Sergej, ich kümmere mich um die Sporen. Bereiten Sie alles vor, spätestens heute Mittag haben wir Ersatz.«

*

Der Russe nickte und rieb sich seine kräftigen Oberarme. Er war erleichtert, dass Siedenburg die schlechte Nachricht so unerwartet gut aufgenommen hatte.

Sein Chef war ein Hitzkopf, daran hatte sich der Russe in den letzten Jahren gewöhnt, auch wenn ihm diese Art immer mehr widerstrebte. Wenn Siedenburg in Rage geriet, fiel es Sergej schwer, ihm sprachlich zu folgen, was den Firmenchef meist noch wütender machte.

Sergejs Deutschkenntnisse waren, obwohl er schon mehr als zehn Jahre in der Region lebte, immer noch sehr schlecht. Er ärgerte sich selbst darüber. Es war damals vom Chef unklug gewesen, alle Deutschen zu entlassen. Da er und die anderen Russen in den Wohncontainern lebten und es ihnen dort an nichts fehlte, waren sie meist unter sich geblieben. So hatten sie, was die Sprache betraf, kaum dazugelernt. Seit Svetlana zum Team gehörte, hatte sich vieles geändert. Sie war zwar manchmal eine Nervensäge, was jedoch das Thema Integration anging, hatte sie recht. Es war wichtig, Deutsch zu lernen, unbedingt, anders kam man in einem fremden Land auf Dauer nicht weiter. Einige besuchten nun auf Svetlanas Drängen hin Sprachkurse, manche zogen es vor, gleich in der Praxis zu üben, indem sie die umliegenden Diskotheken und Clubs aufsuchten. Selbst Sergej hatte in der letzten Zeit mehr Kontakt zu Deutschen, insbesondere zu deutschen Frauen.

Hotel Villa Maja in Sinzig
22.11.2034, 8.47 Uhr

»Musst du wirklich heute schon abreisen?«, fragte Sean und ließ sich auf das Bett fallen, während Greta den Schrank öffnete und ihren Trolley herausnahm.

Sie blickte skeptisch auf die neue Kleidersammlung, die sich peinlich genau aneinanderreihte. In den vergangenen Tagen hatte sie sich einiges zugelegt, hoffentlich passte das alles in ihren Koffer. »Ja, ich muss. Leider!«

Greta hatte gleich nach dem Besuch bei Siedenburg Puhlmann, den Chefredakteur, kontaktiert und ihm mitgeteilt, dass die Interviewreihe mit Siedenburg eine einzige Pleite sei. Nichts davon könnte man für eine Story gebrauchen.

»Ich bin froh, dass Puhlmann mich nicht gleich rausgeworfen hat. Zum Glück hatte er einen Interviewauftrag für mich gleich um die Ecke. Damit waren immerhin die Reisekosten nicht komplett umsonst.« Greta packte mit leerem Gesichtsausdruck weiter. »Frauengemeinschaft oder so etwas Ähnliches in Kripp. Irgendetwas Wohltätiges. Kennst du die? Eine Veranstaltung mit närrischem Frühschoppen und Basar.« Gegen Ende des Satzes wurde ihre Stimme merklich leiser.

»Fast so gut wie Trüffelköniginnen«, sagte Sean ein wenig zu spitz und schien die Bemerkung im gleichen Moment zu bereuen. »'tschuldigung. Das war blöd von mir. War echt nicht so gemeint. Bist du dir sicher, dass du den Artikel über Siedenburg nicht schreiben willst? Du hast dich so in die Sache reingehängt.«

»So etwas mache ich nicht. Wir hatten eine Abmachung, und ich bin ausgestiegen.«

»Das ist doch Firlefanz, Greta. Er hat dich belogen. Total hintergangen. Was blieb dir denn anderes übrig? Er hat sich nicht an die Abmachung gehalten und nicht du! So viel Idealismus und Rechtschaffenheit hat dieser miese Kerl nicht verdient.«

»Vielleicht nicht«, gab Greta zu. »Aber es bleibt trotzdem dabei. Die Sache ist abgehakt.«

»Schon gut! Das ist deine Entscheidung. Und letztlich kann man nur sagen: Hut ab, dass du trotz der Lügen an deinem Teil der Vereinbarung festhältst. Das hat Charakter. Echt!«

»War das ein Kompliment?« Greta schmunzelte, während sie einige Bücher vom Nachtisch griff und im Koffer verstaute.

»Ja. Klar. Schon irgendwie.« Sean lenkte das Gespräch auf ein anderes Thema. »Wir sehen uns doch in Bonn, oder?«

»Bestimmt«, antwortete Greta. Es klang vage.

Sean sah Greta verwundert dabei zu, wie sie alle Kleidungsstücke nacheinander vom Bügel nahm und auf dem Bett zu kleinen, gleichgroßen Paketen faltete. Sie war allem Anschein nach nicht nur akkurat, was ihr Studium anging. Er verschränkte seine Hände hinter dem Kopf und legte sich auf das weiche Kopfkissen. Wahrscheinlich bliebe ihm bald sehr viel mehr Zeit zu lernen, dachte Sean. Nachdem er seinem Chef gedroht hatte und sich außerdem heute Morgen kurzfristig bei der zickigen Restaurantleiterin der Schwarzen Knolle krank gemeldet hatte, könnte er dem kläglichen Kellnerjob bestimmt bald Goodbye sagen. Das war unerheblich, für so einen üblen Kerl wollte er sowieso nicht mehr arbeiten. Viel schlimmer war die Sache mit der verpatzten Klausur. Sean seufzte leise.

Als ob Greta Seans Gedanken lesen könnte, hörte sie auf zu packen und setzt sich neben ihn auf das Bett. Sean richtete sich auf und rückte ein wenig zur Seite, wodurch eines der Kleiderpakete herabrutschte.

»Sorry«, sagte er und fischte nach der Bundfaltenhose.

»Weißt du was? Ich lass den Termin sausen.«

Sean wirkte erstaunt über diese plötzliche Wandlung.

»Im Ernst, ich habe keine Lust mehr auf den Job«, redete Greta weiter. »Keine Ahnung, was ich dann mache – aber was auch immer, um die Klatschspalten zu füllen und langweilige Regionalnachrichten zu schreiben, habe ich doch nicht jahrelang Journalismus studiert! Das kann es nicht sein.« Im Anschluss daran wurde es still. Greta blickte Sean gespannt an. Was hielt er von ihren Plänen?

*

Sean wusste nicht, was er sagen sollte. Die Anstellung bei einem großen Verlag zu kündigen, bei dem wenigstens Aussicht darauf bestand, irgendwann einmal bessere Aufträge zu bekommen, war leichtfertig. Ja, fast verrückt – und verrückt, das passte irgendwie nicht zu Greta. Das wollte er ihr sagen. Aber in dem Moment legte Greta ihre Hand auf Seans.

Wenige Minuten später rutschten weitere penibel zusammengelegte Kleiderpakete zu Boden. Das mit dem Packen hatte offensichtlich noch Zeit.

Privattruffière und Firmengelände
Siedenburg GmbH in Bad Bodendorf
22.11.2034, 9.07 Uhr

»Auch das noch!« In der Sekunde, als Peter Siedenburg aus seiner Firma trat, begann es wie aus Eimern zu schütten. »Egal«, sagte er, griff sich seine dunkle Outdoorjacke sowie den Rucksack vom Beifahrersitz seines Pickups und tauschte die noblen Halbschuhe gegen für den Wald passenderes Schuhwerk ein. Den Olfaktor hatte er bereits eingesteckt. Wenn alles nach Plan liefe, könnten die Roboter spätestens übermorgen wieder in voller Auslastung arbeiten.

Der Firmenchef ging los. Einfach querfeldein. Die früher einmal gepflegten Wege zur Truffière waren seit Jahren überwuchert. Während Siedenburg auf das ehemalige Truffièregelände zusteuerte, merkte er, wie er mit jedem Schritt in dieser menschenleeren Umgebung ruhiger wurde und sein Kopf klarer. Selbst der Regen störte ihn nicht, er war einfach nur froh, weit weg von allen Menschen zu sein.

Falls er fündig würde, hätte er wenigstens den Ärger in der Firma vom Hals. Die Zeit war knapp. Beim Keimen der Sporen aus natürlich gewachsenen Trüffeln müssten sie diesmal tricksen und eine höhere Dosierung Brumallin verwenden. In dem Fall brauchten die Sporen nur 24 Stunden, um zu keimen. Manche sogar noch weniger. Die Methode nutzten sie nur in Ausnahmefällen, da die späteren Trüffel einen hohen Gehalt an fraglichen Zusatzstoffen aufwiesen. Das Brumallin baue sich in diesem kurzen Zeitraum kaum ab, und der Chemiecocktail sei nicht förderlich für den menschlichen Organismus, warnte ihn Svetlana in diesen Fällen für gewöhnlich.

Das war zugegebenermaßen nicht günstig, aber was blieb ihm anderes übrig?

Svetlana war für ihn ein Mysterium. Ihr war es neben dem Zehnstundentag in der Firma und den vielen Möglichkeiten zum Zeitvertreib, die er seinen Mitarbeitern bot, gelungen, in einem Abendkurs akzentfreies Deutsch zu erlernen. Die Russin fügte sich vorbildlich in die deutsche Kultur ein, was Siedenburg mit Argwohn beobachtete. Zum Glück taten es ihr die anderen Russen nicht nach. Sergejs Wortschatz war erfreulich begrenzt, und das durfte, wenn es nach Siedenburg ging, auf ewig so bleiben.

Aber Svetlana lernte nicht nur Deutsch, sie zeigte sich auch sonst rebellisch. Wäre sie nicht ein solches Ass, hätte Siedenburg sie längst nach Russland zurückgeschickt. Permanent äußerte sie Bedenken gesundheitlicher Art, die er meist damit abtat, dass man Trüffel sowieso nicht in rauen Mengen verzehren würde und kleinere Portionen völlig unbedenklich seien. Die Sache dürfe man nicht so eng sehen. Mit einer solchen Antwort gab sich Svetlana nicht zufrieden. Sie war kleinlich, eben eine Frau, und sie diskutierte ohne Ende. Siedenburg, der es nicht gewohnt war, in seiner Firma Widerworte zu erhalten, hatte ihr schon öfter in ruppigem Ton deutlich gemacht, dass es einzig und allein seine Meinung sei, die ausschlaggebend und gefragt wäre – und sonst keine.

Doch Svetlana war nicht kleinzukriegen. Selbst der Versuch, sie mit einer Gehaltserhöhung zum Schweigen zu bringen, fruchtete nicht. Sie hielt an ihren wirklichkeitsfernen Ansichten fest, wie all diese idealistischen, unbelehrbaren Weltverbesserer, die immer mit dem Kopf durch die Wand wollten. Sie hatte deutliche Parallelen zu Greta Schönherr, dachte Siedenburg, während er den Boden absuchte. Nirgendwo die Spur eines Trüffels.

Die Damenwelt, ach, die ganze Welt an sich, hatte sich in den letzten Jahrzehnten vollkommen verändert. Es gab immer weniger Frauen wie Monica, was an sich kein Verlust war. Sie hatte seit jeher auf Idealismus gepfiffen. Nur deshalb war Korb für sie vor vielen Jahren von Interesse gewesen. Er war ein großer Fang, wenn nicht sogar der Hauptgewinn. Es war offenkundig, aus welchen Gründen sie sich damals an Johannes-Claudius herangeworfen hatte und welche Pläne sie mit ihm verfolgte.

Inzwischen waren ihm all die Svetlanas und Gretas dieser Erde, auch wenn sie leidige Nervensägen waren, weitaus sympathischer als eine einzige Monica.

Privattruffière und Firmengelände S & K GmbH in Bad Bodendorf
08.05.2023, 9.07 Uhr

»Darf ich dir jemanden vorstellen, Peter?«

Siedenburg drehte sich überrascht um. Das war Korbs Stimme. Eigentlich sollte er im Urlaub sein. Siedenburg studierte gerade die Unterlage zu einer Reihe neuer Proben mit verringerter Brumallinkonzentration und war sowieso nicht gerade bester Laune. »Was machst du denn hier und …?« Siedenburg brach schlagartig ab, als ihm klar wurde, wer neben seinem Geschäftspartner stand. »Vorzustellen brauchst du mir die Dame nicht.«

Peter hatte Monica sofort erkannt. Sie war älter geworden, unübersehbar, an eine Elfe erinnerte nur noch ihre Größe. Trotzdem, vom ersten Moment an fühlte der sonst so beherrschte Siedenburg, dass ihn ihre Nähe aufwühlte.

Monica lächelte ihn offen an. Sie war gekleidet, als wollte sie zur Oscarverleihung.

»Was machst du hier?«, fragte Siedenburg nun an Monica gerichtet und vermied es, ihr in die Augen zu schauen.

»Die Gegend, das Ahrtal, ist mein altes und ab heute auch mein neues Zuhause.« Nach diesen Worten sah sie triumphierend zu Korb, der ebenso sieghaft zurücklächelte. Ein grausamer Anblick, wie Siedenburg befand, und das allein war noch nicht alles. Johannes-Claudius hatte seit langer Zeit mit Siedenburg eine Rechnung offen, was Monica anging. Diesen Moment wollte er offensichtlich auskosten, denn er hielt Monicas Hand hoch, direkt vor Peters Gesicht. An ihrem Finger befand sich ein ausladender Ring. Sechsreihig und besetzt mit unzähligen kleinen Brillanten.

»Acht Karat Rotgold«, sagte Korb, während er den Ring an Monicas Hand drehte, als wäre er ein Schmuckverkäufer. »Und 512 Brillanten.«

»Tiffany!«, ergänzte Monica. Sie klang wie ein Kind, das an Weihnachten letzten Endes doch noch die langerhoffte Puppe erhalten hatte. Tiffany! Als würde dieses eine Wort allein schon alles aussagen.

»Fein«, sagte Siedenburg, so gleichgültig, wie es ihm möglich war.

»Wir haben vorgestern geheiratet«, sagte Korb stolz.

Siedenburg verzog keine Miene.

»Ach, fantastisch. Gratulation.« Peter hatte eindeutig genug gehört. »Freut mich für euch. Aber leider muss ich dringend weitermachen, eine Menge Arbeit, entschuldigt«, sagte er und wandte sich demonstrativ seinen Proben zu.

So viel Glückseligkeit und Glitzer konnte er keinen Moment länger ertragen. Gottlob hatte Korb auf dem Flur Sergej und die anderen Russen entdeckt, und so zog das Paar weiter. Hier hatten sie ihren großen Auftritt ja bereits gehabt.

Peter Siedenburg musste den glückseligen Zustand seines Geschäftspartners, der sich zusätzlich zur Übernahme der halben Firma noch einen Teil seines Anwesens in Remagen erpresst hatte, nicht lange ertragen. Zum Glück, denn sonst hätte ihm Siedenburg bald schon freiwillig den Rest zum Kauf angeboten und sich nach einer neuen Bleibe umgesehen.

So weit kam es nicht. Es dauerte lediglich zwei, drei Monate, bis Monica das Interesse an ihrem Ehemann verlor. Vorausgesetzt, dass jemals wirklich welches bestanden hatte. Die Tatsachen waren überdeutlich: Durch die Heirat war sie ausreichend mit allem versorgt, was sie schätzte, und sie verbrachte einen Großteil des Tages damit, Korbs Geld für exklusive Kleider, Schmuck und Friseurtermine hinauszuwerfen. Korb war ihr vollkommen verfallen und schlug ihr keinen Wunsch ab. Dinnerpartys, eine neue Gartenanlage, luxuriöse Autos in unmöglichen Farbtönen, deren Anblick Siedenburg fast Tränen in die Augen trieb. Diese Frau hatte einfach keinen Geschmack, was nach Ansicht Siedenburgs schon allein die Entscheidung für Korb bewies.

Siedenburg beobachtete dies alles aus der Ferne. Mit Argwohn. Er machte einen gewaltigen Bogen um das Eheglück. Aber es zeigte sich, dass selbst meilenweiter Abstand nicht ausreichte, wenn Monica sich etwas vorgenommen hatte. Sehr bald schon legte sie es darauf an, Siedenburg bei jeder Gelegenheit über den Weg zu laufen. Anscheinend hatte sie sich seit der Schulzeit kaum verändert. Nach der Eroberung eines neuen Kandidaten, verlor sie schnell das Interesse. Ohne Gewissensbisse wandte sie sich dem nächsten zu oder kombinierte das Ganze, wenn es die finanziellen Gegebenheiten erforderten. Gerne hatte sie schon damals damit kokettiert, dass sie jeden Mann in ihren Bann ziehen konnte. Jeden! Hatte sie erst einmal ihre Angel ausgeworfen, gab es kein Entkommen.

Dass dies auch heute noch auf alle Männer zutraf, würden manche bestreiten, denn Monica hatte in den letzten Jahren an Ausstrahlung und Anziehungskraft verloren. Aber Siedenburg war offensichtlich ein leichtes Opfer gewesen. Er hatte definitiv Nachholbedarf im Hinblick auf die Eisdielenzeit.

Das Einzige, was ihn neben seinem verletzten Stolz von Monica abhielt, war seine Firma. Er wusste, welchen Ärger er sich mit seinem Geschäftspartner einhandeln würde, wenn er mit ihr etwas anfing und die Geschichte aufflog. Deshalb widerstand er den immer eindeutiger werdenden Einladungen Monicas. Jedoch nicht lange. Wie schon erwähnt, löste sie allerlei rätselhafte Regungen in Siedenburg aus – und diese ließen sich trotz aller guten Vorsätze nicht einfach abschalten.

So kam es, wie es kommen musste. Monica machte Siedenburg Angebote, die er ein Dutzend Mal ausschlug – und dann hatte sie ihn. An einem Nachmittag sonnte sie sich splitternackt im Garten und spazierte wie aus Versehen vor Peters Fenster auf und ab. Noch am selben Tag trafen sie sich abends zum ersten Mal im Gewächshaus. Diesmal war es bei Weitem nicht so harmlos wie zu Schulzeiten. Korb besuchte zu diesem Zeitpunkt die Sauna. Ein günstiger Umstand, denn das bedeutete, dass er gut drei Stunden außer Haus war.

Siedenburg wusste nicht, wie es Monica gelang, doch er musste sich eingestehen, sie zog die Strippen, was ihn und Korb betraf. Auch wenn er sich immer wieder vornahm, sich kein weiteres Mal mit ihr zu treffen, fand er sich kurze Zeit später, bei der nächsten Gelegenheit, mit ihr im Gewächshaus wieder. Einmal sogar, als sich Korb nur wenige Schritte entfernt befand. Die Sache war chronisch. Traf Siedenburg tagsüber auf Monica und Korb, konnte er es kaum ertragen.

Monica hingegen schien das Spiel leichtzufallen – es sprach einiges dafür, dass sie die Heimlichtuereien und das Versteckspiel amüsierten.

Die Affäre mit Siedenburg blieb unentdeckt und fand ihren Abschluss mit dem Tag, an dem Korb angeblich verunglückte. In der Rückschau war dies die beste Zeit gewesen, die Siedenburg und Monica miteinander verbracht hatten. Als Siedenburg durch Korbs Verschwinden plötzlich freie Bahn hatte, gehörten die erhitzenden Zusammentreffen mit Monica bedauerlicherweise bald der Vergangenheit an.

Hotel Villa Maja in Sinzig
22.11.2034, 10.17 Uhr

Sean war im Bad verschwunden. Greta fühlte sich merkwürdig. Es verwirrte sie, was sich hier eben abgespielt hatte, und sie überlegte, ob es Sinn ergab, sich darüber viele Gedanken zu machen.

Tatsächlich war diese ganze Woche so verrückt und anders verlaufen, als sie geplant hatte, dass ihr die Sache mit Sean noch als das Alltäglichste von alldem erschien. Während sonst kaum ein Rädchen in ihrem Kopf stillstehen wollte, hatte sie heute Morgen keine Lust, über irgendetwas genauer nachzugrübeln. Die vergangene Woche, und insbesondere Siedenburg und seine Spielereien, hatte sie ausgelaugt. Sie war froh, dass sie das alles nun nichts mehr anging – die Sache war ein für alle Mal vorbei.

Fast wäre sie eingenickt und hätte das Aufleuchten auf dem Comchip, den sie auf dem Nachtisch abgelegt hatte, nicht bemerkt. Sie ahnte schon, dass es eine Nachricht von Siedenburg sein dürfte. Erst überlegte sie, es einfach zu ignorieren. Aber wie so oft siegte die Neugier. Greta hörte das Rauschen der Dusche im Bad und konnte sich somit sicher sein, dass Sean von ihrem temporären »Rückfall« nichts mitbekam.

Mit dem festen Vorsatz, Siedenburg kein einziges Wort abzukaufen, drückte sie den Startknopf für das Video im Anhang.

»Sie glauben nicht, wie leid mir das Ganze tut. Entschuldigung und danke für alles!« Nur diese beiden Sätze hatte Siedenburg dazu geschrieben. Greta schüttelte abschätzig ihren Kopf. Es war unfassbar, der verrückte Kerl gab einfach nicht auf. Sie wollte wirklich nur sehen, auf welche Weise er sie jetzt wieder an der Nase herumzuführen versuchte.

Der Virtual Screen des Comchip baute sich innerhalb weniger Sekunden auf und projizierte ein Bild in die Mitte des Raumes. Greta war immer wieder aufs Neue erstaunt, welche Möglichkeiten sich in diesem kleinen Gerät versteckten. Für all die verschiedenen Dinge, die der Comchip konnte, hätte man früher einen riesigen Technikraum gebraucht. Die Aufnahme war von gestern Abend und begann um 23.58 Uhr. Die automatische Bewegungskamera richtete sich gerade auf das Gewächshaus hinter Siedenburgs Anwesen aus. Zunächst konnte Greta in der Dunkelheit nichts ausmachen. Erst nach ein paar Augenblicken erkannte sie eine Bewegung auf der Verandaseite zwischen den akkurat geschnitten Formgewächsen. Es hätte wirklich jeder sein können. Greta konnte nicht einmal einschätzen, ob es sich um eine Frau, einen Mann oder vielleicht einfach nur ein Tier handelte. Sie erkannte lediglich einen dunklen Fleck, der sich langsam bewegte.

Der Bewegungssucher der hochmodernen intelligenten Kamera zoomte näher heran. Solange das Objekt seine Lage veränderte, war jedoch kein klares Bild zu sehen. Greta kniff die Augen zusammen, doch die Darstellung wurde nur noch unschärfer, denn die Linse verlor schlagartig den Kontakt und das Objektiv bewegte sich kurz orientierungslos über das rückwärtige Gelände.

Möglicherweise versteckte sich die Person hinter einem Strauch und war so aus dem Suchfeld der Kamera geraten. Diese fuhr kurz zurück in ihre Ausgangsposition, um die Suche erneut zu starten. So reibungslos funktionierte die neue, hochgelobte Technik also offensichtlich doch nicht. Greta fragte sich, ob das bereits alles gewesen war, was Siedenburg ihr zeigen wollte. Mit einem Ohr lauschte sie auf die Geräusche aus dem Bad. Sean schien ausgiebig zu duschen, das verschaffte ihr ein wenig Zeit. Bei dem, was sie bisher gesehen hatte, war nicht auszuschließen, dass sich Siedenburg selbst im Garten befunden hatte. Vielleicht hatte er auf sein Bürofenster geschossen, zuzutrauen war ihm grundsätzlich alles.

Das Bild wurde wieder klarer. Gerade fing die Linse eine Person ein, die sich auf die freie Wiesenfläche vor den großen Rückfenstern des Anwesens zubewegte. Hier vorn lag auch Siedenburgs Büro mit Aussicht auf das Rheintal. Die Person blieb stehen. Peter hatte ihr die Aufnahme mit aktiviertem Face-Zoom gesendet, so sah Greta alles genau. Das Programm rückte den dunklen Umriss automatisch näher heran. Jetzt zeigte die Videokamera, zu was sie fähig war, selbst bei Dunkelheit. Je größer der gewählte Ausschnitt wurde, desto offensichtlicher wurde, dass es sich um einen Mann handelte. Bald hatte Greta ein gestochen scharfes Bild vor sich: Es zeigte Korb, den sie von Bildern kannte, eindeutig. In seiner rechten Hand hielt er eine dunkle, etwa 20 Zentimeter lange Waffe, die er ausrichtete. Die Kamera zoomte noch näher heran. Greta erblickte alles aus nächster Nähe, als wäre sie nur wenige Zentimeter vom Gesicht des Angreifers entfernt. Sie war entsetzt. Etwas Derartiges hatte sie nie zuvor gesehen. Korbs Gesicht wirkte grotesk, die

Haut war schwulstig, fast wie rohes Fleisch. Etwas Grauenvolles musste mit ihm passiert sein. Vielleicht waren es Verbrennungen oder Narben, mutmaßte Greta.

Sie pausierte die Videoaufnahme und rückte ungläubig näher an die Projektion heran. Es waren keine Verbrennungen oder Schnittwunden – das musste etwas anderes sein.

Dann knallte es. Greta fuhr zusammen, und im gleichen Moment brach die Aufnahme ab. Als sie aufblickte, stand Sean vor ihr. Er hatte ein Handtuch um seine Hüften gelegt. Wassertropfen perlten aus seinen Locken und rannen seinen Hals hinab und über seine Brust. »Ne, oder?«

»Ich habe nur kurz reingeschaut.«

»Greta, du bist beratungsresistent!« Sean drehte sich um und ging zurück in Richtung Bad. Bei jedem Schritt hinterließ er einen wässrigen Abdruck auf dem Edellaminatboden.

Greta sah ihm hinterher. »Ich *muss* zu Siedenburg«, rief sie. »Ich muss!« Sie wusste, dass Sean das nicht verstehen würde.

»Tu, was du nicht lassen kannst. Mich allerdings kannst du dabei vergessen.«

Das Knallen der Badtür ließ Greta ein zweites Mal an diesem Morgen zusammenschrecken.

Privattruffière und Firmengelände
Siedenburg GmbH in Bad Bodendorf
22.11.2034, 11.42 Uhr

»Zum Henker!« Peter Siedenburg ließ die feuchte Erde von seinen Händen in die Mulde zurückkrieseln, die er eben mit dem Messer gegraben hatte. Heute Morgen hatte er kein Glück – selbst der Olfaktor ließ ihn im Stich. Keinen einzigen Trüffel hatte er gefunden, und dabei war er bereits seit zwei Stunden unterwegs.

In dem Moment, als er aufstehen wollte, spürte er etwas Kaltes an seiner Schläfe.

»Schön, dich mal wiederzusehen.«

Peter Siedenburg fuhr zusammen. Die Stimme kannte er. Er wagte es nicht, seinen Kopf zu drehen, denn er vermutete, dass es eine Waffe war, die sich in seine Stirn bohrte. »J. C.?« Er gab sich Mühe, das Zittern in seiner Stimme im Zaum zu halten, und streckte seine offenen Hände demonstrativ zur Seite, um zu zeigen, dass er nicht die Absicht hatte, sich zu wehren. »Ich wusste es die ganze Zeit. Du bist noch am Leben.«

»Steh auf.« Korb griff Siedenburg mit der freien Hand an der Jacke und zerrte ihn hoch. Für einen kurzen Moment waren ihre Gesichter nur wenige Zentimeter voneinander entfernt. Ein aufdringlicher Geruch umgab Korb. Die meisten Menschen hätten es wohl so ausgedrückt: Korb stank bis zum Himmel. Für Siedenburg jedoch war der Geruch fast wie Parfüm. Die Ausdünstungen seines ehemaligen Geschäftspartners rochen, als hätte er für einige Tage in Trüffelsuppe gebadet. Siedenburg sah Korb direkt an. Seine Augen weiteten sich. Die Videoaufnahmen hatten bereits gezeigt, dass mit Korbs Gesicht etwas nicht stimmte, doch die Realität übertraf Peters schlimmsten Erwartungen.

»Ja, glotz mich nur an. Schau ganz genau hin, und dann weißt du, weshalb ich zurückgekehrt bin!« Korb packte ihn und zog ihn so nahe heran, dass sich ihre Nasen beinahe berührten. Der Geruch raubte Siedenburg den Atem. Er wandte den Kopf zur Seite.

Korb zielte mit der Waffe auf Siedenburgs Stirn. Seine Stimme klang bitter. »Ist mein Anblick so grauenhaft, dass du dich wegdrehen musst, Peter? Ich bin ein lebender Trüffel. Mit Haut und Haar. Das müsste dir doch gefallen.« Er riss an Siedenburgs Kragen. In seinen Augen loderte es. »Sieh mich an! Los! Ich kann mich nur noch vor der Welt verstecken. Das Schwein von Baumann hat vor langer Zeit dafür bezahlt.« Korb machte eine Pause, möglicherweise nur, um den langersehnten Moment voll auszukosten. »Und heute … zum guten Schluss bist du Verräter endlich an der Reihe!«

Siedenburg spürte seinen Herzschlag. Es pochte in seinem Hals. Korb hatte Baumann ohne Skrupel beiseitegeschafft, und auch mit ihm würde er nicht lange fackeln. Gab es keinen Ausweg? Er musste ihn umstimmen, überzeugen, ihn am Leben zu lassen. Der Firmenchef überlegte fieberhaft, was er Korb anbieten könnte. Doch sein Gegenüber ließ ihm keine Gelegenheit dazu. Er packte ihn noch fester, während Siedenburg panisch nach Luft rang.

»Die Sache mit der Firma hätte ich dir vielleicht verziehen. Das hätte ich auch nicht anders gemacht. Dass du dir allerdings, kaum dass ich von der Bildfläche verschwunden bin, Monica angeln musstest, wirst du bereuen!« In Korbs Augen blitzte blinde Wut auf, mit der Faust schlug er auf Siedenburg ein. In den Bauch, ins Gesicht. Er zielte nicht, er schlug einfach nur zu. Als Peter auf den Boden fiel, zerrte Korb ihn wieder auf die Beine und zog ihn zu sich.

Siedenburg keuchte und hustete. »Wirklich. Wir dachten, du wärst tot!«

»Tisch mir keine Lügen auf. Du wusstest, dass das nicht stimmt. Monica hat die Leiche identifiziert. Sie muss auf den ersten Blick erkannt haben, dass ich das nicht war.«

»Davon wusste ich nichts. Ich schwöre es.« Siedenburg schrie auf und sackte in sich zusammen. Korb hatte ihm mit voller Wucht gegen die rechte Kniescheibe getreten.

»Lüg mich nicht an. Du warst die ganze Zeit scharf auf Monica, immer schon, und du hast ihr nachgestellt. Dachtest du etwa, ich sei blind und hätte das nicht geahnt?«

Peter Siedenburg schüttelte den Kopf. Er wagte es nicht zu antworten. Wenn Korb Kenntnis darüber hätte, was damals gelaufen war, wäre er ein toter Mann. Deshalb versuchte Peter, das Thema in eine andere Richtung zu lenken. »Warum hast du Baumann getötet? Warum bist du nicht zur Polizei?«, warf er ein. Er wollte Zeit gewinnen.

»Polizei? Der Scheißkerl wollte es doch nicht anders. Schleicht sich in der Nacht ins Gewächshaus und fingert an unseren Brumallin-Versuchsreihen herum. Einige Proben der Substanz hatte er schon in seiner Tasche. Es wäre nicht einfach gewesen, aber möglicherweise wäre es den Chinesen gelungen, die genaue chemische Zusammensetzung in ihren Laboren zu ermitteln. Dann wäre die chinesische Firma im Besitz unseres wichtigsten Geheimnisses gewesen. In dem Fall hätten wir einpacken können.«

Korb wischte sich über seine glänzende, schmierige Wange. Aus ein paar vergrößerten Poren triefte gelbliche Flüssigkeit. »Um ehrlich zu sein, ich wollte ihn nicht töten. Aber er war eiskalt, spionierte uns monatelang aus. Als ich ihn auf frischer Tat ertappte, zeigte er nicht die geringsten Skrupel. Wir könnten gemeinsame Sache machen, schlug er mir vor. Er, seine Geschäftspartner und ich. Ich solle ihm die Formel aushändigen, das würde die Angelegenheit deutlich abkürzen, und ich könne von da an von zwei Firmen Geld kassieren.«

Siedenburg wand seinen Kopf vorsichtig in Richtung Korb auf, er atmete schwer. »Und du hast abgelehnt?«

»Ja, ich Idiot habe abgelehnt!« Finster sah Korb zu Siedenburg. »Wie oft habe ich das in den letzten Jahren bereut. Mein Leben wäre ganz anders verlaufen, wenn ich zugestimmt hätte.« Er zerrte wieder an Siedenburg. »Du Schwein hättest weniger Bedenken gehabt. Stimmt's? Für dich zählte immer nur der Gewinn. Aber ich Trottel wollte die Formel nicht aus der Hand geben.«

»Und dann, was ist dann passiert?«, fragte Siedenburg heiser. Er musste Korb dazu bringen weiterzureden, das hier konnte nicht das Ende sein!

»Als Baumann merkte, dass ich nicht mitspiele, griff er mich an. Wie ein Irrer ging er auf mich los. Er hat mir die Brühe ins Gesicht geschüttet. Mein eigenes verdammtes Brumallin. Er warf mit den infizierten Proben nach mir – das Resultat davon steht jetzt vor dir.«

So langsam dämmerte Siedenburg, was mit Korbs

Gesicht geschehen war. »Myzeliosus brumalis? Du hast eine Trüffelhaut?« Mit einem Mal verstand Peter den Geruch, der Korb auf so umfassende Weise umgab, wie er es bei einem Trüffel noch nie erlebt hatte. Kein Wunder, denn Korbs Haut bot eine weit größere Fläche. Siedenburg sah ihn fast ehrfürchtig an – die trüffelähnliche Haut faszinierte ihn.

»Spar dir deine Begeisterung, und schau mich bloß nicht so an, sonst setzt es wieder Prügel. Das hätte dir passieren sollen!«

Siedenburg schöpfte plötzlich Hoffnung. Wenn er Korb überzeugen könnte, dass ihm geholfen werden konnte, käme er möglicherweise ungeschoren aus der Sache heraus. »J. C., sei vernünftig und hör mir zu.« Peter hob beschwichtigend die Hände vor seine Brust. »Wir beide sind Chemiker, und niemand kennt Trüffel besser als wir! Das alles lässt sich gewiss behandeln, kurieren. Wir finden eine Möglichkeit! Ich habe eine Reihe neuer Experten und eine besonders aufgeweckte Chemikerin aus Russland. Der könnte sich deine Haut ansehen. Es ist zur Hälfte deine Firma, immer noch. Daran hat sich nicht das Geringste geändert.« Ein Schlag in den Magen ließ Peter Siedenburg verstummen. Der Schmerz zog sich durch seinen ganzen Körper und in seinem Kopf drehte es sich.

»Du hast es immer noch nicht verstanden: Die Scheiß- firma interessiert mich nicht mehr. Ich will dich! Rache für all das, was du mir angetan hast. Dir war es doch recht, dass ich verschwunden war! Tot oder lebendig – war dir egal. Hauptsache, du warst mich los. Gib es zu! So konntest du alles an dich reißen: Monica und die Firma … Ich will sehen, wie du stirbst.«

Siedenburg schloss die Augen. Er spürte den Schlamm und das durchtränkte Gras, auf dem er lag. Die Feuchtigkeit wanderte in seine Kleidung. Die Erde zog ihn zu sich, in sich hinein, so wie einst Baumann. Er war außer Stande, etwas zu erwidern, Korb umzustimmen war sinnlos. Nichts, gar nichts, würde er an dessen Plan, ihn umzubringen, ändern können.

Vielleicht hatte sein ehemaliger Partner sogar recht: Er hatte es verdient, in vielfacher Weise. Und er war müde.

Doch Korb schien noch etwas loswerden zu wollen, bevor er die Sache beendete. »Das damals mit Baumann war ein Versehen. Ein hässlicher Unfall. Er ist während unserer Rangelei unglücklich gefallen. Einfach gestolpert. Es gab einen furchtbaren Knall, als er mit dem Kopf aufschlug. Danach hat er keinen einzigen Mucks mehr von sich gegeben – es war aus und vorbei. Ich wollte ihn damals nicht töten. Aber das jetzt …« Korb zielte mit ausgestrecktem Arm auf Siedenburgs Kopf. »Das jetzt, hier und heute, geschieht mit voller Absicht und mit größtem Vergnügen.«

»Nehmen Sie die Waffe runter!« Grell drang der Schrei zu ihnen herüber.

Korb fuhr herum und richtete die Waffe in die Richtung, aus der die Stimme kam. Bevor Siedenburg erkannte, wer die Person war, die schnell auf sie zukam, drückte Korb ab. Der Knall hallte durch den Wald. Vögel flogen erschrocken auf.

*

Wie ein Baum, den man gefällt hatte, fiel Greta zu Boden. Sie spürte einen Luftzug, genau in der Sekunde, als der

Schuss den ganzen Wald für einen Moment erstarren ließ. Greta trug noch immer ihren Hosenanzug. An ihren Absätzen klebte zentimeterhoch der Matsch. Während des kurzen Moments, in dem sie zu Boden fiel, fragte sie sich, warum sie bloß so töricht gewesen war, Siedenburg auf eigene Faust zu folgen. Weder bei der Polizei noch zu Hause hatte sie ihn angetroffen. Sie wusste seit dem Video, dass er in größter Gefahr war.

Der Schuss war knapp an ihr vorbeigegangen.

»Aufstehen, sofort«, schrie Korb. Er ging ein paar Schritte zurück und richtete die gestreckte Waffe abwechselnd auf Siedenburg und Greta, die sich aufrichtete und ihre Arme in die Höhe hob. »Gehen Sie zu Peter. Sofort! Und beeilen Sie sich.« Korb wischte sich mit der freien Hand über die Stirn.

»Wer immer Sie sind, heute ist nicht Ihr Glückstag«, prophezeite er und ließ Greta nicht aus den Augen.

Als sie näher trat, bemerkte sie einen merkwürdigen fauligen Geruch. Sie stellte sich neben Siedenburg, der immer noch auf dem Boden lag, und schaute zu Korb. Was hatte er jetzt vor?

»Kleine Planänderung«, murmelte Korb, und Greta fragte sich, ob er das mehr zu sich selbst als zu ihr sagte. Seine Hände zitterten. Dass er eine Stinkwut auf Siedenburg hatte, war unübersehbar, ob er allerdings jemand völlig Unbeteiligten in die Sache hineinziehen würde, war schwer abzuschätzen. Auch wenn der Mann vor ihr aussah wie ein Ungeheuer, war Greta davon überzeugt, dass er kein Unmensch war.

»Hören Sie mir zu«, begann sie. »Das was Sie da vorhaben, hilft doch niemandem weiter …«

»Umdrehen und hinknien«, befahl Johannes-Claudius.

Seine Stimme klang bestimmt, aber auch heiser. Greta gehorchte. »Glauben Sie mir, das, was ich da vorhabe, hilft mir weiter. Jahrelang habe ich mich versteckt wie ein Tier, und Peter hatte alles. Tut mir leid, aber Sie sind am falschen Tag am falschen Ort, und ich werde die Sache durchziehen. Sie sind als Erste an der Reihe.«

Greta schluchzte. »Bitte, tun Sie das nicht. Bitte.« Sie versuchte, ihren Kopf zu drehen. Sie wollte Korb ansehen, doch in der Sekunde spürte sie die Waffe an ihrem Hinterkopf.

»Schauen Sie auf den Boden! Wagen Sie es nur nicht, mich bei dem, was jetzt kommt, anzusehen! Sie sind selbst schuld. Was mussten Sie sich auch in die Sache einmischen.«

»Lass sie gehen. Sie hat nichts mit alldem zu tun«, forderte Siedenburg Korb auf.

Doch der ließ sich nicht beirren. »Halt die Klappe, Peter. Wer immer sie ist, du darfst ihr beim Sterben zusehen, und dann kommst du dran.«

Greta hielt den Blick gesenkt. Es machte keinen Sinn, sich zu wehren. Korb hatte sie in ihrer Gewalt. Ihr gingen in den nun folgenden Sekunden viele Gedanken durch den Kopf. Sie dachte an Sean, an ihren Großvater und auch an ihre Eltern. Sie fühlte, dass Korb die Waffe in seiner Hand erneut ausrichtete und sich bereit machte. Alles entrückte. Sie sah sich wie aus der Ferne – auf der Truffière, kniend, mit Korb und Siedenburg neben sich. Ein seltsames Ende, dachte Greta. In wenigen Augenblicken hätte sie es durchgestanden.

Sie hörte ein lautes Geräusch, ein Krachen, direkt neben ihren Ohren. Es musste von der Pistole stammen. Ein weiteres Mal flogen aufgeschreckte Vögel in die Höhe und beschwerten sich lautstark. Sie war noch immer am Leben.

»Sean«, entfuhr es Greta, als sie endlich den Mut hatte, den Kopf zu heben.

Korb lag auf dem Boden und stöhnte. Überall war Blut, im Gras und an Korbs Schläfe. Sean hielt in seiner rechten Hand einen dicken, in sich gedrehten Ast. Er ließ Korb nicht aus den Augen, als er den Ast fallen ließ und nach der Waffe am Boden griff. Diese richtete er auf Korb. Sean schien der Einzige zu sein, der einen klaren Gedanken fassen konnte, die beiden anderen verharrten wie benommen in der Situation.

»Ruf die Polizei an!«, forderte Sean Greta auf. »Und sag ihnen, sie sollen sich beeilen!«

Die Journalistin stand mühsam auf. Ihre Beine fühlten sich fremd an. Sie tastete mit den Fingern nach dem Comchip an ihrem Handgelenk und aktivierte wie in Trance das Display. »Danke, Sean. Du hast …« Greta konnte den Satz nicht beenden. Tränen schossen ihr in die Augen. Erst jetzt, in diesem Moment, wurde ihr bewusst, wie nah sie dem Tod gewesen war. Ihre Hände zitterten.

Es dauerte einige Atemzüge, bis sie fähig war, den Comchip vor ihren Mund zu halten und die Polizei anzurufen. »Notruf«, sagte sie sehr leise und drehte sich zu Siedenburg um, der sich halb aufrichtete. Eine Stimme fragte, wie viele Verletzte es gäbe. Sie wusste keine Antwort. Sie hätte nicht einmal sagen können, ob sie unverletzt war. Greta blickte zu Siedenburg. Schlammige Erde, Laub und Gras klebten an ihm, aber, wenn sie sich nicht täuschte, schien er weitgehend unversehrt.

Zehn Minuten später traf die Polizei am Tatort ein.

Die Sirenen durchbrachen die Stille, die die vier Personen umgab. Sie hatten sich kaum bewegt, und Sean hielt die Waffe immer noch auf Korb gerichtet.

Im ersten Moment herrschte Verwirrung. Greta selbst war unfähig, ein Wort zu sagen. Während Sean die Beamten über die Vorgänge auf der Truffière aufklärte, versorgte man die anderen. Auch Korb, dessen blutende Kopfwunde vor Ort maschinell keimfrei ausgespült und geklammert wurde. Die Sanitäter konnten während dieser Prozedur kaum ihre Augen von Korbs Gesicht abwenden. Als Rettungssanitäter hatten sie in ihrem Leben viel Grauenvolles gesehen, doch die Trüffelhaut erschreckte selbst sie. Korb ließ alles stumm über sich ergehen. Als er abgeführt wurde, traf sein düsterer Blick Peter Siedenburg.

Siedenburg, der sich strikt weigerte, sich wegen der Knieverletzung im Krankenhaus behandeln zu lassen, stand auf und hinkte auf Korb zu. Greta hielt den Atem an.

Ein, zwei Meter vor Korb, den zwei Polizistinnen am Arm hielten, um ihn zum Streifenwagen zu führen, blieb er stehen. Er überlegte. Es fiel ihm sichtlich schwer, die richtigen Worte zu finden.

»Es tut mir leid, wie alles gelaufen ist«, sagte Peter. Es klang ehrlich, fand Greta.

Sean stand neben ihr und reichte ihr seine Hand. »Lass dich bloß nicht wieder einwickeln«, sagte er leise.

Greta nickte, sie sah ihm an, dass er den Firmenchef immer noch für einen verlogenen Hund hielt, so gut kannte sie Sean inzwischen.

»Alles okay bei dir?«, wollte Sean wissen.

Greta bejahte, auch wenn ein Blick in ihr Gesicht

genügte, um das Gegenteil zu beweisen. Sie fragte sich, was wohl geschehen wäre, wenn Sean nicht rechtzeitig aufgetaucht wäre.

»Verdammt Greta, ich will gar nicht darüber nachdenken, wie das hätte ausgehen können«, sagte Sean in genau dieser Sekunde.

Autobahn A 5 Rastplatz »Aire de Repos de la Fontenelle« zwischen Langres und Dijon 19.07.2024, 3.07 Uhr

Korb nahm die Ausfahrt. Er war die ganze Nacht durchgefahren, und jetzt ging nichts mehr. Also stoppte er an einem einsamen Rastplatz hinter Langres. Bis Dijon wäre es noch ein gutes Stück.

Mittlerweile fragte sich Johannes-Claudius, ob seine übereilte Abreise nach dem Unfall im Gewächshaus wirklich eine gute Idee gewesen war. Er war in der Nacht mit einem kleinen Koffer, den Blanca bereits für ihn gepackt hatte, in Richtung Provence gestartet. Aus purer Verzweiflung, er wollte nur weg. So zu tun, als sei nichts geschehen, und den geplanten Termin auf der Truffière in Carpentras an den Hängen des Mont Ventoux anzutreten, war ihm im ersten Moment als das Klügste erschienen. Hier würde er Tuber mesentricum kaufen – eine Trüffelart, die noch nie mit Brumallin in Berührung gekommen war und sich deshalb ideal zur Sporengewinnung eignete.

Doch je weiter er fuhr, desto verrückter erschien ihm das Ganze. Baumann war tot und lag in seinem Gewächshaus. Sein Besuch in der Provence war erst für morgen angekündigt, die Polizei bräuchte nur eins und eins zusammenzuzählen, schon hätte sie den Täter. Zumal an Martin Baumann sicher genügend Spuren zu finden waren, die diese Annahme bestätigten. Aber was hätte er sonst tun können?

Korb lief an einem Kleinlaster vorbei und klappte seinen Kragen nach oben. Niemand sollte ihn sehen. Der Parkplatz war zum Glück menschenleer. In seinem Gesicht brannte es. In den reinigungsbedürftigen Toilettenräumen versuchte er von Neuem, die Brühe aus dem Gesicht zu spülen. Er stank bis zum Himmel. Der gottverfluchte Baumann hatte ihm konzentriertes Brumallin ins Gesicht geschüttet. Die Haut spannte. Es fühlte sich an, als nagte sich die Substanz wie eine Raupe in sein Gesicht hinein, und der marode Spiegel auf der Herrentoilette verriet ihm, dass es auch so aussah, als würde etwas Derartiges gerade passieren. Es war kein Tier, aber es schien trotzdem lebendig zu sein.

Als Korb aus dem Toilettenhaus trat, bemerkte er einen Mann hinter dem Steuer des Kleinlasters. Er saß auf dem Fahrersitz, umgriff das Lenkrad und starrte nach draußen. Er schien den Mann mit dem seltsam entstellten Gesicht zu beobachten. Korb beeilte sich, an dem Fahrzeug vorbeizugehen, und bemerkte aus dem Augenwinkel, dass sich nichts in dessen Innern regte. Der Kopf blieb regungslos geradeaus gerichtet. Korb war schon vorbei, da hielt er inne. Mit dem Fahrer des Kleinlasters stimmte etwas nicht. Auch wenn Johannes-Claudius den festen Plan gefasst hatte, nirgendwo auffallen zu wollen, konnte er jetzt nicht einfach so weitergehen.

»Hallo«, rief er und klopfte mit der Hand gegen die Frontscheibe.

Der Fahrer, schätzungsweise 50 und womöglich Pole oder Rumäne, bewegte sich nicht. Korb öffnete die Fahrertür, im selben Moment fiel ihm der Mann vor die Füße. Er war steif.

Nie zuvor hatte Korb eine Leiche gesehen und nun, in den letzten beiden gottverfluchten Tagen, waren es gleich zwei. Korb war kein Arzt, aber er war sich sicher, dass dem Mann nicht mehr zu helfen war. Er war tot, vielleicht schon seit Stunden. Äußerlich wirkte er unverletzt. Womöglich ein Schlaganfall oder Herzinfarkt.

Korb erschrak kurz über die eigenen, kaltblütigen Gedanken, die sich ihm in dieser Sekunde aufdrängten. Wie konnte er nur derart skrupellos beim Anblick eines unschuldigen Toten sein? Die Idee war ohnehin wahnwitzig und zum Scheitern verurteilt, sagte sich Korb, aber dann kam ihm der Gedanke, dass der Tote ein Wink des Himmels sei. Es war der einzige Ausweg aus dieser aussichtslosen Lage, in die er unverschuldet geraten war. Er hatte Baumann nicht absichtlich getötet, und nun bot sich ihm eine letzte Chance – er könnte glimpflich aus der Sache herauskommen.

Korb blickte sich um. Ihm blieb nicht viel Zeit zu überlegen. Der Parkplatz war immer noch wie ausgestorben. Er griff den Mann unter den Armen und bugsierte ihn rückwärtsgehend zu seinem Hybrid-Porsche. Es war kein Leichtes, ihn auf den Beifahrersitz zu hieven.

So fuhr Korb weitere 500 Kilometer, bis er schließlich an seinem Ziel eintraf. Die Gegend kannte er nur aus dem Fernsehen, er hatte sie bei einer Bergfahrt der Tour de France gesehen, und wie erwartet eignete sie sich bestens für sein Vorhaben.

Johannes-Claudius hatte die ideale Stelle gefunden. Nicht direkt am Gipfel des Mont Ventoux, sondern ein paar Kilometer tiefer gelegen in Richtung Malaucène. Die Gegend erinnerte an eine Mondlandschaft. Die Sonne kämpfte sich durch die Dunkelheit und ließ erkennen, wie karg die Vegetation an diesem Ort war. Kein einziger Strauch, nicht mal ein Grashalm, stattdessen Geröll und noch mehr Geröll. Eine surrealistische, fremdartig wirkende Welt, in der Korb die Flammen, die sich vor ihm ausbreiteten, nicht einmal unpassend erschienen.

Er fragte sich, ob sein Plan aufgehen würde. Fast schien ihm alles zu einfach, doch es war seine einzige Rettung. Seinen Ring und Ausweis hatte er dem traurigen Mann zugesteckt, der sein altes Leben nun zu einem Ende führen sollte. Dann hatte er ihm zu einem spektakulären Abgang verholfen, von dem die Familie des Mannes leider nie erfahren sollte. Korb hatte die feste Absicht, wenn etwas Gras über die Sache gewachsen war, herauszufinden, ob der Tote noch Angehörige hatte, und wenn ja, ihnen zum Dank für diesen letzten Dienst Geld zu senden. Den Ausweis und alle privaten Dinge aus dem Transporter hatte er eingesteckt.

Korb selbst standen ab jetzt nur noch ein paar Geldbündel, seine Notreserve, zur Verfügung, die ihm hoffentlich bei seinen nächsten Schritten genügen sollten. Er musste zusehen, wie er von hier aus unauffällig nach Jullouville in der Nähe von Granville kommen konnte. Artur und seine Frau würden Augen machen, aber er war überzeugt, sie würden Stillschweigen bewahren und ihm helfen. Er hatte seinem Cousin, der als Austernfischer in Cancale arbeitete, schon unzählige Male ausgeholfen. Korb war noch nie geizig gewesen und hatte sogar das Haus am Meer mitfinanziert. Artur und Colette hatten ihm im Gegenzug versprochen, dass er bei ihnen jederzeit nach Lust und Laune Urlaub machen dürfe. Sie hatten ein hübsches Ferienappartement, das im Sommer durchgehend ausgebucht war und wahrscheinlich weitaus mehr einbrachte als die Austernfischerei. Doch er war nie dazugekommen, dieses Angebot wahrzunehmen. Seit er mit Monica verheiratet war schon gar nicht, denn sie hatte es immer in den exklusiven Süden Frankreichs gezogen.

In Kürze würde sich das allerdings ändern, und dieser erste Aufenthalt könnte ziemlich lange dauern.

Privatanwesen »Zur Waldburg« der Familie Siedenburg in Remagen
22.11.2034, 14.07 Uhr

Peter Siedenburg hatte sich geweigert, seinen Pick-up an der Truffière stehen zu lassen. Da Greta ihnen keinesfalls mit dem verletzten Knie allein hatte fahren lassen wollen, hatte sie ihn überredet, Sean das Steuer zu überlassen.

Sean hatte vor sieben Jahren als einer der Letzten noch einen Führerschein erworben. Seitdem die Autos autonom fuhren, gab es nur noch wenige Menschen, die sich diesen Luxus – oder Unsinn, wie Greta es nennen würde – leisteten. Die meisten, und zu denen gehörte Greta, vertrauten lieber auf die Technik als auf einen Menschen, der, wie man wusste, unzählige Fehler machte. Die Zahl der Toten war seit Einführung der Autonomen Fahrstaffel um 83 Prozent gesunken. Ein solches Ergebnis sprach wohl für sich.

Darum war Greta heilfroh, als Sean endlich in die Einfahrt zum Anwesen »Zur Waldburg« abbog. Ab hier würden sie den Eifel-Null-Energie-Express nehmen. Wo auch immer er sie hinbringen sollte, denn im Moment war ihr nicht so recht klar, wie es jetzt weiterging. Der Auftrag »Siedenburg« war abgeschlossen, auch wenn es sich nicht wirklich so anfühlte. In ihrem Kopf herrschte immer noch das totale Chaos, das sich nicht ordnen lassen wollte.

*

Als sie die Einfahrt entlangfuhren, kam ihnen ein Elektrowagen der Siedenburg GmbH entgegen. Peter sah verwundert aus dem Seitenfenster. Wenn er sich nicht irrte, saß auf dem Rücksitz Sergej. Dieser Umstand ließ ihn stutzen, denn seine Mitarbeiter lud er im Allgemeinen nicht auf sein Privatanwesen ein. Nicht einmal Sergej. Was hatte er hier verloren?, fragte sich Siedenburg. Eigentlich gab es nur einen triftigen Grund: Er hatte wichtige, nicht mehr länger aufschiebbare Neuigkeiten aus der Firma überbracht. Doch selbst das würde er für gewöhnlich über den Comchip erledigen. Der Firmenchef drückte auf das Display an seiner Hand. Es war keine Nachricht eingegangen. Er nahm sich vor, Sergej zu Hause zu kontaktieren. Später.

»Sie kommen selbstverständlich beide mit hinein«, sagte Siedenburg, als der Pick-up ruckartig vor dem Hauptgebäude abbremste.

Sean und Greta lehnten freundlich ab. Sie sahen erschöpft aus, dennoch ließ Peter keinen Widerspruch zu. Er war den beiden etwas schuldig – nicht gerade wenig. Sie hatten ihm heute Kopf und Kragen gerettet, und nach allem, was er gerade erlebt hatte, war er in sentimentaler Stimmung. »Kommen Sie! Bitte! Ich will jetzt einfach nicht alleine sein. Glauben Sie mir, meine schräge Frau oder Blanca sind momentan keine angenehme Gesellschaft.«

»In Ordnung, aber nur kurz«, gab Greta klein bei. Sie stützte Siedenburg, als sie die Treppe zum Haupteingang hinaufgingen. Immer noch lag Nebel über dem gesamten Gelände, obwohl es schon nach Mittag war. Sean reichte Siedenburg an der Tür dessen längst veraltetes Schlüsselbund, und Siedenburg sperrte auf. An der Tür stürzten sich ihnen die Dobermänner entgegen, die Siedenburg mit wütender Stimme verjagte. »Verdammte Tölen.«

Die Hunde drehten ab und liefen auf beiden Seiten die geteilte Treppe zum oberen Geschoss hinauf. Die Viecher wären das Erste und garantiert nicht das Letzte, was bald aus seinem Haus verschwinden würde, dachte Peter Siedenburg. Ab heute würde sich hier einiges ändern. Erst im Auto, während der Fahrt, hatte er realisiert, welche Tragweite die Begegnung mit Korb für sein gesamtes Leben haben würde.

Nicht nur, dass damit seine Unschuld bewiesen war und die Polizei ihn endlich in Frieden lassen würde, es gab da noch einen anderen, viel erbaulicheren Umstand. Nachdem er den ersten Schock überwunden hatte, war ihm eins klar geworden: Jetzt, da Korb wieder aufgetaucht war, würde sein Anteil der Firma an ihn zurückfallen – auch wenn er ein Mörder war, änderte dies nichts an der Rechtslage. Damit hatte Monica keinerlei Anspruch mehr auf die Firma. Das hatten sowohl Korb als auch Siedenburg unabhängig voneinander per Ehevertrag vor der Hochzeit geregelt.

Auch wenn sie beide für eine viel zu lange Zeit Monica verfallen gewesen waren, so waren sie, was ihre Besitztümer betraf, durch und durch Geschäftsmänner geblieben. Durch den vorgetäuschten Unfalltod Korbs hatte Monica die Hälfte der Firma geerbt. Bei einer Scheidung allerdings ginge ihre gemeinsame Ehefrau leer aus – zumal die zweite Ehe nach jetzigem Stand vermutlich ungültig war. All diese Erwägungen führten dazu, dass Peter Siedenburg zum ersten Mal seit sehr langer Zeit wieder bestens gestimmt war. Trotz seines verletzten Knies und der Erlebnisse der vergangenen Stunden. Fast war es, als würde er aus einem langen Dämmerschlaf erwachen, und er freute sich auf den Moment, in dem er Monica all diese Nachrichten unterbreiten würde. Sie könnte sofort ihren Krempel packen. Hier hatte sie nichts mehr verloren.

»Monica!«, rief er.

Laute Musik schallte aus dem oberen Stockwerk. Er versuchte es ein zweites Mal. Man hörte die Hunde bellen und Stimmen. Die Musik verstummte. Zuerst erschien Blanca auf der Treppe. Sie hatte Make-up aufgelegt und trug einen kurzen, knallig bunten Rock.

»Herr Siedenburg?«, fragte sie befremdet, während sie ihre locker hochgesteckten Haare richtete. »Ich dachte, Sie bleiben heute länger in der Firma und essen auswärts.« Sie umklammerte den Treppenlauf.

Siedenburg antwortete ihr nicht, er behandelte sie wie Luft. Blanca dürfte ebenso ihre Koffer packen und gemeinsam mit den Viechern und Monica aus seinem Haus verschwinden. Mit Nachdruck rief Siedenburg ein weiteres Mal nach seiner Frau. »Monica, verflucht noch mal. Komm runter, ich muss mit dir reden!«

Greta nahm Seans Hand. »Ich fühle mich fehl am Platz. Vielleicht sollten wir gehen?«

»Nichts da, Sie bleiben«, bestimmte Siedenburg. »Sie sind meine Gäste. Wenn jemand unerwünscht ist, dann sicher nicht Sie.«

Blanca stahl sich in Richtung Küche davon, wohingegen Monica sich endlich am Treppenaufgang zeigte. Auch sie schien verwundert, Peter Siedenburg zu sehen, doch sie gab sich Mühe, das zu überspielen. »Oh, mein lieber Ehemann. Ob das ein kluger Schachzug ist, hier aufzutauchen?« Gemächlichen Schrittes stieg sie die Treppe hinab und gab acht, keine der Stufen zu verfehlen. Sie war auffallend elegant gekleidet, trug aber zu ihrem silbernen Kleid keine Schuhe. »Du weißt wohl nicht, dass dich die Polizei überall sucht? Was hast du nur für ein Ding gedreht? Es sieht nicht gut für dich aus, mein Schatz.«

Nun stand Monica direkt vor ihm, klein und trotzdem eine auffällige Erscheinung. Vielleicht lag es an ihrer selbstgefälligen Art, vielleicht auch daran, dass sie sich ihrer Sache so sicher war. Monica ging schaukelnd an Siedenburg vorbei, musterte Greta und Sean abschätzig und schritt weiter in Richtung Wohnbereich.

»Komm, Schatz, und bring deine neuen Freunde mit. Einen letzten Drink willst du dir sicher noch genehmigen.« Allem Anschein nach hatte sich Monica selbst schon einiges genehmigt. Sie wankte und hielt sich mit beiden Händen am Rahmen der Wohnzimmertür fest.

»Bitte!« Mit ausgestreckter Hand lud Siedenburg seine jungen Gäste ein, einzutreten und im Wohnzimmer Platz zu nehmen, während Monica dazu ansetzte, alle mit Hochprozentigem zu versorgen.

»Cognac, Wodka, Whisky, Trüffellikör?« Beim letzten Angebot verdrehte Monica demonstrativ die Augen. »Was mögen die Herrschaften?«

Peter blieb stehen, während Sean und Greta sich auf das in barockem Stil restaurierte Kanapee in Bordeauxrot mit golden verziertem Holzrahmen setzten.

Siedenburg verschränkte die Arme vor der Brust. »Monica, reiß dich zusammen«, warnte er seine Frau.

»Ein Wasser«, antwortete Greta. Ihr war anzusehen, dass sie die Spannung, die in der Luft lag, kaum ertragen konnte.

»Ein Wasser, Blanca!«, rief Monica belustigt in die Küche. »Für den Herrn sicher auch. Hoffentlich führen wir derartig Exklusives!« Monica amüsierte sich offensichtlich prächtig über ihren Kommentar. Danach war es unbehaglich still, bis Blanca, nun eher bieder bekleidet und frisiert, mit einem silbernen Tablett das Zimmer betrat. Zwei Gläser und eine Karaffe mit Wasser stellte sie neben Sean und Greta auf einen vornehmen Beistelltisch. Den Blick hielt sie dabei gesenkt.

»Hat dich die Polizei etwa noch nicht gefunden, oder bist du so dämlich, dass du dich hier verstecken möchtest?«, platzte Monica heraus. »Die Polizei kam heute Morgen mit einem Haftbefehl vorbei, um dich abzuholen. Leider warst du ja nicht aufzufinden. Wie gerne wäre ich dich Idiot sofort losgeworden. Doch da bist du wieder, ungepflegt und dreckig wie immer, und ruinierst mein vor wenigen Monaten renoviertes Wohnzimmer. Du bist mir eine Erklärung schuldig!«

Siedenburg ignorierte ihren Redeschwall. »Ich glaube, wenn hier jemand jemandem eine Erklärung schuldig ist, dann wohl eher du mir. Warum hast du Korbs Leiche in Frankreich identifiziert, obwohl du genau wusstest, dass der Tote ein Fremder war?«

Siedenburg sprach das Thema ohne Umwege an.

Das überhebliche Lächeln Monicas wechselte zu einer finsteren Miene. »Es war Johannes, was redest …?«

»Schwachsinn, Monica. Du weißt genau, dass er es nicht war.«

Monica blieb starrköpfig, sie bestritt den kleinsten Zweifel und warf Peter vor, herzlos zu sein.

Siedenburg platzte fast der Kragen. »Monica, könntest du einmal in deinem Leben ehrlich sein? Dieser Tote, von dem du die ganze Zeit redest, wurde gerade eben ziemlich lebendig von der Polizei abgeführt.«

Das Gesicht seiner Frau verlor jegliche Farbe. »Du lügst. Das kann nicht sein!«

»Aber ja, frag meine beiden Gäste, wenn du mir nicht glauben möchtest.«

»Und was ist mit der Leiche, die auf unserem Gelände gefunden wurde?«

»Du meinst Martin Baumann?«

Monica nickte. Mit einem Mal schien sie wieder fast nüchtern.

»Dafür ist dein toter Ehemann verantwortlich. Korb wurde schon verhaftet. Er sagt, es war kein Mord, sondern lediglich ein Unfall. Mit ein wenig Glück hast du deinen alten Ehemann also bald wieder, und das Wunderbare daran ist, unsere Ehe ist damit hinfällig … mein Schatz.«

Die Aussage wirkte für einige Augenblicke bei Monica nach. Anhand ihres Mienenspiels konnte Siedenburg verfolgen, dass ihr allmählich bewusst wurde, wie ungünstig diese Entwicklungen für sie waren. Es klang fast weinerlich, als sie sagte: »Aber Peter, das ist nicht dein Ernst. Egal, was war, du bist doch mein Mann.«

Siedenburg zog die Schultern hoch. Es wäre ihm lieb gewesen, die ganze Sache wäre ihm gleichgültig. Aber so egal, wie er es sich wünschte, war ihm seine Ehefrau trotz allem nicht.

Er drehte sich zum Fenster und gab mit fester Stimme zurück: »Allem Anschein nach bin ich nicht dein Mann. Im Gegensatz zu mir hast du das all die Jahre gewusst. Ich wäre dir dankbar, wenn du heute noch von hier verschwinden würdest.«

Monica schüttelte ungläubig den Kopf. »Das traust du dich nicht!« Sie ging wutentbrannt ein weiteres Mal zum Spirituosenschrank und schüttete sich ein Glas Cognac ein. Das halbvolle Glas leerte sie in einem Zug. »Das traust du dich nicht, du schiebst mich nicht aufs Abstellgleis.«

Völlig unvermittelt mischte sich Greta in das Gespräch ein. »Wo waren Sie eigentlich an dem Abend, als Johannes-Claudius Korb verschwand?« Bisher hatte die Journalistin nur still dagesessen und das Geschehen beobachtet.

»Was geht Sie das an?«, entgegnete Monica angriffslustig und schenkte sich nach.

Greta ließ sich nicht abwimmeln. »Ich frage mich, wer an diesem Abend Baumanns Leiche vom Gewächshaus zur Truffière gebracht hat. Korb hat der Polizei gesagt, dass er umgehend geflüchtet sei. Baumann lag zu diesem Zeitpunkt noch im Gewächshaus. Warum sollte Korb lügen, nachdem er die gesamte Schuld auf sich genommen hat?«

Siedenburg verstand, worauf Greta hinauswollte. Irgendjemand musste die Leiche wegtransportiert haben. Aber wie und vor allem warum? Korb war es bestimmt nicht gewesen. Er hatte sich damals in derselben Nacht auf den Weg nach Frankreich gemacht, wo er am Morgen wahrscheinlich den Unfall inszenierte. Außerdem: Wenn er die Leiche weggeschafft hätte, hätte es erst einmal keinen Grund für eine Flucht gegeben. Greta hatte recht, jemand anders musste an der Sache beteiligt gewesen sein. Seine Augen fixierten Monica.

»Da liegt Frau Schönherr verdammt richtig – oder was würdest du sagen, Monica?«

»Schau mich nicht so an, Peter! Vielleicht warst du es ja, der die Leiche auf der Truffière verscharrt hat. Ja, du!

Das würde zu dir passen! Du hast es getan, um deine Firma zu retten. Das Einzige, was dir wichtig ist.«

»Ich war an diesem Abend mit einer Grippe und hohem Fieber im Bett. Ich konnte kaum klar denken. Du hast mich an dem Abend noch besucht. Daran musst du dich doch noch erinnern?«

»Ich erinnere mich an gar nichts«, gab Monica mit einem Lächeln zurück. »Du nimmst dich wie immer zu wichtig, mein lieber Peter.«

»Entschuldige, Schatz, ich habe natürlich vergessen, dass du dich einzig und allein für dich selbst interessierst.« Der Ton zwischen dem Paar wurde immer schärfer. »Aber da wären wir genau beim richtigen Thema. Ich war krank, aber wo warst du? Du warst zu Hause an dem Abend, denn, wie gesagt, du warst am frühen Abend bei mir. Wo warst du danach?«

Monica schluckte und ging im Zimmer auf und ab, wie ein eingesperrtes Tier. »Was weiß ich, wo ich damals war. Vielleicht einkaufen.«

»Um die Uhrzeit?«, mischte sich nun Sean ein.

»Oder in einem Club? Was weiß ich? Das Ganze ist viele Jahre her. Verdammte Scheiße, ist das ein Verhör?« Monica machte sich auf, den Raum zu verlassen, aber Siedenburg versperrte ihr den Weg. Sie schlug mit den Fäusten gegen seine Brust. »Verdammt Peter, lass mich durch!«

Doch Peter Siedenburg dachte nicht daran, von Monica abzulassen. »Du warst es! Du warst im Gewächshaus. Dort haben wir uns immer getroffen.«

»Aber du warst doch gar nicht dort an dem Abend! Du warst krank. Was ihr da behauptet, ist hirnverbrannt. Hört auf mit dem Unsinn!« Monica schlug weiter um sich, bis Siedenburg schließlich ihre Hände zu greifen bekam. Er zog sie zu sich heran und beugte sich vor. Sie drehte den Kopf weg.

»Vielleicht war nicht ich es, mit dem du dich treffen wolltest. Möglicherweise gab es da noch einen anderen.« Monica versuchte alles, um sich zu befreien, aber ihr Ehemann ließ nicht locker. »Irgendwann habe auch ich dir nicht mehr gereicht. Stimmt's? Baumann war jung und gut aussehend, bevor du ihn eingegraben hast. Genau dein Format. Geld hattest du durch Korb genug, darauf musstest du im Fall von Baumann also ausnahmsweise nicht achten.«

»Was erlaubst du dir? Du bist doch vollkommen irre!«, schrie Monica und riss sich los.

Sie stürmte zur Perfect-Home-Hausanlage und hielt ihren Zeigefinger vor den Aktivierungsknopf, der das gesamte Haus und die Telefonie steuerte. »Peter, du bist selbst schuld. Ich ruf jetzt die Polizei.«

»Nur zu.«

Nun meldete sich Sean wieder zu Wort: »Bei der Gelegenheit können Sie auch gleich eine DNA-Probe abgeben. Ich wette darauf, Ihre Spuren lassen sich am Tatort nachweisen.«

Siedenburg durchschaute den Bluff. Nach so langer Zeit dürfte nichts mehr zu finden sein, trotzdem verfehlte die Bemerkung ihre Wirkung bei Monica nicht. Sie ließ von der Anlage ab und stürzte zur Balkontür. Greta bekam sie im Vorbeilaufen am Arm zu packen. Monica, der man aufgrund ihrer Größe wenig Kraft zutraute, holte aus und hieb mit der freien Faust in Richtung Gretas Kinn. Mit voller Wucht.

Greta schrie schmerzerfüllt auf, fiel zurück auf das

Kanapee und ließ Monicas Arm los. Monica preschte weiter zur Tür. Hier kam ihr Sean zuvor, der sich mit einer Größe von gut 1,90 Meter vor ihr aufbaute. Er blickte auf Monica hinab, wie auf ein Kind, und musste kein einziges Wort sagen. Monica hob beschwichtigend die Hände und ging einige Meter zurück, um sich schließlich in einen der roten Sessel fallen zu lassen.

»Blanca, ich brauch was zum Hinunterspülen. Was Ordentliches«, rief sie.

»Und ein Eispaket«, ergänzte Siedenburg, der sich gerade Gretas Kinn aus der Nähe ansah. »Du bist eine Irre, Monica. Eine verfluchte Irre!«

»Genauso irre wie du, mein lieber Peter. Du hast das Spiel von Anfang an mitgespielt!«

Monica zeigte anklagend auf Siedenburg. »Erzähl mir nicht, dass du die Story mit dem Unfall jemals geglaubt hast! Dir war das alles recht. Auch, dass Martin von der Bildfläche verschwunden war. Du steckst in der Sache genauso tief drin wie ich.«

Peter lachte siegessicher auf. Seit der Hochzeit hatte er sich von Monica vieles gefallen lassen müssen. Sie hatte die Anteile Korbs geerbt, und diesen Umstand hatte sie bei jeder Gelegenheit ausgekostet. Nun war er an der Reihe. »Nicht ganz. Ich gebe zu, dass die Umstände mir nicht missfielen. Korb hat mir das Leben schwer gemacht, ohne jede Frage … Und dieser Baumann hat in der Firma herumspioniert. Trotzdem. Ganz egal, was du behauptest, *ich* habe kein Blut an meinen Händen.«

»Nein, Peter, du hast dir die Finger nicht schmutzig gemacht. Das habe ich für uns beide getan. *Ich* allein habe damals den Weg geebnet für unser gemeinsames Leben. Nur weil ich Schneid hatte, steht die Firma heute so da. Wir haben einen Riesenerfolg. Und jetzt, da du alles hast, willst du mich vor die Tür setzen? Der Polizei ausliefern?«

»Wie gesagt, *ich* habe kein Blut an meinen Händen«, wiederholte Peter seinen letzten Satz. Diesmal nicht ganz so überzeugt wie zuvor.

Monica, die ihre Füße auf dem Sessel angezogen hatte, vergrub den Kopf in ihren Händen und schluchzte. So verharrte sie eine Weile, bis sie schließlich gedankenschwer ihre Haare aus dem Gesicht nach hinten strich.

Sie versuchte noch einmal, ihrem Mann ins Gewissen zu reden. »Peter, du bist undankbar! Wir haben uns doch einmal geliebt?« Monica stand auf und kam mit gesenktem Blick auf Siedenburg zu. »Liegt dir denn gar nichts mehr an mir?«

Die Frage schwebte noch im Raum, als Blanca mit einem Longdrink eintrat. Es herrschte Stille, und alle Blicke richteten sich auf sie. Blanca schien sich zu beeilen, den Drink zu den beiden Wassergläsern auf den Tisch zu stellen, um den Raum möglichst schnell zu verlassen. Greta reichte sie einen Beutel mit Eis, den diese sich ans Kinn drückte. Als Blanca wieder Richtung Küche ging, griff sie sich schmutziges Geschirr vom Sideboard, was von Siedenburg nicht unbemerkt blieb. Zwei leere Flaschen Duval-Leroy und drei Sektgläser. Bei dem, was Blanca auf ihr Tablett lud, wurde mehr als deutlich, dass Monica heute Morgen nicht allein gefeiert hatte.

»Wer war heute Morgen hier?« Der Firmenchef polterte so laut los, dass Greta zusammenschrak.

»Kein Mensch!«, entgegnete Monica und warf Blanca, die sich, so schnell es ging, in die Küche verzog, einen warnenden Blick zu.

»Ich lasse mich von dir nicht mehr anlügen! Wer war hier?« Mit der Hand schlug Peter Siedenburg das Glas mit dem knallig roten Cocktail vom Tisch. Die Flüssigkeit versank im weißen Teppich. Überall lagen Glassplitter.

Sean versuchte zu beschwichtigen: »Behalten Sie bitte die Nerven, Herr Siedenburg …«

Seine Worte nahm Peter Siedenburg in seiner Raserei nicht wahr. Er packte Monica am Arm. In seinem Kopf passte jetzt alles zusammen. »Sergej. Es war Sergej!« Er schüttelte Monica, die sich verzweifelt zu befreien versuchte. »Sei einmal in deinem Leben ehrlich: Es war Sergej, und Baumann und ich waren es irgendwann auch einmal. Verdammte Scheiße, was treibst du nur Monica!«

Nun verlor sie ebenfalls den letzten Funken Beherrschung. »Du willst es wirklich wissen, Peter?«, blaffte sie zurück. »*Du* und Johannes, ihr wart ein notwendiges Übel. Das musste sein. Aber Baumann und die letzten Jahre mit Sergej, das war pures Vergnügen.«

»Jahre?« Siedenburg holte mit der Hand aus, aber Sean, der gerade noch rechtzeitig reagieren konnte, hielt ihn zurück.

»Herr Siedenburg, ich flehe Sie an, seien Sie vernünftig. Sonst passiert noch ein Unglück«, forderte Greta und sprang auf. Es war klar: Wenn nicht bald jemand etwas unternahm, gäbe es weitere Verletzte oder gar Tote.

Doch Siedenburg reagiert nicht auf ihre Bitte. »Was hast du mit Baumann angestellt?« Seine Stimme klang drohend. Sean hielt noch immer seine Hand fest.

»Der Scheißkerl hatte mich betrogen! Er hatte es nicht anders verdient.«

»Wer hatte es nicht anders verdient?« Siedenburg verstand nicht, wovon Monica sprach.

»Martin. Diese verdammte Ratte Martin hat mich benutzt. So ein Niemand wie er hatte nur mit mir gespielt. Hätte ich mir das gefallen lassen sollen?« Wutschnaubend fügte Monica hinzu: »Johannes, der Trottel, hatte die Arbeit nicht richtig erledigt. Als ich am Abend in das Gewächshaus kam, hörte ich sie reden: Baumann und meinen einschläfernden Ehemann. Martin bot ihm das an, was er eigentlich mir versprochen hatte. Wir hatten eine Abmachung, ich sollte ihm die Formel besorgen, und dann würden wir gemeinsame Sache machen. Die Siedenburg GmbH hätten wir mit dem Brumallin in der Tasche und innerhalb weniger Monate eingestampft!« Monica lachte selbstgefällig bei dieser Vorstellung. »Aber unsere Pläne wurden mit einem Schlag zunichte gemacht, als Johannes ihn im Gewächshaus zur Rede stellte. Martin wollte seinen Kopf aus der Schlinge ziehen. Ohne Skrupel bot er Johannes meinen Platz an. Er sollte sein Partner werden, ihm die Formel für das Brumallin liefern – ich wäre komplett leer ausgegangen, und das obwohl ich über Monate versucht hatte, an die Formel heranzukommen. Unser Leben zu zweit, die Pläne, die wir geschmiedet hatten, all das war ihm offensichtlich egal. Mir wurde bewusst, dass mich Martin die ganze Zeit nur ausgenutzt hat. *Mich*.«

Beinahe stolz sagte sie den folgenden Satz: »Als er dort um Hilfe wimmernd lag, in seinem eigenen Blut, habe ich den Spaten genommen – denn *ich* mache keine halben Sachen!«

Siedenburg riss die Augen auf. Er traute Monica viel zu, aber dass sie so kaltblütig vorgehen konnte, hätte selbst er nicht erwartet. Mehr als zehn Jahre lang hatte er mit dieser Psychopathin zusammengelebt und das nicht erkannt. In sentimentalen Momenten hatte er sich sogar selbst die Schuld für den kalten Umgang gegeben, den sie miteinander pflegten. Dabei teilte er in Wahrheit das Haus mit einer blutrünstigen Irren.

Doch Monica war noch nicht am Ende. Als sie fortfuhr, lag ein zartes Lächeln auf ihren Lippen. Sie schien jeden Bezug zur Realität verloren zu haben. »Peter, du erstaunst mich. Mach nicht so ein Gesicht. Du hast mir nie etwas zugetraut, hast mich behandelt als wäre ich eine Vollidiotin. Dabei war ich es, die dich damals gerettet hat. Ich habe den Schnüffler erledigt und alles andere auch.«

»Aber wie …?«

Greta trat neben sie. »Wie haben Sie die Leiche von hier nach Bad Bodendorf gebracht?« Sie betrachtete die bestenfalls 1,55 Meter große Monica und schüttelte den Kopf. »Nie im Leben haben Sie das alles alleine geschafft. Sie mussten ein Loch von gut zwei, drei Metern graben.«

Monica lachte kaltschnäuzig. »Wir sind hier nicht beim Tatort«, erwiderte sie ein wenig zu laut.

Siedenburg kannte seine Frau, sie war zu selbstgefällig, um ihre Machenschaften für sich zu behalten. Zu lange war alles für sie nach ihrem Plan gelaufen. Sicher hatte sie das Gefühl gehabt, alles und jeden steuern zu können, und diese Macht hatte sie womöglich blind gemacht.

»Ich sage nur so viel. Manchmal ist eine Haushaltshilfe Gold wert. Insbesondere, wenn der Preis stimmt.« Nach diesen Worten beobachtete Siedenburg seine Frau. Sie wandte ihren Kopf zur Seite, wie sie es immer tat, wenn sie sich in die Enge getrieben fühlte. Er lag richtig. Verdammt noch mal, es war Monica gewesen, die bei der ganzen verfluchten Geschichte über all die Jahre die Fäden in der Hand gehalten hatte. »Das heißt, es war gar nicht Korb, der mir die Briefe geschrieben und die Polizei informiert hat?« Siedenburg fiel nun alles wie Schuppen von den Augen. »Erst die Zeitungsberichte, die darauf folgten, haben Korb auf den Plan gerufen. Das alles warst du – einzig und alleine, um mich der Polizei frei Haus ans Messer zu liefern.« Peter Siedenburg verstand, wie dies alles abgelaufen sein musste. »Du hast irgendwie Wind davon gekriegt, dass ich die Leiche gefunden habe.«

Monica zog die Augenbrauen hoch und legte ihren Kopf zur Seite. »Dass du nach all der Zeit Martins Grab entdecken musstest, war wie ein Wink des Schicksals. Hätte Johannes nicht dazwischengefunkt, wäre ich mit einem Schlag gleich zwei lästige Dinge losgewesen: dich und Baumanns Leiche. Alles hätte perfekt funktioniert, wenn mein wahnsinniger Exmann nicht Racheengel gespielt hätte.«

Ohne jedes Gefühl von Bedauern oder Scham in der Stimme fügte Monica hinzu: »Nicht mal das hat der Hohlkopf auf die Reihe bekommen.«

»Ich verstehe das nicht, woher wussten Sie, dass Ihr Mann die Leiche entdeckt hatte?«, fragte Greta.

Monicas Stimme wechselte in einen fast feierlichen Ton. »Sergej!«, sagte sie triumphierend. Obwohl sie tief in der Klemme steckte, machte es den Eindruck, als sei der Stolz auf ihre vielen Verehrer größer als ihre Angst, sich durch ihre Offenheit selbst auszuliefern. »Mein lieber Ehemann wird alt und vergesslich. Überall auf dem Gelände sind Kameras installiert, und als er mit Sergej über den Comchip sprach ...«, Monica machte eine Pause, die sie sichtlich genoss. Siedenburg wandte sich wütend ab, und sie sprach weiter: »… da habe ich gerade, wie der Zufall es so wollte, Sergej in seinem Büro einen kleinen Besuch abgestattet. Unser Plan war schnell gefasst. Wären wir dich losgeworden, wäre Sergej der passende Mann gewesen, um die Firma mit mir gemeinsam weiterzuführen. In jeder Hinsicht.«

Trotz all des Ärgers, der sie nun erwartete, lächelte Monica. Es war ein perfekter Plan gewesen, der beinahe aufgegangen wäre. »Blanca, ich brauche Nachschub!«, schrie sie und ließ sich in ihren Sessel zurückfallen. »Blanca, verdammt noch mal …«

Statt Blanca erschien wenige Sekunden später die Polizei, die Greta im Laufe der Auseinandersetzung mit der Not- und Ortungsfunktion ihres Comchips verständigt hatte. Sogar der bestellte Krankenwagen fuhr vor, da Greta befürchtet hatte, dass sich die Situation weiter zuspitzen würde.

Monica war von einer Sekunde auf die andere verstummt. Nachdem sie sich noch vor ein paar Minuten vor allen aufgebaut und ihre Allmacht präsentiert hatte, saß sie jetzt zusammengesunken im Sessel. Der Sturm war vorbei. Wieder war es Sean, der mit der Polizei sprach, während die Sanitäter Gretas Kinn versorgten. Der Schlag hatte gesessen.

Zwei Polizisten hakten Monica unter und führten sie zum Polizeiwagen. Siedenburg blieb währenddessen am Fenster stehen, er bewegte sich fast nicht, selbst als Greta ihn ansprach.

»Herr Siedenburg. Alles in Ordnung mit Ihnen? Sie wirken etwas mitgenommen.«

»Ja. Danke. Alles okay!«, wich er aus. »Machen Sie sich keine Sorgen, ich komme schon klar.« Peter Siedenburg drehte sich weg. Die Schönherr sollte nicht sehen, wie es ihm in diesen Sekunden ging. Seine Frau wurde abgeführt, sie war eine Mörderin. Sein ganzes Leben hatte sich auf den Kopf gestellt.

Später teilte die Polizei ihm mit, dass auch Blanca ihn verlassen hatte. Sie war von Sergej abgeholt worden, sie wollten sich nach Russland absetzen. Finanzieren wollte das Paar die Reise und den Neustart mit Monicas Schmuck, bei dem ohnehin davon auszugehen war, dass Monica ihn künftig nur noch selten tragen würde.

Als die Polizisten weg waren, öffnete Siedenburg die Balkontür, um frische Novemberluft einzuatmen. In diesem Moment hatte er das Gefühl, dass all die Lügen und grauenhaften Ereignisse ihn fast erschlugen. Was war bloß geschehen? Was war bei ihm schiefgelaufen? In seinem Alter blickte man im günstigsten Fall zufrieden auf sein Leben zurück. Bei ihm hingegen war alles aus den Fugen geraten. Was sollte er allein noch mit sich anfangen? Er richtete seinen Blick nachdenklich hinaus in den dichten Nebel, der an diesem Tag einfach kein Ende finden wollte.

Saint-Jean-le-Thomas in der Normandie
24.04.2035, 10.07 Uhr

»Ich hab es.« Peter Siedenburg drehte das Paket gut gelaunt in seinen Händen. Johannes-Claudius Korb, der nach einer kurzen Haftzeit aufgrund der für seine Zwecke verschleppten Leiche seit einigen Monaten wieder auf freiem Fuß war, hatte auf einer Bank auf Siedenburg gewartet. Er blickte auf die herannahende Flut, als sein alter Freund nähertrat. Hier würde sich in wenigen Minuten ein echtes Naturspektakel abspielen. Das Wasser drängte und arbeitete sich mit einer enormen Geschwindigkeit in die Bucht. Sie saßen auf einer Anhöhe, bald wäre ein Großteil des Strandes von den Wassermassen erobert worden. Die Möwen kreischten, in den Wellen versteckte sich ihr Frühstück.

»Na dann«, forderte er Peter auf und sah weiter, ohne sich abzuwenden, hinunter in Richtung Meer.

In den vergangenen Jahren hatte er viel Zeit an diesem Ort verbracht. Allein. Jahre voller Groll, voller unbeantworteter Fragen. Das kleine Café hinter ihnen, das früher einmal ein Kiosk gewesen und mit dem zunehmenden Tourismus gewachsen war, war sein Anlaufort für deutsche Zeitschriften gewesen. Bei den Ortsansässigen galt er wegen seines entstellten Gesichts nur als Le Balafré, der Vernarbte.

In einer dieser Zeitschriften hatte er vor einem halben Jahr das Bild von Siedenburg entdeckt und auch den Bericht vom Leichenfund auf ihrer Truffière. Von der Hochzeit zwischen Monica und seinem ehemaligen Geschäftspartner hatte er erst in diesem Zeitungsausschnitt erfahren. Der Entschluss, nach Sinzig zurückzukehren, war der richtige gewesen – auch wenn die Sache nur mit sehr viel Glück glimpflich verlaufen war.

Heute fühlte es sich gut an, hier zu sein. Nach sehr langer Zeit waren aus ihm und Siedenburg doch noch so etwas wie Freunde geworden. Das Leben hatte sie aus irgendeinem Grund immer wieder zusammengewürfelt, und vielleicht hatten sie jetzt endlich gelernt, das Beste daraus zu machen. Das, was in den letzten Monaten geschehen war, hatte sie verändert.

Peter zögerte einen Moment, ehe er den Karton aufriss. Es befanden sich zwei Exemplare darin. Er nahm die beiden Bücher in die Hand und reichte eins an Korb weiter. Johannes-Claudius strahlte. Sein Gesicht sah noch immer bedenklich aus, aber die Therapie, die ihm Svetlana empfohlen hatte, schien anzuschlagen.

Siedenburg schaute sich das Cover an. »›Trüffelmacher‹, was für ein beknackter Titel«, sagte er lachend. »Das zielt wohl auf uns ab, Johannes.«

»Denke schon!«

»Sie hätte doch einfach ›Ahrtrüffel‹ nehmen können. Das hätte doch super gepasst.«

»Ja, schon. Aber die Schönherr mag es lieber kompliziert«, entgegnete Siedenburg.

Korb grinste. Er blätterte zum ersten Kapitel. Es war seltsam, von der ganzen Sache zu lesen. Vom eigenen Leben, irgendwie abstrus.

Aber es war auch spannend – und es erinnerte ihn an

etwas. »Verdammt noch mal, Peter. Hast du den Olfaktor eingepackt?«

»Na logisch.«

*

Auf der ersten Seite von Peters Exemplar stand ein persönlicher Eintrag von Greta für ihn. Er las die Zeilen, die die Journalistin in bester Schönschrift notiert hatte: »Für den schwierigsten, aber auch interessanten Interviewpartner der Welt – Herrn Siedenburg, den Herrn der Trüffel.«

Darunter stand in Klammern: »(Jetzt und heute kann ich Ihnen ein kleines Geheimnis verraten: Ich mag keine Trüffel – aber diese Geschichte mag ich.)

Greta Schönherr«

Ein flüchtiges Lächeln streifte Siedenburgs Gesicht. Das passte zur Schönherr.

Und auch wenn er grundsätzlich neugierig war, wie die junge Journalistin all die Ereignisse in Worte gefasst hatte, klappte er das Buch kurz danach entschlossen zu und steckte es in seinen Rucksack. Er schaffte es nicht weiterzulesen. Bei dem Gedanken an Sinzig, seine Firma und an Monica stellte sich bei ihm immer noch ein Gefühl des Unbehagens ein. Er brauchte Abstand. Die Lektüre würde er sich für einen späteren Zeitpunkt aufheben. »Los, Johannes. Lesen können wir, wenn wir alt sind«, forderte Siedenburg Korb auf, sein Buch ebenfalls beiseitezulegen.

Gleich würden sie abgeholt.

»Bei uns sind die Sommertrüffel stark verbreitet. Best Qualität. Ihr müsst kommen«, hatte ihnen Jean-Marie gestern über sein uraltes Kabeltelefon vorgeschwärmt.

Es war schon nach zehn. Er müsste jeden Moment hier sein.

Es schepperte beängstigend, als ein Opel-Transporter aus grauen Vorzeiten sich klappernd nährte. In Deutschland dürfte Jean-Marie diesen Diesel-Oldie schon lange nicht mehr fahren. Bereits 2024 war nach viel politischem Gerangel und falschen Versprechungen ein bundesweites Fahrverbot für alle Diesel ausgesprochen worden.

Jean-Marie öffnete mit einem breiten Lächeln auf seinem faltigen Gesicht die widerspenstige Autotür und sprang heraus. Trotz seines Alters hatte Dumaine nicht an Elan verloren. Seine Augen leuchteten. »Oh, mes amis aus dem deutsche Land. Ich freue misch!« Jean-Marie stürmte auf seine Gäste zu und umarmte sie. Tatsächlich fehlte ihm seine deutsche Wahlheimat in der letzten Zeit immer mehr, wie er gestern am Telefon gestanden hatte, und auch der Entschluss, nie wieder zu kochen und sich nur noch bekochen zu lassen, hatte sich als äußerst schwierig erwiesen. Dafür steckte einfach zu viel Gourmet und Kochlust in ihm. »Isch 'abe dabei un peu von der leckere Kleinischkeiten für uns. Da, schau nur: Gänserillettes und Frischlingspaté mit Trüffel. Und sehr delikate: Geröstete Weißbrot mit Alba-Trüffelcreme mit ein peu, wirklich nur un peu Parmesan.« Der Franzose war nicht mehr zu bremsen. Jean-Marie öffnete den Kofferraum, wo sich die frisch zubereiteten Spezialitäten beinahe stapelten. Nun wussten die deutschen Gäste, warum der Koch nicht pünktlich gekommen war, wahrscheinlich hatte er schon seit der Früh an dem »kleine Picknick« gearbeitet; eine Bezeichnung, die den Tatsachen absolut nicht gerecht wurde, wie Siedenburg fand.

»Schaut 'ier, das 'ab ich letzte Sommer selbst gemacht:

Meine erste Trüffelhonig. Und zum Nachspeise Marone Vermicelle, 'türlich auch mit eine kleine wenig Trüffel. Und den besten Cidre von der Welt von meine Schwester. Da ist ganz ausnahmsweise keine Trüffel drin.« Stolz hob Dumaine die Flasche in die Höhe.

Die drei Männer entschieden sich bei diesem Anblick, all den noch nicht von Jean-Marie zu einem Menü verarbeiteten Trüffeln eine kurze Gnadenfrist zu gewähren. Sie setzten sich gemeinsam auf die Bank ans Meer und genossen die kulinarischen Offenbarungen. Jean-Marie, ganz in seiner Rolle als Gastgeber, schenkte reichlich nach. Nachdem ein guter Teil der Speisen verzehrt war und selbst Siedenburg, trotz dieser verlockenden Auswahl, keinen weiteren Bissen herunterbrachte, hob Peter feierlich seinen mit Cidre gefüllten Steingutbecher. »A votre santé.« Er klang so gut gelaunt wie schon lange nicht mehr.

Die letzten Nebelschwaden gaben den Himmel frei, und am Horizont tauchte der Mont-Saint-Michel wie eine Geisterstadt auf. Es war ein perfekter Morgen. Siedenburg sog die salzige Luft ein. Sie fühlte sich frisch an. Die Flut hatte offenbar ihren Höchststand erreicht. Die Wellen glätteten sich.

Bald würde es losgehen. Bald würde nur noch der betörende Trüffelduft im Vordergrund stehen. Er würde alles andere an den Rand drängen, in weite Ferne rücken, und Siedenburg würde sich fühlen wie in einer anderen Welt. Als wäre er nach sehr langer Zeit endlich wieder Zuhause.

ENDE

Hintergrund

Es war eine Sensation, als Jean-Marie Dumaine im Jahr 2002 zusammen mit französischen Wissenschaftlern und Freunden sowie dem Mischlingshund Max im unteren Ahrtal knapp 1.000 Gramm Burgundertrüffel aufspürte. Allerdings zeigte sich damals bereits ein Problem: In Deutschland ist aufgrund des Artenschutzgesetzes die Entnahme von Trüffeln aus dem Boden sowie deren Transport und Vermarktung verboten, erlaubt jedoch ist die Kultivierung von Trüffeln auf Truffières.

Dies nahm man 2005 in Angriff: Nach Gründung des Vereins Ahrtrüffel e.V. fanden dessen Mitglieder in Bad Bodendorf ein entsprechendes Pachtgrundstück mit Lösshängen und besten Bodenverhältnissen für die Trüffelkultivierung. Sie pflanzten mit heimischen Trüffelsporen geimpfte junge Haselsträucher. Neun Jahre später wurde der erste Trüffel geerntet – ein echter Erfolg, der eindeutig beweist, dass es möglich ist, auch in Deutschland Trüffel zu kultivieren. Der Verein Ahrtrüffel e.V. besteht noch heute. Durch die Erforschung und Förderung der Trüffelkultivierung genießt er weltweit hohes Ansehen.

Die Vorgänge auf der Truffière in unserem Roman »Ahrtrüffel« und die daran anschließenden Ereignisse entstammen unserer Fantasie. Ähnlichkeiten mit lebenden oder toten Personen sind rein zufällig und nicht beabsichtigt. Einzige Ausnahme: Jean-Marie Dumaine hat uns gestattet, seinen Namen zu verwenden. Dafür danken wir ihm herzlich. Lieben Dank auch an die »skrupellos« gründlichen Testleser Adelheid, Jeannette und Marc.

Marion Demme-Zech und Frank Krajewski

Alle Bücher von Marion Demme-Zech:

**Hauptkommissar
Wolfgang Forsberg
ermittelt:
1. Fall: Letzter
Ausstieg Saar**
ISBN 978-3-8392-2728-2

2. Fall: Saarbotage
ISBN 978-3-8392-0097-1

**3. Fall: Mord am Saar-
Hunsrück-Steig**
ISBN 978-3-8392-0491-7

**Peter Siedenburg
und Greta Schönherr
ermitteln:
Ahrtrüffel**
ISBN 978-3-8392-2561-5

**Mörderisches aus dem
Saarland**
ISBN 978-3-8392-2845-6

GMEINER SPANNUNG

WWW.GMEINER-VERLAG.DE
Wir machen's spannend

Helge Weichmann
Ludwigshöh & Elwetritsch
Kriminalroman
192 Seiten, 12,5 x 20,5 cm,
Broschur
ISBN 978-3-8392-0839-7

Es läuft nicht gut für Kommissar Marcel Bleibier:
Als er unfreiwillig Chaos in der Villa Ludwigs-
höhe anrichtet, wird er vom Dienst suspendiert.
Doch die seltsamen Geschehnisse in der Sommer-
residenz König Ludwigs I. reißen nicht ab. Hat all
das mit der gerade abgeschlossenen Renovierung
des alten Gemäuers zu tun? Erneut muss Bleibier
auf die besonderen Fähigkeiten seiner Elwetritsch
vertrauen, um der Sache auf den Grund zu gehen.
Dabei stoßen die beiden auf ein Geheimnis, das
seit des Königs Zeiten in der Villa verborgen ist.

GMEINER SPANNUNG

WWW.GMEINER-VERLAG.DE
Wir machen's spannend

Uwe Ittensohn
Winzerkrieg
Kriminalroman
384 Seiten, 12,5 x 20,5 cm,
Broschur
ISBN 978-3-8392-0834-2

Privatschnüffler André Sartorius findet beim Joggen
am Speyerer Rheinufer eine durch einen Kopfschuss
schrecklich entstellte Leiche. Da die Tatwaffe fehlt,
geht die Polizei von Mord aus. Ein mysteriöser
Facebook-Post spricht hingegen für Selbstmord.
Dazu kommen gleich zwei Geständnisse. Kriminal-
hauptkommissar Achill verstrickt sich aussichtslos
in den Fall. Sartorius ermittelt derweil auf eigene
Faust. Unter den Winzern im Weinort Deidesheim
trifft er auf ein Gespinst übler Machenschaften –
und entwickelt eine eigenwillige Hypothese …

GMEINER SPANNUNG

WWW.GMEINER-VERLAG.DE
Wir machen's spannend

Anja Grevener
Träume aus Asche und Eisen
Historischer Roman
416 Seiten, 12,5 x 20,5 cm,
Broschur
ISBN 978-3-8392-0829-8

Das entstehende Ruhrgebiet 1845. Johanna Mohr
trägt ihr jüngstes Kind zu Grabe, das die Strapazen
des Hungerwinters nicht überlebt hat. Die verzweifelte Mutter kann das Elend und die Ungerechtigkeit nicht länger ertragen und trifft eine waghalsige
Entscheidung: Um den Ärmsten zu helfen, legt sie
sich mit den Reichen und Mächtigen an. Inmitten
der rebellischen Stimmung des Vormärz und der
Wirren der industriellen Revolution gründen sie
und ihr Mann eine Räuberbande. Doch die ge-
demütigte Obrigkeit sinnt bald auf Rache …

GMEINER SPANNUNG

WWW.GMEINER-VERLAG.DE
Wir machen's spannend

Zeitfracht Medien GmbH
Ferdinand-Jühlke-Straße 7,
99095 - DE, Erfurt
produktsicherheit@zeitfracht.de

FSC
www.fsc.org
MIX
Papier | Fördert
gute Waldnutzung
FSC® C083411